다정도
병인 양하여
잠 못 들어
하노라

다정도
병인 양하여
잠 못 들어
하노라

김하명 엮음

보리

겨레고전문학선집을 펴내며

우리 겨레가 갈라진 지 반백 년이 넘어서고 있습니다. 그러나 함께 산 세월은 수천, 수만 년입니다. 겨레가 다시 함께 살 그날을 위해, 우리가 함께 한 세월을 기억해야 합니다.

예부터 우리 겨레가 즐겨 온 노래와 시, 일기, 문집 들은 지난 삶의 알맹이들이 잘 갈무리된 보물단지입니다.

그동안 남과 북 양쪽에서 고전 문학을 되살리려고 줄곧 애써 왔으나, 이제껏 북녘 성과들은 남녘에서 좀처럼 보기 어려웠습니다.

북녘에서는 오래 전부터 우리 고전에 깊은 관심과 사랑을 보여 왔고 연구와 출판도 활발히 해 오고 있습니다. 그 가운데 〈조선고전문학선집〉은 북녘이 이루어 놓은 학문 연구와 출판의 큰 성과입니다. 〈조선고전문학선집〉은 가요, 가사, 한시, 패설, 소설, 기행문, 민간극, 개인 문집 들을 100권으로 묶어 내어, 고전을 연구하는 사람들과 일반 대중 모두 보게 한, 뜻 깊은 책들입니다. 한문으로 된 원문을 현대문으로 옮기거나 옛글을 오늘의 것으로 바꾼 성과도 놀랍고 작품을 고른 눈도 참 좋습니다. 〈조선고전문학선집〉은 남녘에도 잘 알려진 홍기문, 리상호, 김하명, 김찬순, 오희복, 김상훈, 권택무 같은 뛰어난 학자분들이 머리를 맞대고 연구한 성과를 1983년부터 펴내기 시작하여 지금도 이어 가고 있습니다.

보리 출판사는, 조선민주주의인민공화국 문예 출판사가 펴낸 〈조선고전문학선집〉을 〈겨레고전문학선집〉이란 이름으로 다시 펴내면서, 북녘 학자와 편집진의 뜻을 존중하여 크게 고치지 않고 그대로 내는 것을 원칙으로 삼았습니다. 다만, 남과 북의 표기법이 얼마쯤 차이가 있어 남녘 사람들이 읽기 쉽게 조금씩 손질했습니다.

이 선집이, 겨레가 하나 되는 밑거름이 되고, 우리 후손들이 민족 문화유산의 알맹이인 고전 문학이 지니고 있는 아름다움을 제대로 맛보고 이어받는 징검다리가 되기 바랍니다. 아울러 남과 북의 학자들이 자유롭게 오고 가면서 남북 학문 공동체가 이루어지는 날이 하루라도 앞당겨지기 바랍니다. 그리고 이 자리를 빌려, 어려운 처지에서도 이 선집을 펴내 왔고 지금도 그 작업에 몰두하고 있는 북녘의 학자와 출판 관계자들에게 고마운 마음을 전합니다.

2004년 11월 15일
보리 출판사

차례

다정도 병인 양하여 잠 못 들어 하노라

동짓달 기나긴 밤을 한 허리를 베어내어

백발이 제 먼저 알고 지름길로 오더라

가마귀 싸우는 골에 백로야 가지 마라

님 향한 일편단심이야 가실 줄이 있으랴

벽오동 심은 뜻은 봉황을 보렸더니

오동 열매 동실동실하고 보리 뿌리는 맥근맥근

님만 여겨 펄떡, 뛰어 뚝 나서 보니

부록

1. 《다정도 병인 양하여 잠 못 들어 하노라》는 북의 문예 출판사에서 1985년에 펴낸 《시
   조집》을 보리 출판사가 다시 펴내는 것이다. 보리 편집부가 시조를 주제별로 갈래지
   었다.

2. 엮은이와 북 문예 출판사 편집진은 다음과 같은 원칙으로 《시조집》을 편집했다. 보리
   편집부는 문예 출판사의 뜻을 존중하는 것을 큰 원칙으로 하였다.
   ㄱ. 우리 나라 3대 가집으로 일컫는 《청구영언》, 《해동가요》, 《가곡원류》를 중심으로,
   《청구가요》, 《남훈태평가》 등 여러 가집에서 시조를 가려 뽑았다.
   《청구영언》은 1939년 학예사 간행본, 《해동가요》는 주시경 본, 《가곡원류》는
   1942년 함화진이 증보 간행한 것을 원본으로 삼았다.

   ㄴ. 시조 표기는 원문을 살리면서 현대 표기를 따랐다. 잘못 기록된 것이 분명하고 뜻
   이 통하지 않는 것은 바로잡았다. 다만 시조의 특성을 살리기 위해, 뜻을 알기 어
   렵거나 표기를 확정하기 힘든 것은 그대로 두었다.

3. 북에서 가집의 시조를 현대 '문화어'에 따라 표기하였는데, 보리 편집부는 '한글 맞춤
   법'을 따랐다.
   ㄱ. 한자어들은 두음법칙을 적용했고, 단모음으로 적은 '계'나 '폐' 자를 '한글 맞춤
   법' 대로 했다.
   예; 란간→난간, 률조→율조, 페호→폐호
   ㄴ. 'ㅣ' 모음동화, 사이시옷, 된소리 따위의 표기도 '한글 맞춤법' 대로 했다.
   예; 피어나다→피어나다, 뒤산→뒷산, 석다→썩다

4. 지은이가 알려지지 않은 시조는 모르는 대로 두었다.

다정도
병인 양하여
잠 못 들어 하노라

이화에 월백하고 은한이 삼경인 제
일지 춘심을 자규야 알랴마는
다정도 병인 양하여 잠 못 들어 하노라

재 너머 성 권농成勸農[1] 집에 술 익단 말 반겨 듣고
누운 소 발로 박차 언치 놓아 지즐타고[2]
아해야 네 권농 계시냐 정 좌수鄭座首[3] 왔다 하여라

(정철)

대조大棗 볼 붉은 가지 에후르혀 훑어 따 담고
올밤[4] 익어 벙그러진 가지 휘두드려 발라 따 담고
벗 모아 초당으로 들어가니 술이 풍충청이세라[5]

(신희문)

즐거운저 오늘이여 즐거운저 금일이야
즐거운 오늘이 행여 아니 저물세라
매일에 오늘 같으면 무슨 시름 있으리

(김현성)

---

1) 우계 성혼을 이른다. '권농'은 지방 관아에서 농사를 장려하는 소임.
2) '언치'는 안장 밑에 깔던 담요, '지즐타고'는 '눌러 타고'의 뜻.
3) 정철 자신. '좌수'는 지방 향소의 우두머리.
4) 일찍 익은 밤.
5) 풍성하여라.

천지로 장막 삼고 일월로 등촉 삼아
북해北海를 휘어다가 주준酒樽에 대어 두고[1]
남극南極에 노인성老人星[2] 대하여 늙을 뉘[3]를 모르리라

(이안눌)

아희야 그물 내어 어강漁舡[4]에 실어 놓고
덜 괸 술[5] 막 걸러 주준酒樽에 담아 두고
어즈버 배 놓지 마라 달 기다려 가리라

전산前山 작야우昨夜雨에 가득한 추기秋氣로다
두화전豆花田 관솔불에 밤 호미 빛이로다
아희야 뒷내 통발에 고기 흘러 날세라

---

1) 북해 바다를 끌어와 술독에 대어 놓고.
2) 사람의 수명을 맡아보는 별.
3) 때.
4) 고깃배.
5) 덜 익은 술.

백구야 말 물어보자 놀라지 마라스라
명구승지名區勝地를 어디어디 보았나니
날더러 자세히 일러든 너와 게 가 놀리라

말이 놀라거늘 혁革[1] 잡고 굽어보니
금수청산이 물속에 잠겼어라
저 말아 놀라지 마라 그를 보려 하노라

새원 원주院主[2] 되어 도롱 삿갓 메고 이고
세우細雨 사풍斜風에 일간죽一竿竹[3] 비껴 들어
홍료화紅蓼花 백빈주저白蘋洲渚[4]에 오명가명 하노라

(정철)

---

1) 고삐.

2) 새원의 관리가 되어. 새원[新院]은 고양高陽의 역원.

3) 낚싯대.

4) 붉은 여뀌꽃과 흰마름이 우거진 물가.

새 원 원주 되어 열손님¹⁾ 지내옵네
가거니 오거니 인사도 하도 할샤
앉아서 보노라 하니 수고로워 하노라

(정철)

새 원 원주 되어 시비柴扉를 고쳐 닫고
유수청산을 벗 삼아 던졌노라²⁾
아희야 벽제碧蹄의 손이라커든 나 나갔다 일러라

(정철)

녹양방초 안岸에³⁾ 소 먹이는 아희들아
비 맞은 행객이 묻나니 술 파는 집
저 건너 행화촌杏花村이니 게 가 물어보시소

태공이 고기 낚던 낚대 긴 줄 매어 앞내에 내려
은린옥척銀鱗玉尺[1]을 버들움에 꿰어 들고 오니
행화촌 주가에 모든 벗님네는 더디 온다 하더라
(박후웅)

자네 집의 술 익거든 부디 날 부르시소
내 집의 꽃 피어든 나도 자네 청해 옴세
백년덧[2] 시름 잊을 일을 의논코저 하노라
(김육)

술 깨어 일어앉아 거문고를 희롱하니
창밖에 섰는 학이 즐겨서 넘노난다
아해야 남은 술 부어라 흥이 다시 오노매라
(김성신)

---

1) 커다란 물고기.
2) 백년 동안.

거문고 술¹⁾ 꽂아 놓고 호젓이 낮잠 든 제
시문柴門 견폐성犬吠聲에²⁾ 반가운 벗 오도괴야³⁾
아해야 점심도 하려니와 탁주 먼저 내어라

(김창업)

자 남은⁴⁾ 보라매를 엊그제 갓 손 떼어⁵⁾
빼깃⁶⁾에 방울 달아 석양에 받고 나니
장부의 평생 득의得意는 이뿐인가 하노라

(김창업)

내 몸에 병이 많아 세상에 버려 있어
시비 영욕을 오로 다 잊어마는
다만지 청한淸閑 일벽一癖이 매 부르기⁷⁾ 좋아라

(김유기)

1) 술대. 거문고를 타는 데 쓰는 채.
2) 사립문에서 들려오는 개 짖는 소리에.
3) 오는도다.
4) 한 자 길이가 넘는.
5) 이제 막 길들이기를 마치고.
6) 매의 꽁지 위에 표를 하기 위해 덧꽂는 새의 깃.
7) 꿩 사냥.

용같이 잘 걷는 말에 자 남은 보라매 받고[1]
석양 산로로 개 부르며 들어가니
아마도 장부의 놀이는 이 좋은가 하노라

석양에 매를 받고 내 건너 산을 넘어가서
꿩 날리고 매 부르니 황혼이 거의로다
어디서 반가운 방울 소리 구름 밖에 들리더라
(박문욱)

샛별 지자 종다리 떴다 호미 메고 사립 나니
긴 수풀 찬 이슬에 베잠방이 다 젖거다
아희야 시절이 좋을세면 옷이 젖다 관계하랴
(이명한)

비 오는 날 들에 가랴 사립 닫고 소 먹여라
마히[1] 매양이랴 장기 연장 다스려라
쉬다가 개는 날 보아 사래 긴 밭 갈리라

(윤선도)

동창이 밝았느냐 노고지리 우지진다
소 치는 아해는 여태 아니 일었느냐
재 너머 사래 긴 밭을 언제 갈려 하나니

(남구만)

도롱이에 호미 걸고 뿔 굽은 검은 소 몰고
고동풀[2] 뜯어 먹이며 깃은 물가[3] 내려갈 제
어디서 품진[4] 벗님은 함께 가자 하는고

(위백규)

---

1) 장마가.
2) 고들빼기.
3) 풀이 무성한 물가.
4) 짐을 진.

새벽비 일¹⁾ 갠 날에 일거스라²⁾ 아해들아
뒷뫼에 고사리 하마 아니 자랐으랴
오늘은 일 꺾어 오너라 새 술안주 하리라

(적성군)

전원에 봄이 드니 나 할 일이 전혀³⁾ 많아
꽃남근⁴⁾ 뉘 옮기며 약밭은 언제 갈리
아희야 대 베어 오너라 사립 먼저 결으리라⁵⁾

헌 삿갓 자른 도롱이 입고 삽 짚고 호미 메고
논둑에 물 보리라 밭김이 어떻던고
아마도 박장기⁶⁾ 보리술이 틈 없는가 하노라

(조현명)

---

1) 일찍.
2) 일어나거라.
3) 너무도.
4) 꽃나무는.
5) 엮으리라.
6) 바둑과 장기.

베잠방이 호미 메고 논밭 갈아 기음매고[1]
농가農歌를 부르며 달을 띠어 돌아오니
지어미 술을 거르며 내일 뒷밭 매옵세 하더라

(신희문)

산가에 봄이 오니 자연히 일이 하다[2]
앞내에 살[3]도 매며 울 밑에 외씨도 뼈코[4]
내일은 구름 걷거든 약을 캐러 가리라

오늘은 비 개거냐 삿갓에 호미 메고
베잠방 거드치고[5] 큰 논을 다 맨 후에
쉬다가 점심에 탁주 먹고 새 논으로 가리라

(김태석)

---

1) 김매고.
2) 많다.
3) 고기 잡는 살.
4) 뿌려놓고.
5) 걷어 부치고.

벼슬을 저마다 하면 농부 할 이 뉘 있으며
의원이 병 고치면 북망산이 저러하랴
아해야 잔 가득 부어라 내 뜻대로 하리라

(김창업)

논밭 갈아 기음매고 돌통대 기사미[1] 피워 물고
콧노래 부르면서 팔뚝춤이 제격이라
아희는 지어자[2] 하니 후후 웃고 놀리라

(신희문)

오려논[3] 물 실어 두고 면화 밭 매오리라
울 밑에 외를 따고 보리 능거[4] 점심 하소
뒷집에 술이 익거든 외잘망정[5] 내어라

(이정보)

일어나 소 먹이니 효성曉星이 삼오三五로다[1]
들을 바라보니 황운색黃雲色도 좋고 좋다
아마도 농가의 흥미는 이뿐인가 하노라

(김진태)

지란芝蘭[2]을 가꾸랴 하여 호미를 둘러메고
전원을 돌아보니 반이나마 형극荊棘이다
아이야 이 기음 못다 매어 해 저물까 하노라

(강익)

시비에 개 짖은들 이 산촌에 제 뉘 오리
죽림이 푸릇더니 봄새 울음소리로다
아희야 날 볼 손 오셔든 채미採薇 갔다[3] 사뢰라

(강익)

---

1) 샛별이 듬성듬성하도다.
2) 지초芝草와 난초蘭草.
3) 고사리를 캐러 갔다.

띠 없는 손이 오거늘 갓 벗은 주인이 맞아[1]
여나무 정자 아래 박장기 벌여 두고
아희야 덜 괸 술 막 거르고 외 따 놓아 내어라

아해는 약 캐러 가고 죽정竹亭은 비었는데
흩어진 바둑을 뉘 쓸어 주워 담으리
취하고 송하松下에 누웠으니 절節 가는 줄 몰라라

아희들 재촉하여 밥 먹여 거느리고
논둑에 자리하고 벼 베 내고 누웠는데
곁자리 나 같은 벗님네는 장기 두자 하더라

(김우규)

---

1) '띠(帶) 없는 손'과 '갓 벗은 주인'은 둘 다 벼슬 없는 사람을 뜻한다.

최 행수 쑥다림 하세 조 동갑 꽃다림하세[1]
닭찜 게찜 오려 점심[2] 날 시키소
매일에 이렁성 굴면 무슨 시름 있으랴

(김광욱)

오늘은 천렵하고 내일은 산행 가세
꽃다림 모레 하고 강신講信[3]을란 글피 하리
그글피 편사회便射會[4] 할 제 각지호과各持壺果 하시소[5]

(김유기)

질가마 좋이 씻고 바위 아래 샘물 길어
풋죽 달게 쑤고 절이김치 끄어내니
세상에 이 두 맛이야 남이 알까 하노라

---

1) '최 행수'는 성이 최씨인 행수. '조 동갑'은 나이가 같은 조씨. '행수'는 무리 중 우두머리를 이름. '쑥다림'은 쑥으로, '꽃다림'은 꽃으로 전을 부쳐 먹으며 노는 것.

2) 올벼로 지은 점심.

3) 향약에서, 여러 사람이 모여 술을 마시며 계를 뭇던 일.

4) 패를 나누어 하는 활쏘기.

5) 각자 술병을 가지고 오소서.

가을 타작 다 한 후에 동내洞內 모아 강신講信할 제
김 풍헌의 메더지에 박 권농의 되롱춤이로다[1]
좌상에 이 존위李尊位[2]는 박장대소하더라

빚은 술 다 먹으니 먼데서 손이 왔네
술집은 제언마는[3] 헌 옷에 얼마나 하리
아희야 셔기지 말고[4] 주는 대로 받아라

남산 내린 골[5]에 오곡을 갖추 심어
먹고 못 남아도 긋지나 아니하면[6]
아마도 내 집의 내 밥이야 그 맛인가 하노라

---

1) '메더지'는 농부가의 하나. '되롱춤'은 도롱이를 입고 추는 춤.
2) '존위'는 한 마을의 어른이 되는 사람을 이르는 말이다.
3) 저기건만.
4) 속이지 말고, 곧 값을 깎지 말고.
5) 비탈진 골.
6) 끊어지지나 않으면.

적설이 다 녹아도 봄소식을 모르더니
귀홍득의천공활歸鴻得意天空闊이요 와류생심수동요臥柳生心水動搖라[1]
아희야 새 술 걸러라 새봄 맞이 하리라

술을 내 즐기더냐 광약狂藥인 줄 알건마는
일촌간장一寸肝腸에 만곡수萬斛愁[2] 실어 두고
취하여 잠든 덧이나 시름 잊자 하노라

엊그제 쥐빚은 술이 익었느냐 설었느냐
앞내에 후린 고기 굽느냐 회치느냐 속고았느냐[3]
아희야 어서 차려 내어라 벗님 대접하리라

1) 돌아오는 기러기가 뜻을 얻으니 하늘은 트이고, 버드나무 누운 가지에 싹이 돋으니 물이 출렁인다.
2) 많은 시름.
3) 끓였느냐.

내 집이 본디 산중이라 벗이 온들 무엇으로 대접하리
앞내에 후린 고기를 캐어 온 삽주[1]에 속고아라
엊그제 쥐빚은 술을 많이 걸러 내어라

청류벽淸流壁에 배를 매고 백은탄白銀灘 그물 걸어[2]
자 남은 고기를 눈실같이 회 쳐 놓고
아희야 잔 자주 부어라 무진토록 먹으리라

(윤유)

삿갓에 도롱이 입고 세우 중에 호미 메고
산전을 흩매다가 녹음에 누웠으니
목동이 우양을 몰아다가 잠든 나를 깨운다

(김굉필)

청려장靑藜杖[1] 힘을 삼고 남묘南畝[2]로 내려가니
도화稻花[3]는 흩날리고 소천어小川魚 살졌는데
원근에 즐기는 농가農歌는 곳곳에서 들린다

(김천택)

엊그제 덜 괸 술을 질동이에 가득 붓고
설데친 무나물 청국장 깨쳐내니[4]
세상에 육식자肉食者[5]들이 이 맛을 어이 알리오

화산花山에 유사有事하여 서악사西岳寺에 올라오니
십 리 강산이 한없는 경개로다
아희야 잔 자주 부어라 놀고 가자 하노라

(김태석)

---

1) 명아주 지팡이.
2) 남쪽 논.
3) 벼꽃.
4) 무쳐내니.
5) 고기 먹는 이. 곧 높은 벼슬아치.

벗 따라 벗[1] 따러 가니 익은 벗에 선 벗 있다
이 벗 저 벗 하니 어느 벗이 벗 아니리
내 좋고 맛 좋은 벗은 내 벗인가 하노라

(이정보)

산두에 달 떠 오고 계변에 게 내린다
어망에 술병 걸고 시문柴門을 나서 가니
해 있어 먼저 간 아이들은 더디 온다 하더라

세월이 유수로다 어느덧에 또 봄일세
구포舊圃에 신채新菜[2] 나고 고목에 명화名花로다
아이야 새 술 많이 두었으라 새봄 놀이 하리라

(박효관)

---

1) 버찌의 옛말.
2) 묵은 밭에 새 나물.

전나귀 혁革을 채니[1] 돌길에 날래거다
아이야 채 치지 말고 술병 부디 조심하라
석양이 산두에 거지난데[2] 학의 소리 들리더라

강촌에 일모日暮하니 곳곳이 어화漁火[3]로다
만강 선자滿江船子[4]들은 북 치며 고사告祀 한다
밤중만 애내일성欸乃一聲에 산경유山更幽[5]를 하더라

(임의직)

동령에 달 오르니 시비에 개 짖는다
벽항궁촌僻巷窮村[6]에 뉘 나를 찾아오리
아이야 시비를 기울여라 너 나 둘이 있으리라

---

1) 다리를 저는 나귀 채찍을 당기니.
2) 거의 걸렸는데, 거의 떨어지는데.
3) 고깃배가 켜 놓은 횃불.
4) 강에 가득한 어부.
5) 노 젓는 소리에 산은 더욱 어둡고 고요해짐.
6) 구석진 촌 거리와 가난한 마을.

저[1] 소리 반겨 듣고 죽창竹窓을 바삐 여니
세우장제細雨長堤[2]에 쇠등에 아희로다
아희야 그물 내어라 고기잡이 늦었다

세버들 가지 꺾어 낚은 고기 꿰어 들고
주가를 찾으려 단교斷橋[3]로 건너가니
온 골에 행화杏花 져 쌓이니 갈 길 몰라 하노라

(김광욱)

청강淸江에 낚시 넣고 편주에 실렸으니
남이 이르기를 고기 낚다 하노매라
두어라 취적비취어取適非取魚[4]를 제 뉘라서 알리오

(송종원)

---

1) 피리.
2) 가는 비 내리는 긴 언덕.
3) 허물어져 끊어진 다리.
4) 낚시를 하는 참뜻은 세상을 잊고자 함이지 물고기를 낚는 데 있지 않다.

평사平沙에 낙안落雁하고[1] 황촌荒村[2]에 일모日暮로다
어선도 돌아들고 백구 다 잠든 적에
빈 배에 달 실어 가지고 강정江亭으로 오노라

(조헌)

공산풍설야空山風雪夜[3]에 돌아오는 저 사람아
시문에 개 소리를 듣느냐 못 듣느냐
석경石逕[4]에 눈이 덮였으니 나귀 혁을 놓으라

(안민영)

낙양 얕은 물에 연 캐는 아이들아
잔 연 캐다가 굵은 연잎 다칠세라
연잎에 깃들인 원앙이 선잠 깨어 놀라리라

(성세창)

1) 모랫벌에 기러기가 내려앉고.
2) 버려두어 거칠고 쓸쓸한 마을.
3) 빈산에 눈보라 치는 밤.
4) 돌이 많은 좁은 길.

바둑에 잠착하여[1] 해 지는 줄 모르다가
청산에 길이 늦어 나귀 바삐 모니
목동이 나더러 이르되 그림 같다 하더라

백구야 한가하다 네야 무슨 일 있으리
강호로 떠다닐 제 어디어디 경 좋더냐
우리도 공명을 하직하고 너를 좇아

초산楚山에 나무 베는 아희 나무 벨 제 행여 대 벨세라
그 대 자라거든 베어 휘우리라 낚싯대를
우리도 그런 줄 아오매 나무만 베나이다

1) 푹 빠져서.

녹초 장제綠草長堤 상에 도기황독倒騎黃犢[1] 저 목동아
세상 시비사를 네 아느냐 모르느냐
그 아희 단적만 불면서 소이부답笑而不答[2]

청초 우거진 곳에 쟁기 벗겨 소를 매고
길 아래 정자나무 밑에 도롱이 베고 잠을 드니
청풍이 세우를 몰아다가 잠든 나를 깨우나니

오려논에 물 실어 놓고 고소대姑蘇臺[3]에 올라 보니
나 심은 오조 밭에[4] 새 앉았으니 아희야 네 말려 주렴
아무리 우여라 날려도 감돌아듭네

---

1) 누런 소를 뒤로 탐.
2) 웃기만 하고 대답이 없음.
3) 중국 고소산에 있는 누대 이름.
4) 일찍 익는 조밭에.

오려 고개 숙고 열무 살졌는데
낚시에 고기 물고 게는 어이 나리는고
아마도 농가 흥미는 이뿐인가 하노라

초야에 묻힌 어른 소식이 어떠한고
여반산채糲飯山菜[1]를 먹으나 못 먹으나
세상에 우환 뉘 모르니 그를 부러하노라

내 집은 도화원리桃花源裏[2]어늘 자네 몸은 행수단변杏樹壇邊[3]이라
궐어鱖魚[4] 살졌거니 그물을란 자네 믿네
아이야 덜 괴인 박박주薄薄酒[5]일망정 병을 채워 넣어라
(안민영)

---

1) 현미밥에 산나물.
2) 복숭아 밭 속.
3) 행수단 옆. '행수단' 은 공자가 제자들을 가르치던 곳.
4) 쏘가리.
5) 거친 술.

홍백화 잦아진 곳에 재자가인才子佳人[1] 모였어라
유정有情한 춘풍리春風裏[2]에 싸여 간다 청가성淸歌聲을
아마도 월출어동산月出於東山토록[3] 놀고 갈까 하노라

눈 풀풀 접심홍蝶尋紅이요 술 층층 의부백蟻浮白을[4]
거문고 당당 노래하니 두루미 둥둥 춤을 춘다
아이야 시문에 개 짖으니 벗 오시나 보아라

꽃 피자 술이 익고 달 밝자 벗이 왔네
이같이 좋은 때를 어이 그저 보낼소니
하물며 사미구四美具[5]하니 장야취長夜醉[6]를 하리라

---

1) 재주 있고 아름다운 남녀들.
2) 봄바람 속.
3) 동산에서 달 뜨도록.
4) 눈 내리는 모습이 나비가 꽃을 찾는 모습 같고, 술 거품이 개미 뜬 것 같다.
5) 네 가지 아름다운 것으로, 곧 꽃, 술, 달, 벗을 말한다.
6) 밤새도록 취함.

꽃도 피려 하고 버들도 푸르려 한다
빚은 술 다 익었네 벗님네 가세그려
육각六角¹⁾에 두렷이²⁾ 앉아 봄맞이하리라

꽃 지자 속잎 피니 녹음이 다 퍼진다
솔가지 꺾어 내어 유서柳絮를 쓸어 치고³⁾
취하여 겨우 든 잠을 환우앵喚友鶯에⁴⁾ 깨우거다

꽃 피면 달 생각하고 달 밝으면 술 생각하고
꽃 피자 닭 밝자 술 얻으면 벗 생각하네
언제면 꽃 아래 벗 데리고 완월장취玩月長醉하려뇨⁵⁾

(이정보)

---

1) 북, 장구, 해금, 피리, 태평소 둘로 이루어진 악기 편성.
2) 둥글게.
3) 버들가지를 쓸어치우고.
4) 짝을 부르는 꾀꼬리 소리.
5) 달을 즐겨 오랫동안 취해 보려는가.

엊그제 쥐빚은 술을 주통酒桶이째 둘러메고 나니
집안 아희들은 후후 처웃는구나
강호에 봄 간다 하니 전송하려 하노라

노래 삼긴 사람 시름도 하도 할샤[1]
닐러[2] 다 못 닐러 불러서 푸돗던가[3]
진실로 풀릴 것이면 나도 불러 보리라

(신흠)

달은 언제 나며 술은 뉘 삼긴고
유령劉伶[4]이 없은 후에 태백太伯이도 간데없다
아마도 물을 데 없으니 홀로 취코 놀리라

---

1) 노래 만든 사람 시름이 많기도 많구나.
2) 일러, 곧 말로 해서는.
3) 풀었는가. '돗'은 강조의 의미를 나타내는 옛말 어미.
4) 중국 진晉나라 때 사람으로, 술을 잘 마신 것으로 유명하다.

봄비 갠 아침에 잠 깨어 일어 보니
반개화봉半開花封[1]이 다투어 피는고야
춘조春鳥도 춘흥을 못 이기어 노래 춤을 하느냐

이화梨花에 월백月白[2]하고 은한銀漢[3]이 삼경三更인 제
일지 춘심一枝春心을 자규子規[4]야 알랴마는
다정도 병인 양하여 잠 못 들어 하노라

(이조년)

봄이 가려 하니 내라 혼자 말릴쏜가
다 못 핀 도리화를 어찌하고 가려는다
아이야 덜 괸 술 걸러라 가는 봄 전송하리라

---

1) 반만 핀 꽃봉오리.
2) 달이 환하게 비추고.
3) 은하수.
4) 소쩍새.

전촌에 계성활鷄聲滑하니[1] 봄소식이 가까워라
남창南窓에 일완日暖하니[2] 합리매閤裏梅[3] 푸르렀다
아이야 잔 가득 부어라 춘흥 겨워하노라

주란朱欄[4]을 기대 앉아 옥소玉簫[5]를 높이 부니
명월청풍이 값없이 절로 온다
아희야 잔 가득 부어라 장야음長夜飮하리라

(정민교)

주인이 술 부으니 객일랑 노래하소
한 잔 술 한 곡조씩 새도록 즐기다가
새거든 새 술 새 노래로 이어 놀려 하노라

(이상두)

---

1) 앞마을에 닭소리가 부드럽게 울리니.
2) 햇살이 따뜻하니.
3) 안 뜨락에 심은 매화.
4) 붉은 색 난간.
5) 옥피리.

대동강 달 밝은 밤에 벽한사碧漢槎[1]를 띄워 두고
연광정練光亭 취한 술이 부벽루浮碧樓[2]에 다 깨거다
아마도 관서關西 가려佳麗[3]는 예뿐인가 하노라

(윤유)

갓 벗어 석벽에 걸고 우선羽扇[4]을 흩부치며
녹수음중綠樹陰中에[5] 취하여 누웠으니
송풍松風이 짐짓 불어 쇄로정灑露頂[6]을 하놋다

복더위 훈증薰蒸[7]한 날에 청계를 찾아가서
옷 벗어 남게 걸고 풍입송風入松[8] 노래하며
옥수玉水에 일신 진구一身塵垢를 탕척蕩滌함[9]이 어떠리

---

1) 신선이 타는 배.
2) '연광정', '부벽루'는 평양에 있는 정자와 누대 이름.
3) 관서 지방의 아름다운 경치.
4) 깃으로 만든 부채.
5) 푸른 나무 그늘에.
6) 머리를 시원하게 씻어 줌.
7) 후덥게 찌는 것.
8) 고려 때 잡가.
9) 몸에 오른 먼지와 때를 씻어 냄.

녹양도 좋거니와 벽오동이 더 좋아라
굵은 비 듣는[1] 소리 장부의 심사로다
연심年深코 누경풍상累經風霜 후면[2] 순제금舜帝琴[3]이 되리라

창밖에 국화를 심어 국화 밑에 술을 빚어
술 익자 국화 피자 벗님 오자 달 돋아 온다
아희야 거문고 청淸쳐라[4] 밤새도록 놀리라

추강에 밤이 드니 물결이 차노매라
낚시 드리우니 고기 아니 무노매라
무심한 달빛만 싣고 빈 배 홀로 오노매라

(월산대군)

---

1) 떨어지는.

2) 해가 지나고 여러 번 바람과 서리를 겪은 후면.

3) 순舜임금이 타던 거문고.

4) 거문고를 조율해 두어라. 거문고의 고저, 장단, 강약을 맞추기 위해 여섯 줄 가운데 '청' 현을 친다.

백설이 만건곤滿乾坤하니¹⁾ 천산이 옥이로다
매화는 반개半開하고 죽엽이 푸르렀다
아희야 잔 가득 부어라 춘흥 겨워하노라

기러기 풀풀 다 날아드니 소식인들 뉘 전하리
수심이 첩첩하니 잠이 와야사 꿈인들 꾸랴
차라리 저 달이 되어 비추어나 볼까 하노라

강호에 노는 고기 즐긴다 부러워 마라
어부 돌아간 후 엿는²⁾ 이 백구로다
종일을 뜨락 잠기락 한가한 때 없더라

화함花檻[1]에 월상月上하고 죽창에 밤든 적에
냉랭 칠현금을 정청靜廳[2]에 빗기 타니
정반庭畔[3]에 섰는 학이 듣고 우줄우줄하더라

주렴을 반만 걷고 벽해를 바라보니
십 리 파광波光이 공장천일색共長天一色이로다[4]
물 위에 양양백구兩兩白鷗[5]는 오락가락하더라

(홍춘경)

북두성 돌아 지고 달은 미처 아니 졌다
예는 배 얼마나 오냐 밤이 이미 깊었도다
풍편에 수성침數聲砧[6] 들리니 다 왔는가 하노라

(이정진)

---

1) 꽃 핀 난간.
2) 고요한 대청.
3) 뜰 가.
4) 십 리에 뻗친 물결 빛이 하늘과 한가지 색이로다.
5) 쌍쌍이 나는 갈매기.
6) 다듬이 소리.

비파를 둘러메고 옥 난간에 기대서니
동풍 세우에 듣드는 이[1] 도화로다
춘조도 송춘逐春을 슬퍼 백반제百般啼[2]를 하더라

흥흥 노래하고 덩더럭궁 춤을 추니
궁상각치우[3]를 맞추리라 하였더니
어기고 다 저어하니[4] 후후 웃고 마노라

꽃은 밤비에 피고 빚은 술이 다 익거다
거문고 가진 벗이 달 함께 오마더니
아희야 모첨茅檐[5]에 달 오른다 벗 오시나 보아라

화花 작작[1] 범나비 쌍쌍 양류楊柳 청청 꾀꼬리 쌍쌍
날짐승 길버러지 오로 다 쌍쌍이로다
우리도 새 님을 걸어두고 백년 쌍쌍하리라

부용당芙蓉堂[2] 소쇄한[3] 경景이 한벽당寒碧堂[4]과 백중이라
만산 추색이 여기저기 일반이로다
아희야 환미주換美酒 하여라[5] 취코 놀려 하노라

월정명月正明[6] 월정명하니 배를 타고 추강에 내려
하늘 아래 물이요 물 위에 달이로다
사공아 저 달 건져라 완월장취玩月長醉하리라

1) 꽃이 활짝 핀 모양.
2) 해주에 있는 누각.
3) 맑고 깨끗한.
4) 전주에 있는 누각.
5) 술 사오너라.
6) 달이 썩 밝음.

어가漁歌 목적牧笛 소리 곡풍谷風에 섞어 불 제
오수를 갓 깨어 취안醉眼을 열어 보니
재 너머 여남은 벗이 와 휴호관비携壺款扉[1] 하노매

(김천택)

세상이 번우煩憂[2]하니 강호로 나가자스라
무심한 백구야 오라 하며 가라 하랴
아마도 다툴 이 없음은 다만 옌가 하노라

(김천택)

청초 우거진 골에 시내는 울어 옌다
가대歌臺 무전舞殿이[3] 어디어디 어디메오
석양에 물 차는 제비야 네가 알까 하노라

---

1) 술을 들고 와 사립문을 두드림.
2) 번거롭고 걱정스러우니.
3) 노래하는 무대와 춤추는 전각.

고울사 월하보月下步에[1] 깁 소매[2] 바람이라
꽃 앞에 섰는 태도 님의 정을 맞았어라
아마도 무중최애舞中最愛는 춘앵전春鶯囀[3]인가 하노라

두견아 울지 마라 이제야 내 왔노라
이화도 피어 있고 새 달도 돋아 있다
강산에 백구 있으니 맹서盟誓 풀이 하리라

(이정보)

춘창에 늦이 일어 완보緩步[4]하여 나가 보니
동문유수洞門流水[5]에 낙화 가득 떠 있어라
저 꽃아 선원仙源을 남 알세라 떠나가지 말아라

---

1) 고와라 달빛 아래를 거니는데.
2) 비단 옷소매.
3) 춤 가운데 가장 사랑스러운 것은 춘앵전인가 하노라.
4) 천천히 걸음.
5) 동구를 흐르는 시냇물.

흰 구름 푸른 내는 골골이 잠겼는데
추풍에 물든 단풍 봄꽃도곤 더 좋아라
천공天公이 나를 위하여 뫼빛을 꾸며내도다

한중閑中에 홀로 앉아 현금을 빗겨 안고
궁상각치우를 주줄이 짚었으니
창밖에 엿듣는 학이 우질우질하더라

(김중열)

초암草庵이 적요한데 벗 없이 혼자 앉아
평조平調 한 잎에[1] 백운이 절로 존다
어느 뉘 이 좋은 뜻을 알 이 있다 하리오

---

1) 평조 한 곡에. '평조'는 곡조의 하나.

경회루 만주송萬株松[1]이 눈앞에 벌어 있고
인왕仁旺 안현鞍峴[2]은 취병翠屛[3]이 되었는데
석양에 편편翩翩 백로는 오락가락 하노매

천랑기청天郎氣淸[4]하온 적에 혜풍화창惠風和暢[5] 좋을시고
도리는 홍백이요 유앵柳鶯[6]은 황록이로다
이 좋은 태평성대에 아니 놀고 어이리

초순 염회念晦 간[7]에 못 노는 날 어느 날고
바람 비 눈 올 제면 군소리 소일消日이라
달 밝고 풍청風淸한 날이면 걸을 줄이 있으랴

---

1) 만 그루 소나무.
2) 서울 인왕산과 안산鞍山 사이의 고개로, 지금의 무악재.
3) 푸른 병풍.
4) 하늘이 명랑하고 공기가 맑음.
5) 봄바람에 날씨가 따뜻하고 좋음.
6) 버들과 꾀꼬리.
7) 스무날과 그믐 사이.

청추절淸秋節[1] 때 좋은 적에 풍악楓岳에 높이 올라
적동笛童 가객歌客은 새로운 소리로다
흉중에 해묵은 시름이 어디로 니거다

공명도 좋다 하나 한가함과 어떠하며
부귀를 부러하나 안빈安貧에 어떠하료
이 백년 저 백년 즈음에 어느 백년이 다르리

내 살이[2] 담박한 중에 다만 끼쳐[3] 있는 것은
수경數莖 포도葡萄[4]와 일권 가보歌譜뿐이로다
이 중에 유신有信한 것은 풍월인가 하노라

1) 맑게 갠 가을철.
2) 살림살이.
3) 남아.
4) 몇 줄기 포도.

춘산에 불이 나니 못다 핀 꽃 다 붙는다
저 뫼 저 불은 끌 물이나 있거니와
이 몸에 내[1] 없는 불이 나니 끌 물 없어 하노라

단풍은 연홍이요 황국은 토향吐香[2]할 제
신도주新稻酒 맛 들고 금은어회錦銀魚膾 별미로다[3]
아희야 거문고 내어라 자작자가自酌自歌[4]하리라

백구야 부럽고나 네야 무슨 일 있으리
강호에 떠다니니 어디어디 경景 좋더니
날더러 자세히 일러든 너와 함께 놀리라

---

1) 연기.
2) 향을 뿜어 냄.
3) '신도주'는 햅쌀로 빚은 술, '금은어회'는 쏘가리회를 이른다.
4) 스스로 따라 스스로 노래함.

청계 상 초당 외에 봄은 어이 늦었느니
이화 백설향梨花白雪香에 유색 황금눈柳色黃金嫩이로다[1]
만학운萬壑雲 촉백성蜀魄聲[2] 중에 춘사春事 망연茫然[3]하여라

간밤에 불던 바람에 만정도화滿庭桃花 다 지거다
아희는 비를 들고 쓸으려 하는구나
낙화인들 꽃이 아니랴 쓸어 무삼 하리오

석류꽃 다 진盡하고 하향荷香[4]이 새로워라
파란波瀾[5]에 노는 원앙 네 인연도 부럽구나
옥란玉欄[6]에 호올로 기대서 시름겨워 하노라

---

1) 배꽃은 흰 눈처럼 향기롭고 버들 빛은 황금같이 부드럽도다. 이백의 '궁중행락사宮中行樂詞' 한
   구절.
2) 온 산 골짜기 덮인 구름에 들리는 두견새 소리.
3) 봄에 할 일이 망연함.
4) 연꽃 향.
5) 물결.
6) 옥으로 만든 난간.

붓 끝에 젖은 먹을 던져 보니 화엽花葉이로다
경수로이장저莖垂露而將低[1]하고 향종풍이습인香從風而襲人[2]이라
이 무삼 조화를 부렸관데 투필성진投筆成眞[3] 하인고

(안민영)

매영梅影[4]이 부딪친 창에 옥인금차玉人金釵[5] 비꼈은저
이삼 백발옹은 거문고와 노래로다
이윽고 잔 잡아 권할 적에 달이 또한 오르더라

(안민영, 매화사)

어리고 성긴 가지 너를 믿지 아녔더니
눈 기약 능히 지켜 두세 송이 피었고나
촉燭[6] 잡고 가까이 사랑할 제 암향暗香조차 부동浮動터라[7]

(안민영, 매화사)

---

1) 이슬이 무거워 줄기가 아래로 처짐.
2) 향기가 바람을 따라 몸에 스며듦.
3) 붓을 던지니 진짜 꽃이 됨.
4) 매화 그림자.
5) 아름다운 여인의 금비녀.
6) 초. 촛불.
7) 그윽한 향기조차 떠돌더라.

빙자옥질氷姿玉質[1]이여 눈 속에 네로고나
가만히 향기 놓아 황혼월黃昏月[2]을 기약하니
아마도 아치고절雅致高節[3]은 너뿐인가 하노라

(안민영, 매화사)

눈으로 기약터니 네 과연 피었고나
황혼에 달이 오니 그림자도 성기거다
청향이 잔에 떠 있으니 취코 놀려 하노라

(안민영, 매화사)

해 지고 돋는 달이 너와 기약 두었던가
합리閤裏에 자던 꽃이 향기 놓아 맞는고야
내 어찌 매월梅月이 벗 되는 줄 몰랐던가 하노라

(안민영, 매화사)

---

1) '얼음같이 맑고 구슬같이 아름다운 자질' 이라는 뜻으로, 매화를 이르는 말이다.
2) 저녁달.
3) 아담한 풍치와 높은 절개.

바람이 눈을 몰아 산창에 부딪치니
찬 기운 새어들어 잠든 매화를 침노한다
아무리 얼우려 하인들[1] 봄 뜻이야 앗을쏘냐
(안민영. 매화사)

동각東閣에 숨은 꽃이 철쭉인가 두견환가
건곤이 눈이어늘 제 어찌 감히 피리
알괘라 백설양춘白雪陽春이 매화밖에 있으리
(안민영. 매화사)

저 건너 나부산羅浮山 눈 속에 검어 우뚝 울퉁불퉁 광대등걸[2]아
네 무삼 힘으로 가지 돋쳐 꽃조차 저리 피었는다
아무리 썩은 배 반만 남았을망정 봄뜻을 어이하리오
(안민영. 매화사)

---

1) 얼게 하려 한들.
2) 거칠고 보기 흉하게 생긴 나무등걸.

공명을 모르노라 강호에 누워 있어
빈주蘋洲에 압로狎鷺하고 유안柳岸에 문앵聞鶯이로다[1]
때때로 왕래 어적漁笛[2]은 나의 흥을 돕는다

(김우규)

산촌에 밤이 드니 먼 데 개 짖어 온다
시비를 열고 보니 하늘이 차고 달이로다
저 개야 공산 잠든 달을 짖어 무엇 하리오

옥분玉盆에 심은 매화 한 가지 꺾어 내니
꽃도 좋거니와 암향이 더욱 좋다
두어라 꺾은 꽃이니 버릴 줄이 있으랴

(김성기)

---

1) 마름꽃 우거진 물가에 백로와 친하고 버드나무 선 강 기슭에서 꾀꼬리 소리를 듣노라.
2) 어부들 피리 소리.

새소리 지저귀니 날 밝은 줄 알고 일어
일호주一壺酒 곁에 놓고 삼 척 현금玄琴 희롱하니
이윽고 한가한 벗님네는 나를 찾아오더라

(김민순)

나비야 청산에 가자 범나비 너도 가자
가다가 저물거든 꽃에 들어 자고 가자
꽃에서 푸대접하거든 잎에서나 자고 가자

그린 듯한 산수간에 풍월로 울을 삼고
연하煙霞로 집을 삼아 시주詩酒로 벗이 되니
아마도 낙시유거樂是幽居[1]를 알 이 적어 하노라

(신희문)

---

1) 호젓이 숨어 사는 즐거움.

네 집이 어드메오 이 뫼 넘어 긴 강 위에
죽림 푸른 곳에 외사립 닫은 집이
그 앞에 백구 떴으니 게 가 물어보아라

암화巖花에 춘만春晚한데 송애松崖에[1] 석양이라
평무平蕪에 내 걷으니[2] 원산遠山이 여화如畵로다
소쇄瀟灑한 수변水邊 정자에 대월음풍待月吟風[3]하리라

(신희문)

석양에 취흥을 겨워 나귀 등에 실렸으니
십 리 계산溪山이 몽리夢裏[4]에 지나거다
어디서 수성어적數聲漁笛[5]이 잠든 나를 깨우나니

1) 소나무 절벽에.
2) 황량한 벌에 안개 걷히니.
3) 달맞이 하며 시를 읊으리라.
4) 꿈속.
5) 어부들의 몇 가락 퉁소 소리.

남포월南浦月[1] 깊은 밤에 돛대 치는 저 사공아
묻노라 너 탄 배야 계도桂棹 금범錦帆 난주蘭舟[2]로다
우리는 채련採蓮[3] 가는 길이니 물어 무삼 하리오
(안민영)

도화는 흩날리고 녹음은 퍼져 온다
꾀꼬리 새 노래는 연우烟雨에 구을거다[4]
맞초아 잔 들어 권하렬 제[5] 담장가인淡粧佳人[6] 오도다
(안민영)

도화는 무슨 일로 홍장紅粧을 지어 서서
동풍 세우에 눈물을 머금었노
삼춘三春이[7] 쉬운 양하여 그를 슬퍼하노라

---

1) 남포에 뜬 달.
2) 계수나무 돛대에 비단 돛을 단 배.
3) 연근을 캐는 것.
4) 안개비에 굴러가도다.
5) 권하려 할 때.
6) 연하게 화장한 미인.
7) 석 달 봄.

용 같은 저 반송盤松[1]아 반갑고 반가워라
뇌정雷霆[2]을 겪은 후에 네 어이 푸르렀는
누구셔 성 학사成學士[3] 죽다터니 이제 본 듯하여라

(김진태)

모란화 좋다커늘 빗김에 옮겼더니
춘풍 일야에 만원화개부귀춘滿院花開富貴春이라[4]
어디서 빈천을 염厭하여[5] 가지고저 하느니

(김진태)

약이 영靈타 하되 효험이 바이없다[6]
청심절욕淸心節慾하면 이 아니 선약仙藥인가
아마도 이 약 이름은 사군자인가 하노라

(김진태)

---

1) 가지가 넓게 퍼진 소나무.
2) 우레.
3) 성삼문成三問.
4) 온 밭에 꽃이 피어 다시 봄으로 돌아간 것과 같더라.
5) 싫어하여.
6) 전혀 없다.

국화야 너는 어이 삼월 동풍 슬퍼한다
성긴 울¹⁾ 찬비 뒤에 차라리 얼지언정
반드시 군화群花로 더불어 한 봄 말려 하노라²⁾

(안민영)

강호에 비 갠 후니 수천水天이 한 빛인 제
소정小艇에 술을 싣고 낚대 메고 내려가니
노화蘆花³⁾에 노니는 백구는 나를 보고 반긴다

(김우규)

어부의 생애 보소 이 아니 허랑한가
풍범낭즙風帆浪楫⁴⁾으로 만경파萬頃波⁵⁾에 띄워 두고
낚시에 절로 무는 고기 그 분分인가 한다⁶⁾

(김우규)

---

1) 듬성한 울타리.
2) 무리진 꽃들과 함께 봄을 지내지 않으려 하노라.
3) 갈대꽃.
4) 바람을 품은 돛과 풍랑 속의 노.
5) 만경이나 되는 물결. 넓은 바다 또는 호수.
6) 어부의 분수인가 하노라.

냇가에 섰는 버들 삼월 춘풍 만나거다
꾀꼬리 노래하니 우질우질 춤을 춘다
어떻다 유대풍류柳帶風流[1]를 입춘에도 써 있더라

(김진태)

청창晴窓[2]에 낮잠 깨어 물태物態[3]를 둘러보니
화지花枝에 자는 새는 한가도 한저이고
아마도 유거幽居 취미[4]를 알 이 젠가 하노라

(이덕함)

바위는 위태타마는 꽃 얼굴이 천연하고
골은 그윽하다마는 새소리도 성글하다
비폭飛瀑[5]은 급한 형세 빌어 습아의濕我衣를 하더라[6]

---

1) 버드나무 숲에서 즐기는 풍류.
2) 밝은 창.
3) 사물의 동태.
4) 한가히 지내는 취미.
5) 높은 곳에서 떨어지는 폭포.
6) 내 옷을 적시더라.

금파金波에 배를 타고 청풍으로 멍에 하여
중류에 떠워 두고 생가笙歌[1]를 아뢸 적에
취하고 월하에 섰으니 시름없어 하노라

(임의직)

삼월 화류 공덕리요 구월 풍국 삼계동[2]을
아소당我笑堂[3] 봄바람과 미월방米月坊 가을달을
어즈버 육화六花 분분시紛紛時에 자주영매煮酒詠梅 하시더라[4]

(안민영)

꾀꼬리 고운 노래 나비춤을 시기 마라
나비춤 아니런들 앵가鶯歌[5] 너뿐이어니와
네 곁에 다정타 이를 것은 접무蝶舞[6]론가 하노라

(안민영)

---

1) 생황笙簧에 맞추어 부르는 노래.
2) '공덕리', '삼계동'은 한양의 마을 이름.
3) '아소당'은 대원군이 머물던 당호인 듯하다.
4) 눈발이 꽃잎처럼 날릴 때 잔을 부어 매화를 영탄함.
5) 꾀꼬리 노래 소리.
6) 나비춤.

국화는 무슨 일로 삼월 동풍 다 보내고
낙목한천落木寒天에 네 혼자 피었나니
아마도 오상고절傲霜孤節[1]은 너뿐인가 하노라
(이정보)

바람이 불려는지 나무 끝이 흔들린다
밀물은 동으로 가고 혀는 물[2]은 서으로 돈다
사공아 넌 그물 걷어 사려 담고 닻 들고 돛을 높이

산중에 책력[3]없어 절 가는 줄 내 몰라라
꽃 피면 봄이요 잎 지면 가을이로다
아이들 헌 옷 찾으니 겨울인가 하노라
(신희문)

1) 찬 서리에 굴하지 않는 높은 절개.
2) 썰물.
3) 달력.

담 안에 섰는 꽃은 버들 빛을 새워 마라[1]
버들곳[2] 아니런들 화홍花紅 너뿐이어니와
네 곁에 다정타 이를 것은 유록柳綠인가 하노라

(안민영)

석조夕鳥는 날아들고 모연暮烟은 일어난다
동령에 달이 올라 금회襟懷[3]에 비치도다
아이야 와준瓦樽[4]에 술 걸러라 탄금彈琴[5]하고 놀리라

(송종원)

사월 녹음 앵세계鶯世界[6]는 우석공又石公[7]의 풍류절風流節을
석상실石想室[8] 높은 집의 금음琴音이 영롱하다
옥계玉階에 난화저蘭花低하고 봉명오동鳳鳴梧桐하더라

1) 시샘하지 마라.
2) 버들만.
3) 가슴 속.
4) 질로 만든 술항아리.
5) 거문고를 탐.
6) 꾀꼬리 우는 세상.
7) 대원군.
8) 대원군이 거처하던 당 이름.

순첨 색공매화소巡簷索共梅花笑하니 암향이 부동월황혼浮動月黃昏[1]을
가뜩에 냉담한데 백설은 무슴 일고
아마도 합리閤裡 춘광春光[2]을 시새울까 하노라

남극노인성이 식영정息影亭에 비치어서
창해滄海 상전桑田이 슬카장 뒤눕도록[3]
갈수록 새 빛을 내어 그믈 뉘를[4] 모른다

(정철)

청천 구름 밖에 높이 뜬 학이러니
인간이 좋더냐 므사므라 내려온다[5]
긴 깃이 다 떨어지도록 날아갈 줄 모르는다

(정철)

---

1) 처마를 돌아 매화와 함께 쓸쓸히 웃으니 그윽한 향기가 달밤에 진동하네.
2) 규방의 봄 분위기.
3) 실컷 번갈아 바뀌도록. '슬카장'은 실컷의 뜻.
4) 어두워 질 때를.
5) 무엇 하러 내려오느냐.

긴 깃이 다 지고야 나래를 고쳐 들어
청천 구름 속에 솟아 떠오른 말이
시원코 훤칠한 세계를 다시 보고 말리라

(정철)

십년을 경영하여 초려草廬 한 칸 지어 내니
반 칸은 청풍이요 반 칸은 명월이라
강산은 들일 데 없으니 둘러 두고 보리라

작은 것이 높이 떠서 만물을 다 비추니
밤 중에 광명이 너만 한 이 또 있느냐
보고도 말 아니 하니 내 벗인가 하노라

(윤선도)

매아미 맵다 하고 쓰르라미 쓰다 하네
산채를 맵다더냐 박주를 쓰다더냐
우리는 초야에 묻혔으니 맵고 쓴 줄 몰라라

다만 한 칸 초당에 전통[1] 걸고 책상 놓고
나 앉고 님 앉으니 거문고란 어디 둘꼬
두어라 강산풍월이니 한데 둔들 어떠리

잘새는 날아들고 새 달은 돋아온다
외나무다리에 혼자 가는 저 선사禪師야
네 절이 얼마나 하관데[2] 먼 북소리 들리나니

(송순)

---

1) 화살통.
2) 얼마나 크기에.

시내 흐르는 골에 바위 지어[1] 초당 짓고
달 아래 밭을 갈고 구름 속에 누웠으니
건곤乾坤이 날더러 이르기를 함께 늙자 하더라

자다가 깨어 보니 이 어인 소리런고
입아상하入我床下 실솔인가[2] 추사秋思도 초초迢迢하다[3]
동자도 대답지 아니코 고개 숙여 조을더라

(이정신)

요화蓼花[4]에 잠든 백구 선잠 깨어 나지 마라
나도 일 없어 강호객江湖客이 되었노라
이후는 찾을 이 없으니 너를 좇아 놀리라

(김성기)

---

1) 의지하여.
2) 내 침상 밑에 든 귀뚜라미인가.
3) 가을 상념도 아득히 멀다.
4) 여뀌꽃.

청산이 불로하니 미록麋鹿[1]이 장생하고
강한江漢[2]이 무궁하니 백구의 부귀로다
우리는 이 강산 풍경에 분별없이 늙으리라

(주의식)

송단松壇에 선잠 깨어 취안醉眼을 들어보니
석양 포구에 나드나니 백구로다
어즈버 이 강산 풍경이야 어느 그지 있으리

(김삼현)

공명 즐겨 마라 영욕이 반半이로다
부귀를 탐치 마라 위기를 밟느니라
우리는 일신一身이 한가커니 두려운 일 없어라

(김삼현)

---

1) 고라니와 사슴.
2) 강과 하수.

청류벽淸流壁 사월천四月天에 녹음방초 승화시勝花時라[1]
편주扁舟에 술을 싣고 벽파로 내려가니
아마도 세상 영욕이 꿈이런가 하노라

(이면승)

남원南園에 꽃을 심어 백년 춘색 보렸더니
일조一朝 풍상風霜에 피는 듯 이울거다
어즈버 탐화봉접[2]은 갈 곳 몰라 하노라

(김민순)

구룡소九龍沼 맑은 물에 이내 마음 씻어 내니
세상 영욕이 오로 다 꿈이로다
이 몸이 청풍명월과 함께 늙자 하노라

(김중열)

---

1) 녹음이 우거지는 여름이 꽃피는 봄보다 나은 때.
2) 꽃을 찾는 벌과 나비.

물 아래 그림자 지니 다리 위에 중이 간다
저 중아 거기 섰거라 너 어디 가노 말 물어보자
손으로 백운白雲을 가리키며 말 아니코 가더라

한벽당寒碧堂 좋단 말 듣고 망혜죽장芒鞋竹杖[1] 찾아가니
십 리 풍림楓林[2]에 들리나니 물소리로다
아마도 남중南中 풍경은 예뿐인가 하노라

(김두성)

홍진紅塵[3]을 다 떨치고 죽장망혜竹丈芒鞋 짚고 신고
현금玄琴을 둘러메고 동천洞天[4]으로 들어가니
어디서 짝 잃은 학성鶴聲이 구름 밖에 들린다

(김성기)

---

1) 지팡이와 짚신. '망혜'는 짚신, '죽장'은 대지팡이. 먼 길을 떠날 때의 간편한 차림.
2) 단풍나무 숲.
3) 속세의 때.
4) 산과 내로 둘러싸여 경치 좋은 곳.

전나귀 모노라니 서산에 일모日暮로다
산로 험하거든 간수澗水¹⁾나 잔잔커나
풍편風便에 문견폐聞犬吠하니²⁾ 다 왔는가 하노라

목 붉은 산상치山上雉³⁾와 홰에 앉은 송골매와
집 앞 논 무살미⁴⁾에 고기 엿는 백로로다
초당에 너희곳 없으면 날 보내기 어려워라

백설이 분분한 날에 천지가 다 희거다
우의羽衣를 떨쳐 입고 구당丘堂⁵⁾에 올라가니
어즈버 천상 백옥경⁶⁾을 미쳐 본가 하노라

(임의직)

---

1) 골짜기를 흐르는 물.
2) 개 짖는 소리 들려오니.
3) 산 위에 꿩.
4) 물을 대어 써레질을 한 논.
5) 언덕 위에 있는 당堂.
6) 옥황상제가 사는 곳.

녹수청산 깊은 곳에 청려靑藜 완보緩步[1] 들어가니
천봉은 백설이요 만학萬壑[2]에 연무煙霧로다
이곳이 경개 좋으니 예 와 놀려 하노라

(이명한)

벼슬이 귀타 한들 이내 몸에 비길소냐
건려蹇驢[3]를 바삐 몰아 고산故山으로 돌아오니
어디서 급한 비 한줄기에 출진행장出塵行裝[4] 씻어고

(신정하)

백운 깊은 골에 청산녹수 둘렀는데
신구神龜로 복축卜築하니[5] 송죽간松竹間에 집이로다
매일에 영균靈菌[6]을 맛 들이며 학록鶴鹿[7] 함께 놀리라

(김시경)

---

1) 명아주 지팡이를 짚고 느린 걸음으로.
2) 수많은 골짜기.
3) 다리 저는 나귀.
4) 속세를 벗어나려 떠나는 행장.
5) 신령한 거북으로 점을 쳐서 살 만한 곳에 집을 지으니.
6) 버섯.
7) 학과 사슴.

반밤중 혼자 일어 묻노라 이내 꿈아
만리 요양遼陽을 어느덧 다녀온고
반갑다 학가鶴駕 선객仙客[1]을 친히 뵌 듯하여라

(이정환)

일순一瞬[2] 천리 간다 백송골白松鶻[3]아 자랑 마라
두껍[4]도 강남 가고 말 가는 데 소 가느니
두어라 지어지처止於至處[5]니 네오 내오 다르랴

(김영)

설악산 가는 길에 개골산皆骨山[6] 중을 만나
중더러 물을 말이 풍악楓嶽[7]이 어떻더니
이 사이 연하여 서리 치니 때 맞았다 하더라

(조명리)

---

1) 학을 탄 신선의 모습.
2) 잠깐 사이.
3) 흰 송골매.
4) 두꺼비.
5) 멈추는 곳에 거처를 정함.
6) 금강산을 겨울에 부르는 이름.
7) 금강산을 가을에 부르는 이름.

문노라 저 선사야 관동 풍경 어떻더니
명사십리에 해당화 붉어 있고
원포遠浦에 양양兩兩 백구白鷗는 비소우飛疏雨를 하더라[1]

북소리 들리는 절이 멀다 한들 얼마 멀리
청산지상靑山之上이요 백운지하白雲之下연마는
그곳에 안개 잦으니 아무 덴 줄 몰라라

청사검 둘러메고 백록을 지즐타고
부상扶桑[2] 지는 해에 동천洞天으로 돌아드니
선궁禪宮에 종경鍾磬[3] 맑은 소리 구름 밖에 들리더라

---

1) 먼 포구에 흰 갈매기 쌍은 성글게 내리는 빗속을 날더라.
2) 해 뜨는 곳.
3) 종과 경을 함께 부르는 말.

청풍清風 북창北窓 하에 갈건을 젖게 쓰고[1]
희황義皇 베개[2] 위에 취하여 누웠으니
석양에 단발短髮 초동이 농적환弄笛還[3]을 하더라

빈천을 팔려 하고 부귀문富貴門에 들어가니
덤 없는 흥정을 뉘 먼저 하자 하리
강산과 풍월을 달라 하니 그는 그리 못하리

(조찬한)

하늘이 이저신 제[4] 무슨 술術로 기워 내며
백옥루白玉樓 중수重修할 제[5] 어떤 바치[6] 이뤄 낸고
옥황玉皇께 사뢰 보자 하더니 다 못하여 오나다

---

1) 베로 만든 두건을 빗겨 쓰고.
2) 희황상인義皇上人이라고 수를 놓아 만든 베개.
3) 피리를 불면서 돌아옴.
4) 이지러진 때.
5) 옥황이 사는 곳을 고칠 때.
6) 기술 있는 장인.

서호西湖 눈 진 밤에 달빛이 낮 같은 제
학창을 님의혀고[1] 강고江皐[2]로 내려가니
봉해蓬海[3]에 우의선인羽衣仙人을 마주 본 듯하여라

공정公庭에 이퇴吏退하고[4] 할 일이 아주 없어
편주에 술을 싣고 시중대侍中臺[5] 찾아가니
노화에 수많은 갈매기는 제 벗인가 하더라

상常[6]이런가 꿈이런가 백옥경白玉京에 올라가니
옥황은 반기시되 군선群仙이 꺼리더라
두어라 오호연월五湖烟月[7]이 내 분分일시 옳도다

---

1) 학창의를 여며 채워 입고. '학창의'는 가를 검은 천으로 두른 웃옷.
2) 강둑.
3) 신선이 사는 나라.
4) 관청에 아전들이 물러나고.
5) 강원도 통천에 있는 관동팔경의 하나.
6) 생시.
7) 자연에서 사는 삶.

풋잠에 꿈을 꾸어 십이루十二樓[1]에 들어가니
옥황은 웃으시되 군선群仙이 꾸짖는다
어즈버 백만억 창생[2]을 어느 결에 물으리

청려장 흩디디며 합강정合江亭에 올라가니
동천洞天 명월明月에 물소리뿐이로다
어디서 생학선인笙鶴仙人[3]은 날 못 찾아하느니

동풍 어제 비에 행화 다 피거다
만원홍록滿園紅綠이 금수를 이뤘어라
두어라 산가山家 부귀를 사람 알까 하노라

---

1) 중국 곤륜산에 선인이 산다는 열두 채의 높은 누각.
2) 세상의 모든 사람.
3) 학을 타고 생을 부는 선인.

영욕이 병행하니 부귀도 불관터라
제일 강산에 내 혼자 임자 되어
석양에 낚싯대 둘러메고 오락가락하리라

(김천택)

세사世事를 다 떨치고 강호로 들어가니
수광산색水光山色이 옛 낯을 다시 본 듯
어즈버 평생 몽상이 오라 하여 그렇단다

(김천택)

노화蘆花 깊은 곳에 낙하落霞[1]를 빗기 띠고
삼삼오오이 섞어 떴는 저 백구들아
우리도 강호구맹江湖舊盟[2]을 찾아보려 하노라

---

1) 저녁노을.
2) 강호에 살리라던 지난날의 맹세.

하목霞鶩[1]은 섞어 날고 수천水天은 한 빛인 제
소정小艇을 끌러 타고 여울목에 내려가니
격안隔岸[2]에 삿갓 쓴 늙은이 함께 가자 하더라

색거한처索居閑處[3] 깊은 골에 찾아올 이 뉘 있으리
화경花逕[4]도 쓸 이 없고 봉문蓬門[5]을 닫았는데
다만지 나와 유신有信키는 명월청풍뿐이로다

강산 좋은 경景을 힘센 이 다툴 양이면
내 힘과 내 분으로 어이하여 얻을쏘냐
진실로 금禁할 이 없을새 나도 두고 노니노라

(김천택)

---

1) 노을과 따오기.
2) 맞은편 강 언덕.
3) 세상일을 떠나서 들어 앉아 사는 한가한 곳.
4) 꽃이 어우러진 좁은 길.
5) 쑥대로 엮은 문.

와실蝸室[1]은 부족하나 십경十景이 벌여 있고
사벽四壁 도서圖書는 주인옹主人翁의 심사心事로다
이 밖의 군마음 없는 이는 나뿐인가 하노라

청려장 드더지며[2] 석경石逕으로 돌아드니
양삼兩三 선장仙庄[3]이 구름 속에 잠겼어라
오늘은 진연塵緣[4]을 다 떨치고 적송자赤松子[5]를 좇으리라

청우靑牛를 빗겨 타고 녹수를 흘리 건너
천태산[6] 깊은 골에 불로초 캐러 가니
만학에 백운이 덮였으니 갈 길 몰라 하노라

(안정)

---

1) 달팽이같이 작고 보잘것없는 집.
2) 짚어 가며.
3) 선계에 있는 두세 채의 집.
4) 속세 인연.
5) 신선 이류. 음식을 먹지 않고 공기만 마시며 살았다고 한다.
6) 신선이 산다는 산.

청산에 옛길 찾아 백운심처 들어가니
학려성鶴唳聲[1] 이는 곳에 죽호竹戶 형비荊扉[2] 두세 집을
내 또한 산림에 깃들여서 저와 같이 하리라

(안민영)

늙은이 저 늙은이 임천林泉[3]에 숨은 저 늙은이
시주詩酒 가금歌琴 여기與碁[4]로 늙어 오는 저 늙으니
평생에 불구문달不求聞達[5]하고 절로 늙는 저 늙은이

(안민영)

환해宦海가 도도滔滔하니 인생대족人生待足 하시족何時足고[6]
공명이 오인誤人[7]이라 깨달을 이 뉘 있으리
자고로 강산풍월이 임자 적다 하더라

(김진태)

제 우는 저 꾀꼬리 녹음방초 흥을 겨워
우후청풍雨後淸風에 쇄옥성碎玉聲[1] 좋다마는
어떻다 일침강호몽一枕江湖夢[2]을 깨울 줄이 있으랴

(김진태)

유벽幽僻[3]을 찾아가니 구름 속에 집이로다
산채에 맛들이니 세미世味를 잊을로다.
이 몸이 강산풍월과 함께 늙자 하노라

(조개)

술을 취케 먹고 오다가 공산에 자니
뉘 나를 깨우리 천지天地 즉卽 금침衾枕[4]이로다
광풍이 세우를 몰아 잠든 나를 깨운다

(이유)

1) 구슬 깨지는 소리.
2) 자연 속에 잠들어 꾸는 꿈.
3) 한적하고 외진 곳.
4) 하늘이 곧 이불과 베개.

내 집이 길첸 양하여¹⁾ 두견이 낮에 운다
만학천봉萬壑千峰에 외사립 닫았는데
개조차 짖을 일 없어 꽃 지는데 조을더라

청산이 적요한데 미록麋鹿이 벗이로다
약초에 맛들이니 세미를 잊을로다
석양에 낚대를 메고 나니 어흥漁興 겨워 하노라

시비에 개 짖어도 석경石逕에 올 이 없다
들나니 물소리요 보나니 미록이로다
인세人世를 얼마나 지난지 나는 몰라 하노라

---

1) 길에서 외지고 호젓하여. '길체'는 한쪽으로 치우친 자리.

녹수청산 깊은 골에 찾아올 이 뉘 있으리
화경花逕도 쓸 이 없고 시비를 닫았는데
선방仙尨이 운외폐雲外吠하니[1] 속객 올까 하노라

이러하나 저러하나 이 초옥 편코 좋다
청풍은 오락가락 명월은 들락날락
이 중에 병 없은 이 몸이 자락깨락 하리라

하운夏雲이 다기봉多奇峯[2]하니 금강산이 이러한가
옥 같은 부용이 안중에 있다마는
아마도 보고 못 오르니 그를 슬퍼하노라

(김진태)

---

1) 선계의 삽살개가 구름 밖을 짖으니.
2) 기이한 봉우리가 많음.

묻노라 태화산太華山아 너는 어이 묵중默重하다
세상 인사는 조석변朝夕變 하거니와
아마도 용안불개容顔不改¹⁾는 너뿐인가 하노라

(김진태)

이농耳聾과 목고目瞽함²⁾을 웃지 마소 벗님네야
청산에 눈 열리고 녹수에 귀가 밝에
아마도 고치기 쉽기는 이 병인가 하노라

(김진태)

---

1) 모양을 고치지 않기는.
2) 귀먹고 눈멂.

동짓달
기나긴 밤을
한 허리를 베어내어

동짓달 기나긴 밤을 한 허리를 베어내어
춘풍 이불 아래 서리서리 넣었다가
어론님 오신 날 밤에 굽이굽이 펴리라

눈물이 진주라면 흐르지 않게 싸 두었다가
십 년 후 오실 님을 구슬성에 앉히련만
흔적이 이내 없으니 그를 설워하노라

두 눈에 고인 눈물 진주나 될 양이면
청실홍실 길게 꿰어 님께 한 끝 보내련만
거두지 미처 못하여 사라짐을 어이리

어와 보완지고[1] 그리던 님을 보완지고
칠년지한七年之旱에 열구름[2]에 빗발 본 듯
이후에 또다시 만나면 구년지수九年之水에 볕뉘[3] 본 듯하여라

---

1) 보았노라.
2) 지나는 구름.
3) 작은 틈으로 잠깐 비치는 햇볕.

말 타고 꽃밭에 드니 말굽 아래 향내 난다
주천당酒泉堂 돌아드니 아니 먹은 술내 난다
어찌타 눈정[1]에 걸온 님은 말이 먼저 나나니

대천 바다 한가운데 뿌리 없는 나무 나서
가지는 열둘이요 잎은 삼백예순 잎이로다
그 남게[2] 열매가 열리되 다만 둘이 열었더라

어와 보완지고 저 선사님 보완지고
저렇듯 고운 양자樣姿 헌 누비에 싸이었는고
납설臘雪 중[3] 동백화冬柏花 한 가지가 노송老松 속에 듦이라

---

1) 눈웃음, 추파.

2) 나무에.

3) 섣달 눈보라 속.

청조青鳥야 오도괴야 반갑도다 님의 소식
약수弱水[1] 삼천리를 네 어이 건너온다[2]
우리의 만단정회萬端情懷[3]를 네 다 알까 하노라

사랑 사랑 긴긴 사랑 개천같이 내내 사랑
구만리장공에 너즈러지고 남는 사랑
아마도 이 님의 사랑은 가없는가 하노라

사랑이 어떻더니 둥글더냐 모나더냐
길더냐 자르더냐[4] 밟고 남아 자힐러냐[5]
하 그리 긴 줄은 모르되 끝 간 데를 몰라라

---

1) 신선이 산다는 전설의 강.
2) 건너오느냐.
3) 온갖 정서와 회포.
4) 짧더냐.
5) 자로 잴 수 있겠느냐.

오늘이 오늘이소서 매일에 오늘이소서
점그지도[1] 새지도 말으시고
새나마[2] 주야장상晝夜長常에[3] 오늘이 오쇼셔

담 안에 섰는 꽃이 목단이냐 해당화인다
희뜩 발긋 피어 있어 남의 눈을 놀래는다
저 꽃이 임자 있으랴 내 꽃 보듯 하리라

사랑을 알알이 모아 말로 되어 섬에 넣어 놓고
세찬 말게 허리 추어[4] 실어 두고
아해야 채 제겨 놓아라 님 계신 데 보내리라

---

1) 저물지도.
2) 새더라도.
3) 밤낮으로 늘.
4) 힘 센 말에 허리를 추켜.

동짓달 기나긴 밤을 한 허리를 베어내어
춘풍 이불 아래 서리서리 넣었다가
어론님[1] 오신 날 밤에 굽이굽이 펴리라

(황진이)

어져 내 일이여 그릴 줄을 모르던가
있으라 하더면 가라마는 제 구태여
보내고 그리는 정을 나도 몰라 하노라

(황진이)

마음이 어린[2] 후니 하는 일이 다 어리다
만중설산萬重雪山에 어느 님 오리마는
지는 잎 부는 바람에 행여 그인가 하노라

(서경덕)

---

1) 정을 나눈 님.
2) 어리석은.

이리하여 날 속이고 저리하여 날 속이니
원수 이 님을 잊음직하다마는
전전에¹⁾ 언약이 중하니 못 잊을까 하노라

해 지면 장탄식하고 촉백성蜀魄聲이 단장회斷腸懷라²⁾
일시나 잊자 하니 궂은비는 무삼 일고
천 리에 님 이별하고 잠 못 들어 하노라

일각이 삼추라 하니 열흘이면 몇 삼추요
제 마음 즐겁거니 남의 시름 생각하랴
가뜩에 다 썩은 간장이 봄눈 슬듯 하여라

---

1) 매우 오래 전에.
2) 두견새 울음에 애를 끊는 기분이라.

한숨은 바람이 되고 눈물은 세우 되어
님 자는 창밖에 불면서 뿌리고저
날 잊고 깊이 든 잠을 깨워 볼까 하노라

이 몸 싀여져서[1] 접동새 넋이 되어
이화 피운 가지 속잎에 싸였다가
밤중만 살아나[2] 울어 님의 귀에 들리리라

울며 잡은 소매 떨치고 가지 마소
초원 장제長堤에 해 다 져 저물었다
객창에 잔등殘燈[3]을 돋우고 새워 보면 알리라

(이명한)

1) 죽어져서.
2) 한밤에 살아나서.
3) 꺼져 가는 등불.

꿈에 다니는 길이 자취곳 날작시면
님의 집 창밖이 석로石路라도 닳을로다
꿈길이 자취 없으매 그를 슬퍼하노라

(이명한)

신농씨 상백초嘗百草할 제[1] 만병을 다 고치되
상사相思로 든 병은 백약이 무효로다
저 님아 너로 든 병이니 네 고칠까 하노라

내게는 병이 없어 잠 못 들어 병이로다
잔등殘燈이 다 진盡하고 닭이 울어 새오도록
오매寤寐에[2] 님 생각노라 잠든 적이 없어라

(김민순)

---

1) 수백 가지 약초의 맛을 볼 때.
2) 자나 깨나.

네 얼굴 그려 내어 월중月中 계수에 걸었으면
동령東嶺에 돋아올 제 두렷이 보련마는
그려서 걸 이 없으니 그를 슬퍼하노라

(김민순)

두고 가는 이별 보내는 내 안도[1] 있네
알뜰이 그리울 제 구회간장九回肝腸[2] 썩을로다
저 님아 헤어 보소라 아니 가든 못할소냐

(신희문)

자규야 울지 마라 울어도 속절없다
울거든 너만 울지 나는 어이 울리는다
아마도 네 소리 들을 제면 가슴 아파하노라

(이유)

---

1) 내 마음도.
2) 깊은 마음 속.

내 언제 무신無信하여 님을 언제 속였관데
월침月沈 삼경1)에 온 뜻2)이 전혀 없다
추풍에 지는 잎 소리야 낸들 어이하리오

(황진이)

내 가슴 쓸어 만져 보니 살 한 점이 없네그려
굶든 아니 하되 자연이 그러하여
저 님아 너로 든 병이니 네 고칠까 하노라

식불감食不甘 침불안寢不安3)하니 이 어인 모진 병고
상사 일념에 님 그린 탓이로다
저 님아 너로 든 병이니 네 고칠까 하노라

---

1) 달도 진 한밤. '삼경三更'은 밤 열한 시에서 새벽 한 시 사이.
2) 오는 기미.
3) 먹어도 맛이 없고 잠을 자도 편하지 않음.

바람 불어 쓰러진 남기 비 온다 싹이 나며
님 그려 든 병이 약 먹다고 하릴쏘냐[1]
저 님아 너로 든 병이니 네 고칠까 하노라

가더니 잊은 양하여 꿈에도 아니 뵌다
내 아니 잊었거든 젠들 설마 잊을쏘냐
얼마나 진장珍藏할[2] 님이완데 살든[3] 애를 끊나니

달 밝고 서리 친 밤에 울고 가는 외기러기
소상瀟湘으로 가느냐 동정洞庭으로 향하느냐
저근덧 내 말 잠깐 들어다가 님 계신 데 드려라

1) 내릴쏘냐. 낫겠느냐.
2) 귀하게 마음에 간직한.
3) 살뜰한.

기러기 산 채로 잡아 정들이고 길들여서
님의 집 가는 길을 역력히 가르쳐다가
밤중만 님 생각 나거들랑 소식 전케

설월雪月[1]이 만창滿窓한데 바람아 불지 마라
예리성曳履聲[2] 아닌 줄은 판연判然히 알건마는
그립고 아쉬운 마음에 행여 그인가 하노라

꿈이 날 위하여 먼 데 님 데려 오거늘
탐탐히 반기 여겨 잠을 깨어 일어 보니
그 님이 성내어 간지 기도망[3]도 없어라

<hr>

1) 눈에 비친 달빛.
2) 신발 끄는 소리.
3) 간 곳.

해 저 황혼이 되면 내 못 가도 제 오더니
제 몸에 병이 든지 뉘 손에 잡히었는지
낙월落月이 서루西樓로 내리면 애끊는 듯하여라

닭아 울지 마라 옷을 벗어 중천中天을 주랴
날아 새지 마라 닭의손대[1] 빌었노라
무심한 동녘다히는[2] 점점 밝아 오는구나

닭의 소리 길어지고 봄이 장차 저물세라
바람은 품에 들고 버들빛이 새로워라
님 향한 상사 일념을 못내 슬퍼하노라

---

1) 닭에게.
2) 동쪽 땅은.

꿈으로 차사差使[1]를 삼아 먼 데 님 오게 하면
비록 천 리라도 순식에 오련마는
그 님도 님 둔 님 아니니 올동말동하여라

섬겁고[2] 놀라울손 추천秋天에 기러기로다
너 날아 나올 제 님이 분명 알았건만
소식을 못 미쳐 맨지 울어옐 만하더라[3]

바람 불어 쓰러진 뫼 보며 눈비 맞아 썩은 돌 본가[4]
눈정에 거론 님이 싫거늘 어디 가 본가[5]
돌 썩고 뫼 쓸리거든 이별인가 하여라

---

1) 임금이 중한 일을 맡긴 임시 직책.
2) 싱겁고.
3) 매서인지 울며 가기만 하더라.
4) 보았는가.
5) 싫어지는 것을 어디서 본 일이 있는가.

녹양綠楊이 천만사千萬絲[1]인들 가는 춘풍 잡아매며
탐화봉접探花蜂蝶인들 지는 꽃을 어이하리
아무리 사랑이 중한들 가는 님을 잡으랴

(이원익)

그리던 님 만난 날 밤은 저 닭아 부디 울지 마라
네 소리 없도소니 날 샐 줄 뉘 모르리
밤중만 네 울음소리 가슴 답답하여라

닻 뜨자 배 떠나가니 이제 가면 언제 오리
만경창파에 가는 듯 다녀옴세
밤중만 지국총[2] 소리에 애끓는 듯하여라

---

1) 천만 갈래.
2) 노 젓는 소리.

낙엽성¹⁾ 찬 바람에 기러기 슬피 울 제
석양 강두江頭²⁾에 고운 님 보내나니
석가와 노담老聃³⁾이 당한들 아니 울고 어이리

(김묵수)

늙은이 불사약과 젊은이 불로초를
봉래산 제일봉에 가면 얻을 법 있건마는
아마도 이별 없을 약은 못 얻을까 하노라

청초 우거진 골에 자는다 누웠는다
홍안을 어디 두고 백골만 묻혔느니
잔 잡아 권할 이 없으니 그를 슬퍼하노라

(임제)

---

1) 낙엽 지는 소리.
2) 강가의 나루 근처.
3) 노자.

북천이 맑다커늘 우장雨裝 없이 길을 나니
산에는 눈이 오고 들에는 찬비로다
오늘은 찬비 맞았으니 얼어 잘까 하노라

(임제)

어이 얼어 자리 무스 일 얼어 자리
원앙침 비취금[1]을 어디 두고 얼어 자리
오늘은 찬비 맞았으니 녹아 잘까 하노라

(한우)

매화 옛 등걸에 봄철이 돌아오니
예 피던 가지에 핌직도 하다마는
춘설이 난분분亂紛紛하니[2] 필동말동하여라

(매화)

---

1) 원앙을 수놓은 베개와 비취색 이불.
2) 어지러이 날리니.

청춘에 이별한 님이 몇 세월을 지내었노
유광流光[1]이 덧없어 곱던 양자樣姿 늙었고야
저 님아 백발을 한치 마라 이별 뉘를 슬퍼라[2]

(신희문)

보거든 슬밉거나[3] 못 보거든 잊히거나
네 나지 말거나 내 너를 모르거나
차라리 내 먼저 스러져 네 그립게 하리라

가마귀 칠하여 검으며 해오리 늙어 희랴
천생흑백天生黑白은 예부터 있건마는
어떻다 날 본 님은 검다 희다 하나니

---

1) 흐르는 세월.
2) 슬퍼하노라.
3) 싫고 밉거나.

상공相公을 뵈온 후에 사사事事를 믿자오매
졸직拙直한[1] 마음에 병들까 염려러니
이리마 저리차[2] 하시니 백년동포百年同袍[3] 하리이다

(소백주)

솔이 솔이라 하니 무슨 솔만 여기는다
천심절벽千尋絶壁[4]에 낙락장송 내 그로라
길 아래 초동의 접낫이야[5] 걸어 볼 줄 있으랴

(송이)

꽃이야 곱다마는 가지 높아 못 꺾겠다
꺾지는 못하나마 이름이나 짓고 가자
아마도 그 꽃 이름은 단장화斷腸花인가

---

1) 고지식한.
2) 이리하마 저리하자.
3) 백년해로.
4) 천 길 낭떠러지.
5) 필부의 조그만 낫쯤이야.

보거든 꺾지 말고 꺾었으면 버리지 마소
보고 꺾고 꺾고 버림이 군자의 행실일까
두어라 노류장화路柳墻花[1]니 누를 원망하리오

꿈에 뵈는 님이 신의 없다 하건마는
탐탐이 그리울 제 꿈 아니면 어이 보리
저 님아 꿈이라 말고 자주자주 뵈시소

(명옥)

연蓮 심어 실을 뽑아 긴 노 부여[2] 걸었다가
사랑이 그쳐 갈 제 찬찬 감아 매오리라
우리는 마음으로 맺었으니 그칠 줄이 있으랴

(김영)

---

1) 길가의 버드나무, 담장 위에 꽃. 기생이나 창녀를 말한다.
2) 끈을 비벼 꼬아.

마음이 지척이면 천 리라도 지척이요
마음이 천 리오면 지척도 천 리로다
우리는 각재各在 천 리오나[1] 지척인가 하노라

길 아래 두 돌부처 벗고 굶고 마주 서서
바람 비 눈 서리를 맞을망정
평생에 이별루離別淚[2] 없으니 그를 좋아하노라

나는 가거니와 사랑을란 두고 감세
두고 가거든 날 본 듯이 사랑하소
사랑아 푸대접하거든 괴는 데로[3] 가거라

내 사랑 남 주지 말고 남의 사랑 탐치 마소
우리 두 사랑이 행여 잡사랑에 섞일세라
우리는 이 사랑 가지고 백년동주百年同住 하리라

각시네 하 어슨 체[1] 마소 고와로라 자랑 마소
자네 집 뒷동산에 산국화를 못 보신가
구시월 된서리 맞으면 검부남기[2] 되느니

청춘에 곱던 양자樣姿 님을 내어[3] 다 늙거다
이제 님이 보면 나인 줄 알으실까
님께서 나인 줄 알작시면 고대 죽다 설우랴

(강백년)

---

1) 너무 잘난 체.
2) 검불로 쓰는 땔나무.
3) 님 때문에.

남루南樓에 북이 울고 설월雪月이 삼경인 제
백마 금안金鞍에 소년심少年心[1]도 좋거니와
사창紗窓[2]에 기다릴 님 없으니 그를 슬퍼하노라

동창이 기명既明커늘[3] 님을 깨어 보내올 제
비동방즉명非東方卽明이라[4] 월출지광月出之光이로다
탈앙금脫鴦衾 추원침推鴛枕하고 전전반측輾轉反側하여라[5]

추상秋霜에 놀란 기러기 섬겨온[6] 소리 마라
가뜩에 님 여의고 하물며 객리客裏[7]로다
밤중만 네 울음소리에 잠 못 들어 하노라

---

1) 백마에 화려한 안장을 얹어 자랑하고픈 어린 마음.
2) 비단을 바른 창.
3) 벌써 밝아오기에.
4) 동이 트는 빛이 아니라.
5) 이불을 걷어차고 베개를 밀쳐 내고 뒤척이며 잠을 이루지 못함.
6) 연약한.
7) 나그네 살이 중이로다.

새벽 서리 지샌 달에 외기러기 울어 옌다
반가운 님의 소식 행여 온가 여겼더니
다만지 창망한 구름 밖에 빈 소리만 들리더라

기어들고 기어나는 집에 핌도 필샤[1] 삼색도화
어론쟈[2] 범나비야 너는 어이 넘노나니
우리도 새 님 걸어 두고 넘놀아 볼까 하노라

그려 살지 말고 차라리 싀여져서[3]
월명 공산月明空山에 두견새 넋이 되어
밤중만 살아나 울어 님의 귀에 들리리라

우리 둘이 후생後生하여[1] 네 나 되고 나 너 되어
내 너 그려 긋던 애를 너도 날 그려 긋처 보면[2]
평생에 내 설워하던 줄을[3] 돌려볼까 하노라

주렴에 비친 달과 멀리 오는 옥적 소리
천수만한千愁萬恨을 네 어이 돋우는다
천 리에 님 이별하고 잠 못 들어 하노라

동창에 돋았던 달이 서창으로 되지도록
못 오실 님 못 오신들 잠 어이 가져간고
잠조차 가져간 님이니 생각 무슴 하리오

---

1) 다시 태어나서.
2) 나를 그리워 애닯아 보면.
3) 내 서러워하던 것들을.

사랑 모여 불이 되어 가슴에 피어나고
간장 썩어 물이 되어 두 눈으로 솟아나니
일신이 수화상침水火相侵[1]하니 살동말동하여라

이리 혜고[2] 저리 혜니 속절없는 셈만 난다
험궂은 이 몸이 살고저 살았느냐
지금에 아니 죽은 뜻은 님 뵈오려 함이라

금로金爐에 향진香盡하고[3] 누성漏聲이 잔잔하도록[4]
어디 가 있어 뉘 사랑 바치다가
월영月影이 상난간上欄干해야[5] 맥脈 받으러[6] 왔느니

(김상용)

---

1) 물과 불이 서로 들어오니.
2) 헤아리고.
3) 향로에 향이 다 타고.
4) 파루 소리가 다 끝나도록.
5) 달그림자가 난간 위에 이르러야.
6) 맥을 받아 진찰을 하러. 여기서는 '남의 속을 알아 보러'의 뜻.

창오산붕상수절蒼梧山崩湘水絶[1]이라야 이내 시름이 없을 것을
구의봉九疑峯[2] 구름이 가지록[3] 새로워라
밤중만 월출어동령月出於東嶺[4]하니 님 뵈온 듯하여라

은하에 물이 지니 오작교 뜨단 말가
소 이끈 선랑仙郎이 못 건너오리로다
직녀의 촌寸만 한[5] 간장이 봄눈 슬듯 하여라

서산에 일모하니 천지에 가이없다
이화 월백하니 님 생각이 새로워라
두견아 너는 눌을 그려 밤새도록 우나니

(이명한)

---

1) 창오산이 무너지고 상수가 마름. 순임금이 창오산에서 죽자 두 왕비의 눈물로 상수가 말랐다는 중
   국 고사에서 온 말.
2) 창오산의 봉우리.
3) 갈수록.
4) 달이 동쪽 고개에서 돋음.
5) 조그마한.

내 가슴 두충복판杜沖腹板[1] 되고 님의 가슴 화류花榴 등[2] 되어
인연 진 부레풀로 시운지게[3] 붙였으니
아무리 석 달 장만들 떨어질 줄 있으랴

언약이 늦어 가니 벽도화碧桃花 다 지거다
아침에 울던 까치 유신有信타 하랴마는
그러나 경중아미鏡中蛾眉[4]를 다스려 볼까 하노라

내 정령精靈 술에 섞어 님의 속에 흘러들어
구회간장을 촌촌이 찾아가서
날 잊고 남 향한 마음을 다 슬으려 하노라

(김삼현)

---

1) 두충나무로 만든 판.
2) 화류로 만든 등[背]. 화류는 고급 목재 이름.
3) 단단하게.
4) 거울 속에 비친 나비 눈썹, 곧 고운 자태.

추풍이 살[1] 아니라 북벽 중방中房 뚫지 마라
원앙침 참도 찰손[2] 님 없는 탓이로다
다만지 한야잔등寒夜殘燈[3]에 전전반측하여라

(김교최)

누가 나 자는 창밖에 벽오동을 심돗던고
월명정반月明庭畔에 영파사影婆娑[4]도 좋거니와
밤중만 굵은 빗소리에 애끓는 듯하여라

뒷뫼에 떼구름 지고 앞내에 안개 핀다
비 올지 눈이 올지 바람 불어 진서리 칠지
먼 데 님 오실지 못 오실지 개만 홀로 짖더라

---

1) 화살.
2) 매우 찬 것은.
3) 차가운 밤 꺼져 가는 등불.
4) 밝은 달 뜬 뜰 가에 꽃잎이 너울거리는 그림자.

꽃 보고 춤추는 나비와 나비 보고 당싯 웃는 꽃과
저 둘의 사랑은 절절이 오건마는
어떻다 우리의 사랑은 가고 아니 오느니

엊그제 님 이별하고 벽사창碧紗窓에 기댔으니
황혼에 지는 꽃과 녹류에 걸린 달이
아무리 무심히 보아도 불승비감不勝悲感[1]하여라

사랑인들 님마다 하며 이별인들 다 설우랴
평생에 처음이요 다시 못 얻어 볼 님이로다
이후에 다시 만나면 연분인가 하노라

---

1) 슬픔을 이겨 내지 못함.

꽃이 피나 마나 접동새 우나 마나
그리던 님을 다시 만나 볼 양이면
구태여 울고 피는 것을 슬퍼 무삼 하리오

세상에 약도 많고 드는 칼이 있다 하되
정 버힐[1] 칼이 없고 님 잊을 약이 없네
두어라 잊고 버히기는 후천後天에 가 하리라

춘수春水 만사택滿四澤하니[2] 물이 많아 못 오더냐
하운夏雲 다기봉多奇峯하니[3] 산이 높아 못 오더냐
추월秋月이 양명휘揚明輝어든[4] 무슨 탓을 하리오

---

1) 베어 낼.
2) 봄에 오른 물이 세상 연못을 가득 채우니.
3) 여름 구름이 기묘한 봉우리를 만들어 내니.
4) 가을 달이 밝게 빛을 내거든.

뉘뉘 이르기를 청강소淸江沼가 깊다던고
비오리 가슴이 반도 아니 잠겼어라
아마도 깊고 깊을손 님이신가 하노라

청산리 벽계수야[1] 수이 감을 자랑 마라
일도창해一到滄海하면 다시 오기가 어려우니
명월이 만공산하니 쉬어 간들 어떠리

(황진이)

한 자 쓰고 눈물 지고 두 자 쓰고 한숨 지니
자자행행字字行行이 수묵산수水墨山水가 되었고나
저 님아 울고 쓴 편지니 눌러볼까[2] 하노라

---

1) 푸른 산속 푸른 냇물아. '벽계수'는 사람 이름을 이르기도 한다.
2) 너그럽게 보아 줄까.

한송정 달 밝은 밤에 경포대에 물결 잔 제
유신한 백구는 오락가락하건마는
어떻다 우리의 왕손王孫[1]은 가고 아니 오느니
(홍장)

전언前言은 희지이戱之耳라[2] 내 말씀 허물 마오
문무일체文武一體인 줄 나도 잠깐 아옵거니
두어라 규규무부赳赳武夫[3]를 아니 좇고 어이리

가을밤 밝은 달에 반만 피온 연꽃인 듯
동풍 세풍細風에 조오는 해당화인 듯
아마도 절대화용絶代花容[4]은 너뿐인가 하노라

---

1) 귀한 님.
2) 희롱일 따름이라.
3) 용맹한 무인.
4) 가장 아름다운 얼굴.

어화 네여이고 반갑고도 놀라워라
운우양대雲雨陽臺[1]에 무산선녀巫山仙女 다시 본 듯
아마도 상사 일념이 병病이 될까 하노라

늦게야 만난 님을 덧없이도 여의언저[2]
소식이 그쳤은들 꿈에나 아니 뵈랴
님이야 날 생각하랴마는 나는 못 잊을까 하노라

님 그려 얻은 병을 약으로 고칠쏜가
한숨이야 눈물이야 오매寤寐에[3] 맺혔어라
일신이 죽지 못한 전前은 못 잊을까 하노라

꿈에 님을 보려 베개 위에 기댔으니
반벽잔등半壁殘燈[1]에 앙금鴛衾도 차도 찰샤[2]
밤중만 외기러기 소리에 잠 못 이뤄 하노라

(이정보)

어화 조물造物이여 고르도 아니할샤
제비 쌍쌍 나비 쌍쌍 비취 원앙이 다 쌍쌍이로되
어떻다 어엿분[3] 내 몸은 독수공방 하느니

가인佳人이 낙매곡落梅曲을 월하에 비껴 부니
양진樑塵[4]이 날리는 듯 남은 매화 다 지거다
내게도 천금준마 있으니 바꾸어 볼까 하노라

---

1) 벽에 걸려 있는 꺼져가는 등잔.
2) 원앙이 수놓인 이불이 차기도 차구나.
3) 가엾은.
4) 대들보의 먼지.

내 부어 권하는 잔을 덜 먹으려 사양 마소
화개앵제花開鶯啼하니[1] 이 아니 좋은 땐가
어즈버 명년 간화반看花伴[2]이 누가 될 줄 알리오

가을밤 채 긴 적에[3] 님 생각 더욱 깊다
머귀[4] 성긴 비에 남은 간장 다 썩노매
아마도 박명한 인생은 내 혼잔가 하노라

직녀의 오작교를 어이굴어[5] 헐어다가
우리 님 계신 곳에 건네 놓아 두고라쟈
지척이 천 리 같으니 그를 슬퍼하노라

(김우규)

---

1) 꽃이 피고 꾀꼬리 우니.
2) 함께 꽃 구경할 친구.
3) 훨씬 길어졌을 때.
4) 오동나무.
5) 어떻게든지.

처음에 모르더면 모르고나 있을 것을
어인 사랑이 싹 나며 움 돋는가
언제나 이 몸에 열음[1] 열어 휘두르거든 보려뇨

(김우규)

꾀꼬리 날려스라[2] 가지 위에 울릴세라
겨우 든 잠을 네 소리에 깰작시면
아마도 요서일몽遼西一夢[3]을 못 이룰까 하노라

(박희석)

아희야 연수硯水 처라[4] 그린 님께 편지하자
검은 먹 종이는 정든 님을 보련마는
저 붓대 나와 같이 그릴 줄만

---

1) 열매.
2) 날려버려라.
3) 꿈에서 남편을 만나는 꿈.
4) 벼루에 물 따라라.

이별이 불이 되어 간장이 타노매라
눈물이 비 되니 끌 듯도 하건마는
한숨이 바람이 되니 끌동말동하여라

꿈이 정녕 허사로다 님이 왔다 가단 말가
제 정녕 왔거드면 흔적이나 뵈런마는
지금에 제 아니 오고 남의 애를

간밤에 꿈 좋더니 님에게서 편지 왔네
그 편지 받아 백번이나 보고 가슴 위에 얹고 잠을 드니
구태여 무겁지 아니해도 가슴 답답

강변에 총 멘 사람 기러기란 죄 놓아라
낚시 그물 가진 사람 잉어여든 다 잡아라
잉어와 기러기 있어도 소식 몰라

꿈아 열없는 꿈아 오는 님을 보내고
꿈아 오는 님 보내들 말고 잠든 나를 깨우려무나
내게는 꿈조차 야속하니 그를 설워

자규야 울들 마라 네 울어도 속절없다
울거든 네나 울지 잠든 나를 깨우느냐
밤중만 네 울음소리에 잠 못 이뤄

해 지면 장탄식하고 촉귀성蜀魄聲에 단장회斷腸懷라[1]
일시나 잊자 하니 궂은비는 무삼 일고
원촌遠村에 일계명一鷄鳴하니[2] 애끊는 듯하여라

강촌에 그물 멘 사람 기러기란 잡지 마라
새북塞北[3] 강남에 소식인들 뉘 전하리
아무리 강촌 어부인들 이별이야 없으랴

(김치우)

울며불며 잡은 소매 떨떨이고 가들 마오
그대는 장부라 돌아가면 잊건마는
소첩은 아녀자라 못내 잊습네

　　　　・

1) 두견새 우는 소리에 창자가 끊어지는 기분이라.
2) 멀리 마을에서 닭이 우니.
3) 북쪽 변방.

거울에 비친 얼굴 내 보기에 꽃 같거든
하물며 단장하고 님의 앞에 뵐 적이랴
이 단장 님을 못 뵈니 그를 슬퍼하노라

만경 창파지수에 둥둥 떴는 기러기야
구월 구일 망향대에 홍안나종북지래鴻雁那從北之來라[1]
너희도 이별을 말자 하고 저리 둥둥

벙어리 너를 보니 내 시름이 새로워라
속엣말 다 못 하니 네오 내오 다를쏘냐
두어라 님 오신 날 굽이굽이 이르리라

---

1) 기러기는 어찌하여 북쪽을 떠나오느냐.

아이야 창 닫아라 뜰 밖이 보기 싫다
저 달이 왜 저리 밝아 남의 심사를 산란케 하노
아니다 님 보신 달이니 나도 볼까 하노라

은병에 찬물 따라 옥협玉頰[1]을 다스리고
금로에 향을 피고 설월雪月 대하여서
비는 말 전할 이 있으면 님도 슬퍼하리라

(이정신)

홍루반紅樓畔 녹류간綠柳間[2]에 다정할손 저 꾀꼬리
백전호음百囀好音[3]으로 나의 꿈을 놀래나니
천 리에 그리는 님을 보고지고 전하려문

(이정신)

---

1) 옥 같은 볼.
2) 붉은 누각 가 버드나무 속.
3) 온갖 좋은 소리.

먼 데 개 자주 짖어 몇 사람을 지내언고[1]
오지 못할세면 오만 말이나 말을 것이
오마코 아니 오는 일은 내내 몰라 하노라

가다가 올지라도 오다가 가지 마소
뮈다가 괼지라도[2] 괴다가 뮈지 마소
세상에 인사 변하니 그를 슬퍼하노라

옥우玉宇[3]에 내린 이슬 충성蟲聲조차 젖어 운다
금영金英[4]을 손수 따서 옥배玉杯에 띄웠은들
섬수纖手로 권할 이 없으니 그를 슬퍼하노라

(이정신)

---

1) 지나 보내었던가.
2) 미워하다가 사랑할지라도.
3) 좋은 집.
4) 꽃부리.

공산에 우는 접동 너는 어이 우짖는다
너도 나와 같이 무슨 이별 하였느냐
아무리 피나게 운들 대답이나 하더냐

(박효관)

내 가슴 슬어 난[1] 피로 님의 얼굴 그려 내어
나 자는 방 안에 족자 삼아 걸어 두고
살뜰히 님 생각날 제면 족자나 볼까 하노라

동장東墻[2]에 까치 울음 섬거이[3] 들었더니
뜻 아닌 천금 서찰 님의 얼굴 띄워 왔네
아서라 간장 스는 것[4]을 보아 무삼 하리오

(안민영)

---

1) 스러져 난.
2) 동쪽 울타리.
3) 대수롭지 않게.
4) 간장이 녹아내리는.

서리 치고 별 성긴 제 울며 가는 저 기럭아
네 길이 그 얼마나 바빠 밤길조차 예는것가
강남에 기약을 두었으매 늦어 갈까 저어라[1]

(박효관)

서상西廂에[2] 기약한 님이 꿈에나 보려 하고
사창을 의지하여 오몽午夢을 이루더니
어디서 무심한 황앵아黃鸎兒[3]는 나의 꿈을 깨우나니

(박영수)

수심 겨운 님의 얼굴 뉘라 전만 못하다던고
흩어진 운빈雲鬢[4]이며 화기和氣 걷은[5] 살빛이라
느끼며 실같이 하는 말씀 애끊는 듯하여라

---

1) 두렵구나.
2) 서쪽 방에서.
3) 꾀꼬리.
4) 머리채.
5) 생기가 걷힌.

엊그제 이별하고 말 없이 앉았으니
알뜰히 못 견딜 일 한두 가지 아니로다
입으로 잊자 하면서 간장 스러지노라

(안민영)

가락지 짝을 잃고 네 홀로 날 따르니
네 네 짝 찾을 제면 나도 님을 보련마는
짝 잃고 그리는 양이야 네나 내나 다르랴

간밤에 꿈도 좋고 새벽까치 일 울더니[1]
반가운 자네를 보려 하고 그렇던지
저 님아 왔는 곳이니 자고 간들 어떠리

---

1) 일찍 울더니.

기러기 외기러기 동정洞庭 소상瀟湘 어디 두고
반야半夜 잔등殘燈에 잠든 나를 깨우나니
이후란 벽파한월碧波寒月 일 제 영배회影徘徊만¹⁾ 하여라

어와 내 일이여 나도 내 일을 모를로다
우리 님 가오실 제 가지 못하게 못 할런가
보내고 길고 긴 세월에 살뜬 생각 어이료

(박효관)

중천에 떠 있는 매가 우리 님의 매도 같아
단장고²⁾ 빼깃³⁾에 방울소리 더욱 같이
우리 님 주색에 잠기어 매 뜨는 줄 모르더라

---

1) 푸른 물결에 찬 달이 어릴 때 그림자만 배회함.
2) 매 꽁지에 다는 방울.
3) 매 꽁지에 표를 하려고 덧꽂은 새의 깃.

말은 가려 울고 님은 잡고 아니 놓네
석양은 재를 넘고 갈 길은 천 리로다
저 님아 가는 날 잡지 말고 지는 해를 잡아라

님이 가오실 적에 나는 어이 두고 간고
양연良緣이 유수有數하여[1] 두고 갈 법은 하거니와
옥황께 소지원청所志原情[2]하여 다시 오게 하시소

꿈에 왔던 님이 깨어 보니 간데없네
탐탐히 괴던 사랑 날 버리고 어디 간고
꿈속이 허사일망정 자주 뵈게 하여라

(박효관)

---

1) 좋은 인연은 수가 정해저 있어.
2) 사정을 호소하여.

그려 걸고 보니 정녕한 그다마는
불러 대답 없고 손 처¹⁾ 오지 아니하니
야속다 혼을 아니 붙인 줄이 못내 설워하노라

(안민영)

금생여수金生麗水²⁾라 한들 물마다 금이 나며
옥출곤강玉出崑崗³⁾이라 한들 뫼마다 옥이 날쏘냐
아무리 사랑이 중타 한들 님님마다 좇으랴

나위羅幃⁴⁾ 적막한데 힘없이 일어나서
산호필⁵⁾ 빼어 들고 두어 자 그리다가
아서라 이를 써 무엇 하리 도로 누워 조는 듯

(안민영)

---

1) 손짓해도.
2) 금은 맑은 물에서 난다.
3) 옥은 곤강산에서 난다.
4) 비단 장막.
5) 산호로 꾸민 붓.

남은 다 자는 밤에 내 어이 홀로 깨어
옥장玉帳¹⁾ 깊은 곳에 자는 님 생각는고
천 리에 외로운 꿈만 오락가락하노라

옛적에 이러하면 이 얼굴 기렸으랴²⁾
수심이 실이 되어 굽이굽이 맺혀 있어
아무리 풀려 하되 끝 간 데를 몰라라

세류 청풍細柳淸風 비 갠 후에 울지 마라 저 매암아³⁾
꿈에나 님을 보려 겨우 든 잠을 깨우느냐
꿈 깨어 곁에 없으면 병 되실까 우노라

---

1) 침상에 둘러친 비단 휘장.
2) 칭찬했으랴.
3) 매미야.

울어서 나는 눈물 위로 솟지 말고
구곡 간장 속으로 흘러들어
님 그려 다 타는 간장을 녹여 볼까 하노라

(박영수)

님 그린 상사몽이 실솔蟋蟀[1]의 넋이 되어
추야장秋夜長 깊은 밤에 님의 방에 들었다가
날 잊고 깊이 든 잠을 깨워 볼까 하노라

(박효관)

님이 오마더니 달이 지고 샛별 뜬다
속이는 제 그르냐 기다리는 내 그르냐
이후야 아무리 오마 한들 기다릴 줄이 있으랴

1) 귀뚜라미.

님 이별하올 적에 저는 나귀 한치 마소
가노라 돌아설 제 저는 걸음 아니런들
꽃 아래 눈물 적신 얼굴을 어찌 자세히 보리오

낙화방초로落花芳草路에 깁치마[1]를 끌었으니
풍전에 이는 꽃이 옥협玉頰에 부딪친다
아깝다 쓸어 올지언정 밟든 마라 하노라
(안민영)

두견의 목을 빌고 꾀꼬리 사설 꾸어
공산월空山月 만수음萬樹陰[2]에 지저귀며 울었으면
가슴에 돌같이 맺힌 피를 풀어 볼까 하노라
(안민영)

---

1) 비단치마.
2) 빈산에 뜬 밝은 달과 수많은 나무 그늘.

알뜰히 그리다가 만나 보니 우습거다
그림같이 마주 앉아 맥맥히[1] 볼 뿐이라
지금에 상간무어相看無語[2]를 정情이런가 하노라
(안민영)

월로月老[3]의 붉은 실을 한 바람만 얻어 내어
난교鸞膠[4] 굳센 풀로 시운지게 붙였으면
아무리 억만년 풍우인들 떨어질 줄 있으랴

일모日暮 창산원蒼山遠하니[5] 날 저물어 못 오던가
천한天寒 백옥빈白屋貧하니[6] 하늘이 차 못 오던가
시문柴門에 문견폐聞犬吠하니 님 오는가 하노라

---

1) 멍하니.
2) 서로 보며 말이 없음
3) 혼인을 중매하는 전설의 늙은이 월하노인.
4) 활시위를 붙이는 부레풀.
5) 해가 저물어 푸른 산이 머니.
6) 추위 속에 가난한 집이 더 가난해 보임.

출자동문出自東門[1]하니 녹양綠楊이 천사千絲라
사사絲絲 결심곡結心曲[2]은 꾀꼬리 말속이라
이따금 뻐국새 슬픈 소리에 애끊는 듯하여라

어우하 우순지고[3] 우순 일도 보안지고
소경이 붓을 들고 그리나니 세산수細山水로다
그리고 못 보는 정이야 네오 내오 다르랴

남 하여[4] 전치 말고 당신이 제 오다야[5]
남이 남의 일을 못 일과져[6] 하랴마는
남 하여 전한 편지니 알동말동 하여라

---

1) 동문으로 나가 보니.
2) 실실이 마음이 맺히게 하는 가락.
3) 우스운지고.
4) 남을 시켜.
5) 몸소 오세요.
6) 못 이루게야 하랴마는.

산은 옛 산이로되 물은 옛 물 아니로다
주야에 흐르니 옛 물이 있을쏘냐
인걸도 물과 같도다 가고 아니 오노매라

(황진이)

화산花山에 춘일난春日暖이요 녹류綠柳에 앵란제鶯亂啼라[1]
다정 호음을 못내 들어 하던 차에
석양에 계류청총繫柳靑聰은 욕거장시欲去長嘶 하더라[2]

각시네 차오신 칼이 일척검一尺劍가 이척검가
용천검 태아검[3]에 비수 단검이 아니어든
장부의 촌寸만 한 간장을 수울수울 긋나니

---

1) 꽃으로 덮인 산에 봄날이 따뜻하고 버드나무에 꾀꼬리가 요란히 운다.
2) 버드나무에 묶어 놓은 청총마는 길을 떠나자며 길게 울더라. '청총마'는 갈기와 꼬리에 푸른빛이
   나는 흰 말.
3) 명검의 이름.

이러니저러니 하고 날더러만 잡말 마소
내 당부 님의 맹서 오로 다 허사로다
정밖에 못 이룰 맹서야 하여 무슴 하리오

백발이
제 먼저 알고
지름길로 오더라

한 손에 막대 잡고 또 한 손에 가시 쥐고
늙는 길 가시로 막고 오는 백발 가시로 치렸더니
백발이 제 먼저 알고 지름길로 오더라

춘산에 눈 녹인 바람 건듯 불고 간데없다
잠깐 빌려다가 불리고자 머리 위에
귀밑에 해묵은 서리를 녹여 볼까 하노라
(우탁)

한 손에 막대 잡고 또 한 손에 가시 쥐고
늙는 길 가시로 막고 오는 백발 가시로 치렸더니
백발이 제 먼저 알고 지름길로 오더라
(우탁)

반나마 늙었으니 다시 젊든 못하여도
이후나 늙지 말고 매양 이만하였고저
백발이 네 짐작하여 더디 늙게 하여라
(이명한)

뉘라서 날 늙다는고 늙은이도 이러한가
꽃 보면 반갑고 잔 잡으면 웃음 난다
춘풍에 흩나는 백발이야 낸들 어이하리오

(이중락)

춘풍이 건듯 불어 적설을 다 녹이니
사면 청산이 옛 얼굴 나노매라
귀밑에 해묵은 서리야 녹을 줄이 있으랴

(김광욱)

마음아 너는 어이 매양에 젊었는다
내 늙을 적이면 넨들 아니 늙을쏘냐
아마도 너 좇아 다니다가 남 우일까[1] 하노라

---

1) 남을 웃길까.

늙었다 물러가자 마음과 의논하니
이 님 버리고 어드러로 가잔 말고
마음아 너란 있거라 몸만 물러가리라

도화 이화 행화 방초들아 일 년 춘광 한恨치 마라
너희는 그려도 여천지與天地 무궁無窮이라
우리는 백 세뿐이니 그를 슬퍼하노라

녹양綠楊 춘삼월을 잡아매어 둘 양이면
센머리 뽑아내어 찬찬 동여 두련마는
해마다 매든 못하고 늙기 슬퍼하노라

(김삼현)

늙지 말련이고[1] 다시 젊어 보렸더니
청춘이 날 속이니 백발이 절로 난다
이따금 꽃밭을 지날 제면 죄지은 듯하여라

꽃이 진다 하고 새들아 슬퍼 마라
바람에 흩날리니 꽃의 탓 아니로다
가노라 희짓는[2] 봄을 새워 무슴 하리오

희어 검을지라도 희는 것이 설우려든
희어 못 검은데 남에 먼저 흴 줄 어이
희어서 못 검는 인생이니 그를 슬퍼하노라

1) 말았으면 하고.
2) 훼방 놓는.

청춘소년들아 백발노인 웃지 마라
공변된[1] 하늘 아래 넌들 얼마 젊었으리
우리도 소년 행락이 어제런 듯하여라

소년 십오 이십 시時를 매양만 여겼더니
삼사오륙십이 어언간에 지나거다
남은 해 칠팔구십을란 병촉야유秉燭夜遊[2]하오리라

(김영)

늙기 설운 줄을 모르고나 늙었는가
춘광春光이 덧이 없어 백발이 절로 난다
그러나 소년 적 마음은 감한 일이 없어라

(김삼현)

---

1) 공평한.
2) 초를 켜고 밤놀이를 함.

어우하 날 속였고 추월秋月 춘풍春風 날 속였고
절절節節이 돌아오매 유신有信히 여겼더니
백발은 날 다 맡기고 소년 따라 가거니

가마귀 너를 보니 애달고 애달아라
너 무슨 약을 먹고 머리조차 검었는다
아마도 백발 검길¹⁾ 약은 못 얻을까 하노라

가마귀 검거라 말고 해오리 흴 줄 어이
검거니 세거니 일편一偏도 한저이고²⁾
우리는 수리 두루미라 검도 세도 아녀라

---

1) 검게 할.
2) 한쪽으로 치우쳤구나.

젊은 벗님네야 늙은이 웃지 마라
젊기는 저근덧이요[1] 늙기사 더 쉬우니
너희도 나 같으면 또 웃을 이 있으리라

어화 어릴시고[2] 이내 일 어릴시고
내 청춘 누를 주고 뉘 백발 맡았는고
이제야 아무리 찾으런들 물을 곳이 없어라

용산 삼포 동작지간에 늙은 돌이 있다 하더니
아해 거짓말 마라 돌 늙는 데 보았느냐
옛사람 이르기를 노돌老乭[3]이라 하데

젊었고저 젊었고저 열다섯만 하였고저
어여쁜 얼굴이 냇가에 섰는 수양버드나무 광대등걸[1]이 되었고나
우리도 소년 행락이 어제런 듯하여라.

버들은 실이 되고 꾀꼬리는 북[2]이 되어
구십 삼춘광三春光[3]에 짜내느니 나의 시름
누구라 녹음방초綠陰芳草를 승화시勝花時[4]라 하던고

나무도 병이 드니 정자라고 쉴 이 없다
호화히 섰을 제는 올 이 갈 이 다 쉬더니
잎 지고 가지 꺾인 후니 새도 아니 오더라

(정철)

---

1) 말라 비틀어진 썩은 나무 등걸.
2) 베틀에서 실을 좌우로 먹이는 부분.
3) 봄 석 달.
4) 꽃피는 봄보다 나은 여름철.

남도 준 바 없고 받은 바도 없건마는
원수 백발이 어드러로 온 거이고
백발이 공도公道[1] 없도다 나를 먼저 배얀다[2]

봄은 어떠하여 초목이 다 즐기고
가을은 어떠하여 초쇠혜草衰兮 목락木落인고[3]
송죽은 사시장청四時長靑하니 그를 부러하노라

사람이 늙은 후에 또 언제 젊어 볼꼬
빠진 이 다시 나며 센머리 검을쏜가
세상에 불로초 없으니 그를 슬퍼하노라

---

1) 공정한 도리.
2) 재촉한다.
3) 풀은 쇠하고 나뭇잎은 떨어지는가.

어화 세상 사람 이내 말 들어 보소
청춘이 매양이며 백발이 검돗것가[1]
꿈같은 인세人世를 가지고 가없이 살려 하느니

늙고 병든 정은 국화에 붙여 두고
실같이 허튼[2] 수심愁心 묵포도墨葡萄[3]에 붙였노라
귀밑에 흩나는 백발은 일장가一長歌에 붙였노라

대막대 너를 보니 유신有信하고 반갑고야
내가 아해 적에 너를 타고 다니더니
이제란 창 뒤에 섰다가 날 뒤세고 다녀라[4]

(김광욱)

---

1) 검을쏘냐.
2) 헝클어진.
3) 먹으로 그린 포도.
4) 뒤세우고 다니는구나.

늙어 좋은 일이 백에서 한 일도 없네
쓰던 활 못 쏘고 먹던 술도 못 먹괘라
각시네 유미有味한 것도 쓴 외 보듯 하여라

새벽 거울 보민[1] 후니 백발도 하도 하다
춘조春槽[2]에 사주성瀉酒聲[3]은 늙도록 더 좋아라
두어라 광명이 덧없으니 아니 먹고 어이리

(박희석)

세월이 여류如流하니 백발이 절로 난다
뽑고 또 뽑아 젊고저 하는 뜻은
북당에 유친有親하오시니 그를 두려하노라

(김진태)

1) 녹이 슨.
2) 술동이.
3) 술 거르는 소리.

조으다가¹⁾ 낚싯대를 잃고 춤추다가 도롱이 잃어
늙은이 망령이라 백구야 웃지 마라
십 리에 도화 발發하니 춘흥 겨워하노라

저 총각 말 듣거라 소년 광경 자랑 마라
광음光陰²⁾이 덧없으니 녹발綠髮이 즉 백발이로다
우리도 소년을 믿다가 배운 일이 없어라

(김진태)

청산에 눈이 오니 봉마다 옥이로다
저 산 푸르기는 봄비에 있거니와
어찌타 우리의 백발은 검겨 볼 줄 있으랴

1) 좋다가.
2) 세월.

청춘은 언제 가고 백발은 언제 온고
오고 가는 길을 알던들 막을랏다[1]
알고도 못 막을 길이니 그를 슬퍼하노라

가마귀 저 가마귀 너를 보니 애닯고야
무슨 약 먹고 머리조차 검었는다
우리의 백발은 무슨 약에 검길꼬

청춘에 보던 거울 백발에 고쳐 보니
청춘은 간데없고 백발만 뵈는구나
백발아 청춘이 제 갔으랴 네 쫓은가 하노라

(이정개)

---

1) 알았던들 막을 뻔했다.

청천 호화일[1]에 이별곳 아니런들
어느덧 내 머리에 서리를 뉘라 치리
이후란 병촉야유秉燭夜遊하여 남은 해를 보내리라

무서리 술이 되어 만산을 다 권하니
어제 푸른 잎에 오늘 아침 다 붉었다
백발도 검길 줄 알 양이면 우리 님도 권하리라

남극 수성壽星[2] 돋아 있고 권주가로 축수로다
오늘날 노인들은 서로 놀자 권하는고야
이후란 화조월석花朝月夕[3]에 매양 놀려 하노라

(김문근)

1) 밝게 개어서 좋은 날.
2) 인간의 수명을 맡아 보는 남쪽에 있는 별. 노인성이라고도 한다.
3) 꽃 피는 아침과 달 뜨는 저녁, 곧 경치가 좋은 때.

백발이 섏을 지고 원怨하나니 수인씨燧人氏[1]를
불 없는 적도 만인萬人 천세千歲 살았거든
어떻다 시찬수始鑽燧하여[2] 사람 곤困케 하나니

폐일운蔽日雲 쓰르치고 희호세熙皞世를 보렸더니[3]
닫는 말 서서 늙고 드는 칼도 보믜[4] 껐다
갈수록 백발이 재촉하니 불승강개不勝慷慨[5]하여라

낙일落日은 서산에 져서 동해로 다시 나고
가을에 이운 풀은 봄이면 푸르거늘
어떻다 최귀最貴한 인생은 귀불귀歸不歸[6]를 하느니

(이정보)

---

1) 사람에게 불을 전해 주었다는 전설 속 임금.
2) 불을 쓰기 시작하여.
3) 해를 가리는 구름을 물리치고 백성들 생활이 즐거운 세상 보렸더니.
4) 녹이.
5) 몹시 분함.
6) 가서 돌아오지 않음.

세차고 크나큰 말에 이내 시름 등 재게[1] 실어
주천酒泉 바다에 풍 들이쳐 둥둥 두고라자[2]
진실로 그러곳 할 양이면 자연 삭아지리라

이제는 다 늙거다 무스 것을 내 알더냐
이하籬下[3]의 황국黃菊이요 안상案上[4]의 현금玄琴이로다
이중에 일권一卷 가보歌譜는 틈 없는가 하노라

심성이 게으르므로 서검書劍을 못 이루고
품질稟質이 우소迂疎[5]하므로 부귀를 모르거다
칠십재七十載[6] 애우려[7] 얻은 것이 일장가一長歌인가 하노라

---

1) 등에 가득.
2) 두고 싶구나.
3) 울타리 아래.
4) 책상 위.
5) 타고난 성품이 오활함. 곧 세상 물정에 어두움.
6) 일흔 해.
7) 애오라지. 오로지.

청춘에 불습시서不習詩書하고[1] 활 쏘아 인 일[2] 없네
내 인사人事 이러하니 세사世事를 어이 알리
차라리 강산에 물러와서 이종천년以終天年 하리라[3]
(신희문)

인생 천지 백년 간에 부귀공명 여부운如浮雲을[4]
세사를 후리치고 산당山堂으로 돌아오니
청산이 날더러 이르기를 더디 왔다 하더라
(신희문)

내 본시 남만 못하여 해온 일이 없네그려
활 쏘아 한 일 없고 글 읽어 인 일 없네
차라리 강산에 돌아와서 밭갈이나 하리라

---

1) 시와 글을 익히지 않고.
2) 이룬 일.
3) 타고난 수명대로 살리라.
4) 부귀공명이 뜬구름 같음을.

호화도 거짓 것이요 부귀도 꿈이오레
북망산 언덕에 요령 소리 그쳐지면
아무리 뉘우치고 애달아도 미칠 길이 없느니

건곤이 유의有意하여 남아를 내었더니
세월이 무정하여 이 몸이 늙었어라
공명이 재천하니 슬퍼 무슴 하리오
(이정보)

누구셔 광하廣廈 천만 간[1]을 일시에 지어내어
천하 한사寒士를 다 덮자 하돗던고[2]
뜻 두고 이루지 못하니 네오 내오 다르랴
(이정보)

---

1) 천만 칸이나 되는 넓디넓은 집.
2) 하였는고.

인간이 하는 말을 하늘이 다 듣느니
암실暗室에 하는 일을 귀신이 다 보느니
천로天老도 귀로鬼老도[1] 아녔으니 마음 놓지 말아라

인생이 행락이라 부귀가 능기시能幾時오[2]
옹문금雍門琴[3] 한 곡조에 장진주將進酒[4]를 섞어 타니
좌상에 맹상군孟嘗君[5] 있돗더면 눈물질까 하노라

녹이 상제 역상櫪上에서 늙고 용천 설악 갑리匣裏에 운다[6]
평생에 먹은 뜻을 속절없이 못 이루고
귀밑에 백발이 흩날리니 그를 슬퍼하노라

---

1) 하느님도 귀신도.
2) 얼마나 되겠는가.
3) 전국시대 때 옹문자주雍門子周라는 사람이 거문고를 잘 탔다는 데서 온 말로, 거문고의 명인을 이르는 말.
4) 술을 권할 때 부르는 노래. 정철이 지은 '장진주사'에 곡을 붙였다.
5) 옹문자주가 타는 거문고 소리를 듣고 울었다는 전국시대 때 제후.
6) 준마는 외양간에서 늙고, 명검은 갑 속에서 운다는 뜻. '녹이', '상제'는 준마 이름. '용천', '설악'은 명검 이름.

초승에 이즌[1] 달도 보름에는 두렷거든
영허부태盈虛否泰[2]는 천도天道 자연 그렇거니
두어라 무왕불복無往不復[3]이니 기다릴까 하노라

촉에서 우는 새는 한나라를 그려 울고
봄비에 웃는 꽃은 시절 만난 탓이로다
두어라 각유소회各有所懷[4]니 웃고 울고

동군東君[5]이 돌아오니 만물이 개자락皆自樂[6]을
초목 곤충들은 해해마다 회생커늘
사람은 어인 연고로 귀불귀歸不歸를 하는고

(박효관)

---

1) 이지러진.
2) 차고 기울고 막히고 통하는 것.
3) 가서 돌아오지 않는 것이 없음.
4) 서로 느끼는 바가 다름.
5) 봄의 신. 여기서는 봄을 뜻한다.
6) 모두가 스스로 즐거워 함.

우리의 놀던 자취 어느덧에 진적陳迹 되어[1]
백옹명로柏翁溟老[2]는 속절없이 간데없다
어즈버 취산존망聚散存亡[3]을 못내 슬퍼하노라

(임유후)

오늘이 무슨 날인고 일 년에 하루로다
백 년을 다 살아야 백 날을 즐길로다
백 년을 살동말동하니 아니 놀고 어이하리

(정민교)

빈손으로 나왔다가 빈손으로 들어가게
죽은 후 금의옥식錦衣玉食 불여생전不如生前 일배주一盃酒로다
하물며 수요장단[4] 뉘 알더냐 살아신 제 놀리라

---

1) 옛 자취되었구나.
2) 백옹은 백곡柏谷 김득신金得臣, 명로는 동명東溟 정두경鄭斗卿.
3) 모였다 흩어졌다 살다 죽다 하는 일.
4) 오래 삶과 일찍 죽음.

오강烏江에 월흑月黑하니[1] 추마騅馬[2]도 아니 간다
우혜우혜虞兮虞兮[3] 내 너를 어이하리
평생에 만인적萬人敵 베어내어 남 우임만 하여라

지난해 오늘밤에 저 달을 보았더니
이 해 오늘 밤도 그 달빛이 또 밝았다
이제야 세환월장재歲換月長在[4]를 알았은저 하노라

(안민영)

옥란玉欄에 꽃이 피니 십 년이 어느덧고
중야中夜 비가悲歌에 눈물겨워 앉아 있어
살뜰히 설운 마음은 내 혼잔가 하노라

(조한영)

---

1) 오강에 달이 저무니. '오강'은 항우가 빠져 죽은 강이다.
2) 항우가 타던 말.
3) 우미인이여 우미인이여. 우미인은 항우가 사랑하던 여인이다.
4) 해는 바뀌어도 달은 변치 않고 같다는 것.

늙고 병든 몸이 가다가 아무 데나
절로 솟은 뫼에 손수 밭 갈리라
결실이 얼마리마는 연명이나 하리라

그러하거니 어이 아니 그러하리
이려도 그러그러 저려도 그러그러
아마도 그러하니 한숨 겨워하노라

오동에 듣는[1] 빗발 무심히 듣건마는
내 시름 하니[2] 잎잎이 수성愁聲[3]이로다
이후야 잎 너른 남기야 심어 무슴 하리오

---

1) 떨어지는.
2) 시름이 많으니.
3) 근심에 잠긴 한숨 소리.

추월이 만정滿庭한데 슬피 우는 저 기러기
상풍霜風이 일고日高하면 돌아가기 어려워라
밤중만 중천에 떠 있어 잠든 나를 깨우나니
(김기성)

기러기 다 날아가고 서리는 몇 번 온고
추야秋夜도 길도 길사 객수客愁도 하도 하다
밤중만 만정명월滿庭明月이 고향인 듯하여라
(조명리)

은한銀漢은 높아지고 기러기 우닐 적에
하룻밤 서릿김에 두 귀밑이 다 세거다
경리鏡裡에 백발 쇠용白髮衰容[1]을 혼자 슬퍼하노라
(이정보)

---

1) 거울 속에 센머리 쇠한 얼굴.

천생 아재我才[1] 쓸데없다 세상 영욕 나 몰라라
춘하추동 호시절에 발백髮白 풍류 되었노라
두어라 이의이의已矣已矣[2] 내 뜻대로 놀리라

늙고 병든 중에 가빈家貧하니 벗이 없다
호화로이 다닐 제는 올 이 갈 이 하도 할샤
이제는 삼척 청려장이 지기知己론가 하노라

(김우규)

부귀를 뉘 마다하며 빈천을 뉘 즐기리
공명을 뉘 염厭하며[3] 수요壽夭[4]를 뉘 탐貪하되
진실로 재수천정在數天定[5]이니 한할 줄이 있으랴

(김우규)

---

1) 타고난 내 재주.
2) 이미 어찌 할 수 없이 되었기에.
3) 싫어하며.
4) 장수와 요절.
5) 운수는 하늘이 정해 준 것.

금풍金風[1]이 부는 밤에 나뭇잎 다 지거다
한천명월야寒天明月夜에 기러기 울어 옐 제
천 리에 집 떠난 객이야 잠 못 이뤄 하노라

(송종원)

기러기 높이 뜬 뒤에 서리달[2]이 만 리로다
네 네 짝 찾으려고 이 밤에 날았느냐
저 건너 노화총리蘆花叢裏[3]에 홀로 앉아 울더라

(안민영)

오거다[4] 돌아간 봄을 다시 보니 반갑도다
무정한 세월은 백발만 보내는고나
어찌타 나의 소년은 가고 아니 오나니

---

1) 가을 바람.
2) 찬 가을달.
3) 갈대꽃 우거진 수풀.
4) 왔구나.

인생이 그 얼마오 백구지과극白駒之過隙[1]이라
어려서 헴[2] 못 나고 헴이 나자 다 늙거다
어즈버 중간 광경이 때 없는가 하노라

(송종원)

잘새는 다 날아들고 남루南樓에 북 울도록
십주十洲 가기佳期[3]는 허랑타 하리로다
두어라 눈 너른[4] 님이니 새워[5] 어이하리오

달 밝고 서리 치는 밤에 울고 가는 기러기야
소상 동정 어디 두고 여관 한등寒燈[6]에 잠든 나를 깨우느냐
밤중만 네 울음소리 잠 못 이뤄

---

1) 문틈으로 빨리 달리는 말을 보는 것. 곧 인생의 덧없음.
2) 헤아림.
3) 십주의 아름다운 시절. '십주'는 신선이 산다는 섬.
4) 성품이 활달해서 사방 돌아다니는.
5) 시새워.
6) 쓸쓸한 불빛.

초경에 비취[1] 울고 이경야에 두견이 운다
삼경 사오경에 슬피 우는 저 홍안鴻雁[2]아
야야夜夜[3]에 네 울음소리에 잠 못 이뤄

은항銀缸에 불이 밝고 수로獸爐에 향이 진지盡止[4]
부용芙蓉 깊은 장帳[5]에 혼자 깨어 앉았으니
어떻다 헌사한 저 경점更點아[6] 잠 못 들어 하노라

북두성 기울어지고 경오점[7] 잦아 간다
십주十洲 가기佳期는 허랑타 하리로다
두어라 번우煩憂[8]한 님이니 새워 무슴 하리오

(다복)

---

1) 비취새. 물총새.
2) 기러기.
3) 밤마다.
4) '은항' 은 은 항아리, '수로' 는 짐승을 새긴 향로.
5) 연꽃을 새긴 깊은 장막.
6) 야단스럽게 울리는, 때를 알리는 송소리야.
7) 새벽 네 시를 알리는 소리.
8) 바쁘고 걱정이 많음.

오동 성긴 비에 추풍이 사기乍起[1]하니
가뜩에 시름 한데 실솔성은 무슨 일고
강호에 소식이 어떤지 기러기 알까 하노라

(이정보)

구월 구일[2] 망향대望鄕臺를 하여 보니 어떻던고
타석他席에 송객배送客盃[3]를 내가 오늘 하였고나
홍안아 남중고南中苦 슬타마는[4] 너는 어이 오나니

(송종원)

성진城津[5]에 밤이 깊고 대해에 물결 칠 때
객점客店[6] 외로운 등에 고향이 천 리로다
이제는 마천령[7] 넘었으니 생각한들 어이리

---

1) 갑자기 일어남.
2) 중양절.
3) 다른 날에는 떠나는 사람을 위해 들었던 술잔.
4) 기러기야 남쪽 나라 생활이 괴롭다마는.
5) 함경도에 있는 땅 이름.
6) 여관.
7) 함경도에 있는 고개 이름.

상천霜天 명월야明月夜에[1] 울어 예는 저 기럭아
북지로 향남할 제[2] 한양을 지나마는
어찌타 고향 소식을 전치 않고 예나니

(송종원)

개구리 저 개구리 득득쟁약得得爭躍[3] 하는 곁에
해오리 저 해오리 수수불비垂垂不飛[4] 하는구나
추풍에 해오리 펄쩍 나니 개구리 간곳없어 하노라

(안민영)

몰라 병 되더니 알아 또한 병이로다
몰라 병 알아 병 되면 병에 어리어 못 살리로다
아무리 화편華扁[5]을 만난들 이 병이야 고칠쏜가

(안민영)

---

1) 서리가 내린 달 밝은 밤에.
2) 북쪽 땅에서 남을 향해 올 때.
3) 득의만만하여 뛰어놂.
4) 날개를 접고 날지 아니함.
5) 옛날 의술로 이름난 화타와 편작을 이른다.

옥玉에 흙이 묻어 길가에 버렸으니
오는 이 가는 이 흙이라 하는고야
두어라 알 이 있을지니 흙인 듯이 있거라

(윤두서)

풍파에 놀란 사공 배 팔아 말을 사니
구절양장九折羊腸이 물도곤[1] 어려워라
이후란 배도 말도 말고 밭 갈기만 하리라

(장만)

산 외에 유산有山하니 넘도록 산이로다
노중 다기多歧하니 예도록 길이로다
산부진山不盡 노무궁路無窮하니[2] 그를 슬퍼하노라

---

1) 물보다.
2) 산은 다하지 않고 길도 다하지 않으니.

흉중에 먹은 뜻을 속절없이 못 이루고
반세半世 홍진紅塵에[1] 남의 웃음 된저이고
두어라 시호시호時乎時乎니[2] 한할 줄이 있으랴

어리거든 채 어리거나 미치거든 채 미치거나
어린 듯 미친 듯 아는 듯 모르는 듯
이런가 저런가 하니 아무런 줄 몰라라

일생에 얄미울손 거미 외에 또 있는가
제 배알 풀어내어 망양[3] 그물 넣어 두고
꽃 보고 춤추는 나비를 다 잡으려 하더라

---

1) 반평생의 벼슬살이에.
2) 세월 탓이니.
3) 크고 넓어서 끝이 없는 모양.

솔아 심은 솔아 네 어이 심겼는다
지지간반遲遲澗畔[1]을 어디 두고 예 와 섰노
진실로 울울鬱鬱한 만취晚翠[2]를 알 이 없어 하노라

(낭원군)

백년을 다 못 살아 칠팔십만 살지라도
벗고 굶지 말고 병 없이 누리다가
평생에 유자有子코 유손有孫하면 그 원願인가 하노라

춘풍에 떨어진 매화 이리저리 날리다가
남게도[3] 못 오르고 걸리고나 거미줄에
저 거미 매환 줄 모르고 나비 감듯 하더라

---

1) 천천히 흐르는 산골 시냇가.
2) 늦도록 울창하게 푸르름.
3) 나무에도.

중서당中書堂 백옥배白玉盃[1]를 십 년 만에 고쳐 보니
맑고 흰 빛이 예로 온 듯하다마는
어떻다 세상 인사는 조석변朝夕變을 하나니
(정철)

알았노라 알았노라 나는 벌써 알았노라
인정人情은 토각兎角[2]이요 세사世事는 우모牛毛[3]로다
어디서 망령엣것은 올라 말라 하느니

굼벵이 매암[4]이 되어 나래 돋아 날아올라
높으나 높은 남게[5] 소리는 좋거니와
그 위에 거미줄 있으니 그를 조심하여라

---

1) '중서당'은 홍문관의 다른 이름이고, '백옥배'는 홍문관 신하들 몸가짐을 바르라 하여 임금이 내
   린 백옥으로 만든 잔.
2) 토끼 뿔. 없음을 비유하여 쓴 말.
3) 쇠털. 아주 많음.
4) 매미.
5) 나무에.

백사정白沙汀 홍료변紅蓼邊[1]에 굽닐어[2] 먹는 저 백로야
한 입에 두셋 물고 무에 나빠 굽니느냐
우리도 구복口腹[3]이 원수라 굽닐어 먹네

소경이 야밤중에 두 눈 먼 말을 타고
대천大川을 건너다가 빠지거다 저 소경아
아이에 건너지 마던들[4] 빠질 줄이 있으랴

묻노라 부나비야 네 뜻을 내 몰라라
한 나비 죽은 후에 또 한 나비 따라오니
아무리 푸새엣[5] 짐승인들 너 죽을 줄 모르는다

(이정보)

---

1) 여뀌꽃 자란 물가.
2) 굽혔다 일어났다 하며.
3) 배고픔.
4) 아예 건너지 않았던들.
5) 풀의. 풀에서 난.

가마귀 검으나 다나[1] 해오리 희나 다나
황새 다리 기나 다나 오리 다리 자르나 다나
아마도 흑백黑白 장단長短은 나는 몰라 하노라

주문朱門[2]에 벗님네야 고거사마高車駟馬[3] 좋다 마소
토끼 죽은 후면 개마저 삶기느니[4]
우리는 영욕을 모르니 두려운 일 없어라

검으면 희다 하고 희면 검다 하네
검거나 희거나 옳다 할 이 전혀 없다
차라리 귀 막고 눈 감아 듣도 보도 말리라

---

1) 말거나.
2) 높은 지위.
3) 네 필 말이 끄는 호화로운 수레.
4) 토끼 사냥이 끝나면 사냥개를 잡으니.

청천에 떴는 구름 오며 가며 쉴 적 없어
무심한 흰빛에 만상천태 무슨 일고
구태여 세상 인사 따를 줄이 어찌오

(김진태)

어화 벗님네야 착하노라 자랑 마소
시비 장단이 오로 다 문장습기文章習氣[1]
세상에 불민농고不敏聾瞽[2]는 나뿐인가 하노라

(김진태)

내 집에 양이 황구兩耳黃狗[3] 있어 사자같이 생겼는데
애주愛主 정성은 짐승이라 못할로다
그러나 황반黃飯이 절식다시絶食多時하니[4] 가련 감창感愴하여라

---

1) 문장과 기품을 기름.
2) 들어도 못 들은 척 하라는 처세술에 민감하지 못함.
3) 두 귀가 늘어진 누렁개.
4) 밥조차 못 먹을 적이 많으니. '황반'은 조밥, 또는 누른밥.

어제 다투더니 오늘은 하례한다
희구喜懼[1]는 백발이요 애경愛慶은 황구黃口로다[2]
이후야 아무만 찾은들 다시 보기 쉬우랴

(임의직)

인간 오복 중에 일왈수一曰壽[3]도 좋거니와
하물며 부귀하고 강녕조차 하오시니
그나마 수호덕修好德 고종명考終命이야[4] 일러 무삼 하리오

(이정신)

성음은 각각이어니 절강節腔 고저[5]를 잃지 말고
오음 을 채 몰라도 율려를 차리려무나[6]
진실한 묘리를 모르면 이름 세우기 쉬우냐

---

1) 기쁨과 두려움.
2) 사랑과 경사는 어린아이로다.
3) 첫째로 꼽는 수명.
4) 그밖에 덕을 좋아하여 닦는 것과 명대로 살다가 편하게 임종하는 것이야.
5) 악조의 억양 완급과 가조의 높낮음.
6) 육율과 육려를 갖추려므나.

하늘은 두렷하고 땅은 어이 모나거니
음양이기陰陽理氣를 뉘라서 삼기신고
아마도 높고 너름이 얼만 줄 몰라라

묵은 해 보내올 제 시름 한데 전송하세
흰골무 콩인절미 자채술[1] 국안주에 경신庚申을 새우려 할 제[2]
이윽고 자미성紫微星[3] 돌아가니 새해런가 하노라

(이정신)

북명北溟[4]에 유어有魚하니 이름이 곤鯤이로다
화이위조化而爲鳥[5]하니 이 이른[6] 대붕大鵬이라
천만리 순식만 여기기는 너뿐인가 하노라

(김진태)

---

1) '흰골무'는 흰골무떡, '자채술'은 조생 벼의 하나인 자채벼로 빚은 술.
2) 경신일 밤을 새우려 할 때. 경신일에는 밤을 새는 풍습이 있었다.
3) 북두칠성 북쪽에 있는 별 이름.
4) 북해.
5) 변화하여 새가 되니.
6) 이를 일러.

박고통금博古通今¹⁾하니 크기도 가장 크다
이성만물以盛萬物²⁾하니 근중斤重이 가이없다
두어라 환해宦海³⁾에 떠워 이제불통以濟不通⁴⁾하리라

(김진태)

신선이 있단 말이 아마도 허랑하다
진황秦皇 한무漢武는⁵⁾ 깨달을 줄 모르던고
아마도 심청신한心淸身閑하면 진선眞仙인가 하노라

(김진태)

초승에 비친 달이 낫같이 가늘다가
보름이 돌아오면 거울같이 두렷하다
아마도 인지성쇠人之盛衰 저러한가 하노라

(김진태)

---

1) 옛일에 박식하고 지금 일에 통달함.
2) 만물을 번성하게 함.
3) 벼슬길.
4) 통하지 못하는 것을 통하게 함.
5) 진시황 한 무제는.

하늘이 높으시되 인간 사어私語[1]를 들으시고
암실暗室에 기심欺心일들[2] 신목神目이 번개로다
아마도 높고 두렵기는 천로天老신가 하노라

(김진태)

지저귀는 저 가마귀 암수를 어이 알며
지나는 저 구름에 비 올동말동 어이 알리
아마도 세사 인정도 다 이런가 하노라

(김진태)

청산 자와송自臥松아 네 어이 누윘는다
광풍을 못 이기어 뿌리 젖어[3] 누윘노라
가다가 양공良工[4]을 만나거든 날 예 있다 하구려

---

1) 인간이 속삭이는 말.
2) 어두운 곳에서 몰래 속인다 한들.
3) 젖혀져.
4) 대목수.

굴레 벗은 천리마를 뉘라서 잡아다가
조죽 삶은 콩을 살지게 먹여 둔들
본성이 외양하거니[1] 있을 줄이 있으랴

(김성기)

---

1) 억세고 사나우니.

가마귀
싸우는 골에
백로야 가지 마라

가마귀 싸우는 골에 백로야 가지 마라
성난 가마귀 흰빛을 새울세라
청강에 잇것 씻은 몸을 더러일까 하노라

내 해 좋다 하고 남 싫은 일 하지 말며
남이 한다 하고 의義 아니면 좇지 말리
우리는 천성을 지키어 삼긴 대로[1] 하리라

(변계량)

말하기 좋다 하고 남의 말을 말을 것이
남의 말 내 하면 남도 내 말 하는 것이
말로써 말이 많으니 말 말을까 하노라

어버이 살아신 제 섬길 일란 다하여라
지나간 후이면 애달다 어찌하리
평생에 고쳐 못할 일이 이뿐인가 하노라

(정철. 훈민가)

---

1) 태어난 대로.

이고 진 저 늙은이 짐 풀어 나를 주오
나는 젊었거니 돌이라 무거울까
늙기도 설워라커든 짐을조차 지실까
(정철, 훈민가)

임금과 백성과 사이 하늘과 땅이로되
나의 설운 일을 다 알오려 하시거든
우린들 살진 미나리를 혼자 어이 먹으리
(정철, 훈민가)

네 아들 효경 읽더니 어드록[1] 배웠느니
내 아들 소학은 모레면 마칠로다
어느 제 이 두 글 배워 어질거든[2] 보려뇨
(정철, 훈민가)

마을 사람들아 옳은 일 하자스라
사람이 되어 나서 옳지옷 못하면은
마소를 갓 고깔 씌워 밥 먹이나 다르랴

(정철, 훈민가)

뉘라서 가마귀를 검고 흉타 하돗던고
반포보은反哺報恩이 그 아니 아름다운가
사람이 저 새만 못함을 못내 슬퍼하노라

(박효관)

우리 몸 갈라 난들 두 몸이라 알지 마소
분형 연기分形連氣하니[1] 이 이론[2] 형제니라
형제야 이 뜻을 알아 자우자공自友自恭[3] 하자스라

(효종)

---

1) 형체는 나뉘어 있으나 기운은 연결되었으니.
2) 이것이 이른바.
3) 스스로 우애롭고 스스로 공경함.

부모 생지生之하시니 속막대언續莫大焉이어니[1]
달지유혈撻之流血인들 질원疾怨을 차마 할까[2]
생아生我코 국아鞠我하신[3] 은혜를 못내 갚아 하노라

(허강)

만균萬鈞[4]을 늘려 내어 길게 길게 노를 꼬아
구만리장천에 가는 해를 잡아매어
북당北堂에 학발쌍친鶴髮雙親[5]을 더디 늙게 하리이다

(박인로)

일중日中 삼족오三足烏야[6] 가지 말고 내 말 들어
너희는 반포조反哺鳥라 오중지증삼烏中之曾參[7]이로니
북당 학발쌍친을 더디 늙게 하여라

(허정)

---

1) 부모가 나를 낳으니 대를 잇는 것보다 더 중한 일이 없다.
2) 종아리를 맞아 피를 흘릴지라도 원망을 하겠는가.
3) 나를 낳고 길러 주신.
4) 삼십만 근. 균은 무게의 단위로 서른 근.
5) 북당에 계신 부모님을. '북당'은 어머니의 거처.
6) 해 안에 사는 세 발 달린 까마귀야.
7) 새 중에 증삼이니. '증삼'은 공자의 제자.

반중盤中 조홍부紅감[1]이 고와도 보이나다
유자柚子 아니라도 품음 직도 하다마는
품어 가 반길 이 없을새 그로 설워하나이다

(박인로)

천부지재天覆地載하니[2] 만물의 부모로다
부생모육父生母育하니 이 나의 천지로다
이 천지 저 천지 즈음에 늙을 뉘를 모르리라

(이언적)

부모 살아신 제 시름을 뵈지 말며
악기심樂其心 양기체養其體하여[3] 만세萬歲를 지낸 후에
마침내 향화부절香火不絕[4]이 그 옳은가 하노라

---

1) 일찍 익은 붉은 감.
2) 하늘은 만물을 뒤덮고 땅은 만물을 실었으니.
3) 마음을 즐겁게 해 드리고 잘 봉양해서.
4) 제사를 끊지 않음.

불로초로 빚은 술을 만년배萬年盃에 가득 부어
잡으신 잔마다 비나니 남산수南山壽[1]를
이 잔곳 잡으시면 만수무강하오리다

너도 형제로고 우리도 형제로다
형우제공兄友弟恭[2]은 부럴 것이 없거니와
너희는 여천지與天地 무궁無窮이니 그를 부러하노라

유자는 근원이 중하여 한 꼭지에 둘씩 셋씩
광풍 대우에 떨어질 줄 모르너고
우리도 저 유자같이 떨어질 줄 모르리라

1) '만년배', '남산수'는 장수를 뜻하는 말.
2) 형은 우애 있고 동생은 공손하게.

기러기 저 기러기 네 행렬 부럽고야
형우제공이야 제 어이 알랴마는
다만지 주야에 함께 낢을 못내 부러하노라

천지는 부모여다 만물은 처자로다
강산은 형제어늘 풍월은 붕우로다
이중에 군신대의야 잊은 적이 있으랴

인심仁心은 터가 되고 효제충신孝悌忠信[1] 기둥이 되어
예의염치禮義廉恥[2]로 가지런히 예었으니[3]
천만년 풍우를 만난들 기울 줄이 있으랴

(주의식)

---

1) 효, 우애, 충성, 믿음을 통틀어 일컫는 말.
2) 예절, 의리, 청렴, 부끄러움을 아는 태도를 일컫는 말.
3) 이어서 엮었으니.

언충신言忠信 행독경行篤敬 하고[1] 그른 일 아니 하면
내 몸에 해 없고 남 아니 무이나니[2]
행하고 여력이 있거든 학문조차 하리라

(김광욱)

태산이 평지토록 부자유친 군신유의
오악五岳이 붕진崩盡토록 부부유별 장유유서
사해가 변하여 상전桑田토록[3] 붕우유신 하리라

듣는 말 보는 일을 사리에 비겨 보아
옳으면 할지라도 그르면 말을 것이
평생에 말씀을 가리면 시비 될 줄 있으랴

---

1) 말은 성실하며 믿음이 있고, 행동은 독실하고 경건하게 하고.
2) 미워하느니.
3) 온 바다가 뽕나무 밭이 되도록. 오랜 시간이 흘러 세상이 변하도록.

바람에 휘었노라 굽은 솔 웃지 마라
춘풍에 핀 꽃이 매양에 고와시랴
풍표표風飄飄 설분분雪紛紛 할 제[1]야 나를 부러하리라

첨피기오瞻彼淇奧한데 녹죽 의의綠竹猗猗로다[2]
유비군자有斐君子[3]여 낚대 하나 빌리려문
우리도 지성至誠 명덕明德을[4] 낚아 볼까 하노라

(박영)

가마귀 검다 하고 백로야 웃지 마라
겉이 검은들 속조차 검을쏘냐
겉 희고 속 검은 이는 너뿐인가 하노라

---

1) 바람이 회오리치고 눈이 흩날릴 때.
2) 저 기수(강 이름) 가를 바라보니 푸른 대나무가 가냘프고 아름답구나. 《시경》의 한 구절이다.
3) 덕 있는 군자.
4) 지극한 정성과 밝은 덕을.

선으로 패한 일 보며 악으로 이룬 일 본다
이 두 즈음에 취사가 아니 명백하냐
평생에 악한 일 아니 하면 자연 위선爲善하리라

가마귀 싸우는 골에 백로야 가지 마라
성난 가마귀 흰빛을 새울세라
청강淸江에 잇것[1] 씻은 몸을 더러일까 하노라

(정몽주 어머니)

태산이 높다 하되 하늘 아래 뫼이로다
오르고 또 오르면 못 오를 리 없건마는
사람이 제 아니 오르고 뫼를 높다 하더라

---

1) 힘껏.

눈 맞아 휘어진 대를 뉘라서 굽다던고
굽을 절節이면 눈 속에 푸르르랴
아마도 세한고절歲寒孤節[1]은 너뿐인가 하노라

산상山上에 밭 가는 백성아 네 신세 한가하다
착음경식鑿飮耕食이 제력帝力인 줄 모르느냐[2]
하물며 육식자肉食者[3]도 모르거든 물어 무슴 하리오

대해大海에 관어약關魚躍이요 장공長空에 임조비任鳥飛라[4]
장부 되어 나서 기개를 모를것가
하물며 박시제중博施濟衆[5]이니 병 되옴이 있으랴

---

1) 추운 겨울의 꿋꿋한 절개.
2) 우물을 파서 물을 마시고 밭을 갈아 음식을 먹음이 임금의 덕인 줄 모르느냐.
3) 고기 먹는 자. 곧, 고관대작.
4) 바다에 물고기 뛰놀고 하늘에는 새가 자유롭게 난다.
5) 널리 사랑과 은혜를 베풀어 뭇사람을 구제함.

세상 사람들이 입들만 성하여서
제 허물 전혀 잊고 남의 흉 보는구나
남의 흉 보거라 말고 제 허물을 고치고자
(인평대군)

기러기 석양천夕陽天에 날지 말고 네 나래를 날 빌려든
심송미귀처心送未歸處[1]에 잠깐 다녀오마스라
가다가 고인 상봉하여드란 즉환래卽還來를 하리라

어화 베일시고 낙락장송 베일시고
서근덧[2] 두딘들 동량재棟樑材[3] 되리러니
어즈버 명당이 기울거든 무엇으로 받치려뇨

---

1) 마음을 보냈으나 아직 돌아오지 않은 곳.
2) 잠깐만.
3) 기둥과 대들보감. 여기서는 큰 인물.

어화 동량재를 저리하어 어이할꼬
헐뜯어 기운 집의 의논議論도 하도 하다
뭇 지위¹⁾ 고자 자만 들고²⁾ 헵뜨다가 말렀는다³⁾

저기 섰는 저 소나무 섬도 설샤 길가에 가⁴⁾
저근덧 들어다가 저 구렁에 서고라자⁵⁾
삿 띠고 도치 멘 분네는⁶⁾ 다 찍으려 하느니

나무도 아니 것이 풀도 아닌 것이
곧기는 뉘 시기며⁷⁾ 속은 어이 비었는다
저렇고 사시에 푸르니 그를 좋아하노라

(윤선도)

---

1) 여러 목수들.
2) 먹통과 자만 들고.
3) 헤매다가 말려 하느냐.
4) 서 있어도 길가에.
5) 깊은 계곡에 세우고 싶구나.
6) 밧줄 띠고 도끼 멘 분들은, '삿' 은 껍질로 곤 밧줄, '도치' 는 도끼.
7) 시킨 것이며.

슬프나 즐거우나 옳다 하나 외다[1] 하나
내 몸에 할 일만 닦고 닦을 뿐이언정
그 밖의 여남은 일이야 분별할 줄 있으랴

술도 먹으려니와 덕 없으면 난亂하느니[2]
춤도 추려니와 예禮 없으면 잡되느니
아마도 덕례德禮를 지키면 만수무강하리라

불충불효하고 죄대罪大한 이내 몸이
구구히 살아 있어 해온 일 없거니와
그러나 태평성대에 늙기 설워하노라

---

1) 그르다.
2) 문란하느니.

검은 것은 가마귀요 흰 것은 해오라비
신 것은 매실이요 짠 것은 소금이라
물성物性이 다 각각各各 다르니 물각부물物各付物[1] 하리라

(이정보)

백규白圭[2]에 있는 흠을 갈라내면 없으려니
사람의 말 허물은 갈라서 없을쏜가
남용南容[3]이 이러하므로 삼복백규三復白圭하도다[4]

있노라 즐거 말고 못 얻노라 슬퍼 마소
얻은 이 우환인 줄 못 얻은 이 제 알쏜가
세상에 얻을 이 하 분분하니 그를 우어[5] 하노라

(이정보)

---

1) 물건은 각각 자기 성질에 따라 다른 물건과 결합됨을 말함.
2) 회고 맑은 구슬.
3) 공자의 제자.
4) 《시경》의 백규白圭 시를 하루에 세 번씩 읽었다 하도다.
5) 우스워.

잘 가노라 닫지 말며 못 가노라 쉬지 말라
부디 그치지 말고 촌음을 아껴스라
가다가 중지곳 하면 아니 감 만 못하니라

금오金烏 옥토玉兎[1]들아 뉘 너를 쫓니관데
구만리장천에 허위허위 다니난다
이후란 십 리에 한 번씩 쉬엄쉬엄 니거라[2]

옥하관玉河關[3] 저문 날에 어여쁠손 삼학사三學士[4]여
충혼의백忠魂義魄이 어드리로 간 거이고
아마도 만고강상萬古綱常을 네 붙든가 하노라

---

1) 해와 달을 다르게 부르는 이름.
2) 가거라.
3) 심양으로 가는 관문.
4) 병자호란 때 강화를 반대하다 잡혀간 오달제, 윤집, 홍익한.

농인農人은 고여춘급告余春及[1]하니 서주西疇[2]에 일이 많다
막막수전漠漠水田을 뉘라서 돌 매어 주리
아마도 궁경가색躬耕稼穡[3]이 내 분분인가 하노라

인심人心은 유위惟危하고 도심道心은 유미惟微하여[4]
한당송漢唐宋 천백년래에 계견鷄犬같이 던져두고
지금히 찾을 이 없으니 그를 슬퍼하노라

권연후權然後에 지경중知輕重하고 탁연후度然後에 지장단知長短이니[5]
만물은 오히려 다 그러하거니와
아마도 심할손 마음이니 부디 삼가리라

---

1) 내게 봄이 왔음을 일러 줌.
2) 서쪽 밭.
3) 몸소 곡식을 가꾸고 농사를 지음.
4) 인심은 위태롭고 도심은 희미하여, 《시경》에 나오는 구절이다.
5) 저울로 잰 뒤에 가볍고 무거움을 알고, 자로 잰 뒤에야 길고 짧음을 아니.

부혜생아父兮生我하시고 모혜국아母兮鞠我하시니[1]
부모의 은덕은 호천망극昊天罔極[2]이옵거니
진실로 백골이 미분微粉인들[3] 차생此生 어이 갚사오리

(김천택)

무극옹無極翁[4]은 그 뉘런고 하늘땅 임자런가
언제 어느 때에 어드러서 난 거이고
처음도 나종도 모르니 무극일시 옳도다

(김수장)

냇가에 해오라비 무슨 일 서 있는다
무심한 저 고기를 여어[5] 무슴 하려는디
아마도 한 물에 있거니 잊었은들 어떠리

(신흠)

---

1) 아버지 날 낳으시고 어머니 날 기르시니.
2) 넓은 하늘같이 끝이 없음.
3) 가루가 된들.
4) 한없고 끝없는 것.
5) 엿보아.

어릴샤¹⁾ 저 붕조鵬鳥야 웃노라 저 붕조야
구만리장천에 무슨 일로 올라간다
구렁에 뱁새 참새는 못내 즐겨하나다

(신흠)

말하면 잡류라 하고 말 않으면 어리다 하네
빈한을 남이 웃고 부귀를 새우는데
아마도 이 하늘 아래 사뢸 일이 어려워라

(김상용)

바람에 우는 머귀²⁾ 베어 내어 줄 메오면
해온남풍解慍南風에 순금舜琴이 되련마는³⁾
세상에 알 이 없으니 그를 슬퍼하노라

---

1) 어리석구나.
2) 오동나무의 옛말.
3) '해온남풍' 은 순임금이 남풍시를 탔다는 뜻. '순금' 은 순임금이 탔다는 거문고를 이른다.

나니[1] 나던 적에 천지를 처음 보왜[2]
하늘은 높으시고 땅이 두루 크시더라
생전에 높고 큰 덕을 잊을 줄이 있으랴

(김수장)

부혜父兮 날 낳으시니 은혜 밖의 은혜로다
모혜母兮 날 기르시니 덕 밖의 덕이로다
아마도 하늘 같은 이 은덕을 어디에다 갚사올꼬

잇브면[3] 잠을 들고 깨야시면 글을 보세
글 보면 의리 있고 잠들면 시름 잊내
백년을 이렇듯 하면 영욕이 총부운總浮雲[4]인가 하노라

(이덕함)

---

1) 감탄사.
2) 보아라. '왜'는 감탄을 나타내는 옛말의 어미.
3) 고단하면.
4) 모두 뜬구름.

청신淸晨에 일 일어서[1] 머리 빗고 세수하고
의관을 정히 하고 양친당養親堂에 뵈온 후에
돌아와 권독종일卷讀終日[2]이 아름다운 일이라

하늘이 높다 하고 발 제겨 서지 말며
땅이 두텁다고 마이[3] 밟지 말을 것이
하늘땅 높고 두터워도 내 조심을 하리라

(주의식)

오늘을 매양 두어 저물도 새도 말아[4]
만고하리니 일일신一日新을 어이하리[5]
백각百刻[6]에 한 번씩 씻어 몸을 좋게 하리라

(주의식)

---

1) 맑은 아침에 일찍 일어나.
2) 종일 독서함.
3) 세게 눌러.
4) 저물지도 새지도 않으면.
5) 언제나 같은 하루니 어찌 날로 새로워지겠는가.
6) 백각은 물시계로 하루를 이루는 단위.

형산荊山 박옥撲玉을 얻어 세상 사람 뵈러 가니
겉이 돌이어니 속 알 이 뉘 있으리
두어라 알 이 알지니 돌인 듯이 있거라

(주의식)

해 다 져 저문 날에 지저귀는 참새들아
조고마한 몸이 반 가지도 족하거든
구태여 크나큰 덤불을 새워 무슴 하리오

(장현)

비 맞은 고욤나무에 썩은 쥐 찬 저 소로기[1]
가막가치는 꾈 씨가 옳거니와[2]
운간雲間에 높이 뜬 봉조鳳鳥야 눈 흘길 줄 있으랴

---

1) 썩은 쥐를 채 간 저 소리개.
2) 부러워하는 게 당연하지만.

소원小園 백화총百花叢[1]에 나니는 나비들아
향내를 좋이 여겨 가지마다 앉지 마라
석양에 숨꾸든[2] 거미는 그물 맺고 엿는다

창밖에 동자가 와서 오늘이 새해라거늘
동창을 열고 보니 예 돋던 해 돋아 있다
아희야 만고 한 해니 후천後天[3]에 와 일러라

(주의식)

공명에 눈 뜨지 말며 부귀에 심동心動 마라
인생 궁달窮達이 하늘에 매었느니
평생에 덕을 닦으면 향복무강享福無疆[4]하느니

---

1) 작은 정원에 핀 수많은 꽃떨기.
2) 숨을 죽이고 움츠린.
3) 다음 세상.
4) 길이길이 복을 누리는 것.

평생에 원하기를 어느 일 무스 것고
봉황의 문장과 지주蜘蛛의 경륜¹⁾이로다
너희는 쓸데없거니 나를 준들 어떠리

(김진태)

술 먹기 비록 좋을지라도 한두 잔밖에 더 먹지 말며
색色하기 좋을지라도 패망에란 말을지니²⁾
평생에 이 두 일 삼가면 백 년 천금구千金軀³⁾를 병들일 줄 있으랴

지족知足이면 불욕不辱이요 지지知止면 불태不殆라 하니⁴⁾
공성명립功成名立⁵⁾하면 마는 것이 그 옳으니
어즈버 환해제군宦海諸君⁶⁾은 모다 조심하시소

---

1) 거미가 집을 짓듯이 조밀하고 훌륭히 경영하는 능력.
2) 망하기까지는 말 것이며.
3) 백 년을 살 천금같은 몸뚱이.
4) 만족을 알면 욕됨이 없고 그칠 때를 알면 위태롭지 않으니.
5) 공을 이루고 명예를 얻음.
6) 벼슬하는 여러분.

영욕관수榮辱關數하고[1] 부귀는 재천하니
구한다 곁에 오며 던져둔다 어디 가랴
진실로 내 길을 닦아 두면 자연 유시有時하느니

안빈을 슬히[2] 여겨 손 헤다 물러가며
부귀를 부러하여 손 친다 나아오랴
아마도 빈이무원貧而無怨[3]이 그 옳은가 하노라

환욕宦欲[4]에 취한 분네 앞길 생각하소
옷 벗은 어린아이 양지 곁만 여겼다가
서산에 해 넘어가거든 어찌하자 하는다

진실로 검고자 하면 머리는 희는 게고
진실로 희고자 하면 마음은 검는 게고
이 두 일 서로 바꾸면 무노무욕無老無慾하리라

시서詩書를 묻고 들어 의리를 잃지 말며
생산 작업하여 증상蒸嘗[1]을 긋지[2] 마라
이 밖에 범람泛濫한[3] 뜻을란 부디 먹지 말아라

천심天心에 돋은 달과 수면에 부는 바람
상하 성색聲色[4]이 이중에 갈렸느니[5]
사람이 중中을 타 났으니 어질기는 한가지라

(주의식)

---

1) 겨울에 지내는 제사.
2) 끊지, 멈추지.
3) 분에 넘치는.
4) 아래와 위의 소리와 색. 곧 달과 바람의 소리와 색.
5) 그 중간에서 갈렸으니.

임고대臨高臺[1] 하다 하고 낮은 데를 웃지 말라
뇌정대풍雷霆大風에 실족함이 괴이하랴
우리는 평지에 앉았으니 분별없어 하노라

승당升堂[2]을 못한 전에 입실入室을 어이하리
모르는 곡절을 물으려도 아니 하고
청천에 떴는 구름을 검다 희다 하는다

장공에 떴는 소로기 눈 살핌은 무스 일고
썩은 쥐를 보고 반회불거盤廻不去[3] 하는고여
만일에 봉황을 만나면 웃음 될까 하노라

(김진태)

---

1) 높은 곳에 오름.
2) 마루에 오름.
3) 빙빙 돌며 가지 않음.

꼭대기 오른다 하고 낮은 뫼를 웃지 마라
네 앞에 있는 것은 내려가는 일뿐이니
평지에 오를 일 있는 우리 아니 더 크랴

어화 저 백구야 무슨 역사役事 하느슨다
갈숲으로 바장이며[1] 고기 엿기 하는고야
나같이 군마음 없이 잠만 들면 어떠리
(김광욱)

쥐 찬 소로기들아 배부르다 자랑 마라
청강淸江 여윈 학이 주리다 부를쏘냐
내 몸이 한가하여마는 살 못 진들 어떠리
(구지정)

---

1) 배회하며.

물아 어데 가느냐 갈 길 멀었어라
뉘 누리[1] 다 채워 지내노라 여흘여흘
창해에 못 미친 전에야 그칠 줄이 있으랴

(강익)

군봉群鳳 모이신 데 외가마귀 들어오니
백옥 쌓인 곳에 돌 하나 같다마는
두어라 봉황도 비조飛鳥와 유류類시니[2] 뫼셔 논들 어떠하리

(박인로)

어제 오던 눈이 사제沙堤에도 오돗던가[3]
눈이 모래 같고 모래도 눈이로다
아마도 세상일이야 다 이런가 하노라

(홍적)

---

1) 온 누리.
2) 봉황도 날 것과 한가지이니.
3) 모래 언덕에도 왔던가.

뒷집은 토계삼등土階三等[1] 이웃에는 구목위소構木爲巢[2]
의초의衣草衣 식목실食木實[3]에 사람이 다 어질더니
어떻다 육식 대하肉食大廈[4]에 용容치 말려[5] 하느니

안빈을 염厭치 마라 일 없으면 그 좋으니
벗 없다 한치 마라 말 없으면 이 좋으니
아마도 수분안졸守分安拙[6]이 그 옳은가 하노라

---

1) 흙으로 세 층의 섬돌을 쌓은 집.
2) 나뭇가지로 얽어 만든 집.
3) 풀로 얽은 옷을 입고 나무 열매를 먹음.
4) 고기를 먹고 큰 집에 사는 것.
5) 관용을 베풀지 않으려.
6) 분수를 지켜 자기 복대로 살아감.

님 향한
일편단심이야
가실 줄이 있으랴

이 몸이 죽어죽어 일백 번 고쳐 죽어
백골이 진토 되어 넋이라도 있고 없고
님 향한 일편단심이야 가실 줄이 있으랴

이런들 어떠하며 저런들 어떠하료
만수산萬壽山 드렁칡이 얽어진들 어떠하리
우리도 이같이 얽어져 백 년까지 누리리라

(태종)

있으렴 부디 갈다 아니 가든 못할쏘냐
무단히 싫더냐 남의 말을 들었느냐
그려도 하 애달아라 가는 뜻을 일러라

(성종)

청강에 비 듣는 소리 그 무엇이 우습관데
만산 홍록紅綠이 휘두르며 웃는고야
두어라 춘풍이 몇 날이리 웃을 대로 웃어라

(효종)

청석령靑石嶺 지나거냐 초하구草河口[1] 어드메오
호풍胡風도 차도 찰샤 궂은비는 무슨 일고
아무나 행색 그려 내어 님 계신 데 드리고자

(효종)

앗가야[2] 사람 되야 온몸에 깃이 돋쳐
구만리장천에 푸드득 솟아올라
님 계신 구중궁궐을 굽어볼까 하노라

(효종)

천보산天寶山 내린 물을 금곡촌金谷村에 흘려 두고
옥류당玉流堂 지은 뜻을 아는다 모르는디
진실로 이 뜻을 알면 나인 줄을 알리라

(효종)

1) '청석령'과 '초하구'는 심양 가는 길에 있는 고개와 고을 이름.
2) 잠간.

추수秋水는 천일색天一色이요 용가龍駕는 범중류泛中流라[1]
소고일성簫鼓一聲에 해만고지수혜解萬古之愁兮로다[2]
우리도 만민 데리고 동락태평同樂太平 하리라

(숙종)

사순칭경四旬稱慶[3]하오실 제 때 맞은 풍년이라
양맥兩麥이 대등大登하고[4] 백곡이 푸르럿다
상천上天이 우순풍조雨順風調[5]하샤 우리 경사를 도우시다

(익종)

춘당대春塘臺[6] 바라보니 사시四時에 한빛이라
옥촉玉燭이 조광照光하여 수역壽域에 오른 듯[7]
만민이 이때를 만나 늙을 뉘[8]를 모르더라

(익종)

---

1) 가을 물빛은 하늘과 한 빛이요 임금이 탄 배는 강 가운데 떠가도다.
2) 퉁소 소리와 북소리에 오랜 시름이 풀리도다.
3) 마흔 살 생일을 축하하는 것.
4) 보리와 밀이 풍년 들고.
5) 비가 알맞게 오고 바람이 사납지 않아.
6) 창경궁에 있는 누대로 임금이 친히 선비에게 과거를 보이던 곳이다.
7) 임금의 어진 정치로 태평성대에 이른 듯. '옥촉'은 임금의 은덕, '수역'은 사람들이 자기 명대로
   천수를 누리는 곳을 말한다.
8) 때.

요지瑤池[1]에 봄이 드니 가지마다 꽃이로다
삼천 년 맺힌 열매 옥합玉盒에 담았으니
진실로 이것곳[2] 받으시면 만수무강하오리다
(익종)

백설이 잦아진 골에 구름이 머흘레라[3]
반가운 매화는 어느 곳에 피었는고
석양에 홀로 서 있어 갈 곳 몰라 하노라
(이색)

이 몸이 죽어죽어 일백 번 고쳐 죽어
백골이 진토 되어 넋이라도 있고 없고
님 향한 일편단심이야 가실 줄이 있으랴
(정몽주)

1) 신선이 산다는 곳.
2) 이것만. '곳', '옷'은 강조를 나타내는 옛말.
3) 사납게 일어나는구나.

수양산首陽山[1] 바라보며 이제夷齊를 한恨하노라
주려 죽을진들 채미採薇도 하는 것가[2]
비록에 푸새엣것인들[3] 그 뉘 땅에 났더니

(성삼문)

이 몸이 죽어 가서 무엇이 될꼬 하니
봉래산 제일봉에 낙락장송 되어 있어
백설이 만건곤滿乾坤할 제 독야청청 하리라

(성삼문)

가마귀 눈비 맞아 희는 듯 검노매라
야광명월이 밤인들 어두우랴
님 향한 일편단심이야 고칠 줄이 있으랴

(박팽년)

1) 백이伯夷와 숙제叔齊가 주周나라 무왕武王의 부름을 피해 들어 간 산.
2) 고사리를 뜯어 먹었느냐.
3) 푸성귀라지만.

창 밖에 켰는¹⁾ 촛불 눌과 이별하였관데
눈물을 흘리며 속 타는 줄 모르는고
우리도 저 촛불 같아야 속 타는 줄 몰라라

(이개)

간밤에 불던 바람에 눈서리 치단 말가
낙락장송이 다 기울어 가노매라
하물며 못다 핀 꽃이야 일러 무엇 하리오

(유응부)

이 몸이 되올진대 무엇이 될꼬 하니
곤륜산 상상봉에 낙락장송 되었다가
군산群山²⁾에 설만雪滿하거든 홀로 우뚝하리라

(권필)

1) 커져 있는.
2) 여러 산.

흉중에 불이 나니 오장이 다 타 간다
신농씨 꿈에 보와 불 끌 약 물어보니
충절과 강개로 난 불이니 끌 약 없다 하더라

(박태보)

나의 님 향한 뜻은 죽은 후면 어떠할지
상전桑田이 변하여 벽해碧海는 되려니와
님 향한 일편단심이야 가실 줄이 있으랴

오백 년 도읍지를 필마로 돌아드니
산천은 의구하되 인걸은 간데없다
어즈버 태평연월이 꿈이런가 하노라

(길재)

벽해 갈류渴流[1] 후에 모래 모여 섬이 되어
무정 방초無情芳草는 해마다 푸르른데
어떻다 우리의 왕손王孫은 귀불귀歸不歸하나니[2]

(구용)

홍망이 유수有數하니[3] 만월대滿月臺도 추초秋草로다
오백 년 왕업이 목적牧笛[4]에 부쳤으니
석양에 지나는 객이 눈물겨워 하노라

(원천석)

백일白日은 서산에 지고 황하는 동해로 든다
고래古來 영웅은 북망으로 가단 말가
두어라 물유성쇠物有盛衰니[5] 한할 줄이 있으랴

(최충)

---

1) 바다가 마름.
2) "님께서는 돌아올지 안 돌아올지." 당나라 시인 왕유王維의 '산중송별山中送別'의 한 구절. "봄
  풀은 해마다 푸르겠지 그러나 그대는 돌아올지 안 돌아올지[春草明年綠 王孫歸不歸]."
3) 운수가 있는 것이니.
4) 목동의 피리 소리.
5) 만물에는 반드시 성함과 쇠함이 있는 법이니.

설월雪月은 전조색前朝色이요 한종寒鍾은 고국성故國聲을[1]
남루南樓에 호올로 서서 옛 임금 생각할 차
잔곽殘廓에 모연생暮煙生하니[2] 그를 슬퍼하노라

흥망이 수數 없으니[3] 대방성帶方城이 추초로다
나 모른 지난 일란 목적牧笛에 부쳐 두고
이 좋은 태평연화太平煙火[4]에 한잔 하되 어떠리

(정철)

선인교仙人橋 내린 물이 자하동紫霞洞[5]에 흐르니
반 천년 왕업이 물소리뿐이로다
아이야 고국흥망을 물어 무엇 하리오

(정도전)

---

1) 달빛 어린 눈은 지난 왕조 때와 같은 빛이요, 찬바람에 울리는 소리는 옛 나라의 그 종소리네.
2) 허물어진 성곽에 저녁 연기가 피어나니.
3) 정해진 것이 아니니.
4) 태평한 세월.
5) '선인교', '자하동'은 개성에 있는 다리와 동네 이름.

한산섬 달 밝은 밤에 수루에 혼자 앉아
큰 칼 옆에 차고 깊은 시름 하는 적에
어디서 일성호가一聲胡歌는 남의 애를 긋나니[1]

(이순신)

철령 높은 봉에 쉬어 넘는 저 구름아
고신원루孤臣寃淚[2]를 비 삼아 띄워다가
님 계신 구중심처九重深處[3]에 뿌려 본들 어떠리

(이항복)

소상강 긴 대 베어 하늘 밑게 비를 매어[4]
폐일부운蔽日浮雲[5]을 다 쓸어버리고저
시절이 하 수상하니 쓸동말동하여라

(김류)

---

1) 긏나니.
2) 외로운 신하의 원통한 눈물.
3) 임금님이 계신 궁중.
4) 하늘에 닿게 빗자루를 매어.
5) 임금의 총명함을 가리는 간신.

이별하던 날에 피눈물이 난지 만지
압록강 내린 물이 푸른빛이 전혀 없네
배 위에 허여 센[1] 사공이 처음 본다 하더라

(홍서봉)

가노라 삼각산아 다시 보자 한강수야
고국산천을 떠나고자 하랴마는
시절이 하 수상하니 올동말동하여라

(김상헌)

압록강 해 진 후에 어여쁜 우리 님이
연운燕雲 만리萬里를[2] 어디라고 가시는고
봄풀이 푸르고 푸르거든 즉시 돌아오소서

(장현)

---

1) 허옇게 머리 센.
2) 연경으로 가는 만 리 길을.

구름이 무심탄 말이 아마도 허랑하다
중천에 떠 있어 임의로 다니면서
구태여 광명한 날빛을 따라가며 덮나니
(이존오)

옥을 돌이라 하니 그려도 애달아라
박물군자[1]는 아는 법 있건마는
알고도 모르는 체하니 그를 슬퍼하노라
(홍섬)

백초百草를 다 심어도 대는 아니 심으리라
젓대는 울고 살대는 가고[2] 그리나니 붓대로다
구태여 울고 가고 그리는 대를 심어 무슴 하리오

---

1) 모든 사물에 정통한 선비.
2) '젓대' 는 피리대, '살대' 는 화살대를 이른다.

풍파에 일니던¹⁾ 배 어드러로 가단 말고
구름 머흘거든²⁾ 처음에 날 줄 어찌
허술한 배 두신 분네는 모두 조심하소서

(정철)

높으나 높은 남게³⁾ 날 권하여 올려 두고
이보오 벗님네야 흔들지나 마르되야
내려져 죽기는 섧지 아녀⁴⁾ 님 못 볼까 하노라

(이양원)

감장새 작다 하고 대붕아 웃지 마라
구만리장천을 너도 날고 저도 난다
두어라 일반비조一般飛鳥니⁵⁾ 네오 그오 다르랴

(이택)

---

1) 흔들리던.
2) 험하거든.
3) 나무에.
4) 떨어져 죽기는 서럽지 않으나.
5) 새이기는 마찬가지니.

달 밝은 오례성五禮城에 여남은 벗이 앉아
사향思鄕 감루感淚를 뉘 아니 지리마는[1]
아마도 위국단침爲國丹忱[2]은 나뿐인가 하노라

(박명현)

이것아 어린것아 잡말 마라스라
칠실漆室의 비가悲歌[3]를 뉘라서 슬퍼하리
어디서 탁주 한 잔 얻어 이 시름 풀까 하노라

(이정환)

시절도 저러하니 인사도 이러하다
이러하거니 어이 저러 아닐쏘냐
이런다 저런다 하니 한숨 겨워 하노라

(이항복)

---

1) 누가 흘리지 않을까마는.
2) 나라를 위하는 충성된 마음.
3) 나라를 잃으면 모두가 당할 고초를 걱정하는 노래.

평생에 원하기를 이 몸이 우화羽化하여
청천에 솟아올라 저 구름을 헤치고저
이후는 광명일월을 가리도록 말리라[1]

가마귀 저 가마귀 네 어디로 좇아온다
소양전昭陽殿 날빛[2]을 네 혼자 띠었으니
사람은 너만 못한 줄을 홀로 슬퍼하노라

(이정보)

싸움에 시비만 하고 공도公道 시비 아녔는다[3]
어이한 시사時事 이같이 되었는고
수화水火도곤[4] 깊고 더운 환患이 날로 길어 가노매라

(이덕일)

---

1) 가리지 않도록 하리라.
2) 궁전에 비친 햇빛. '소양전'은 궁궐을 이름.
3) 아니 하느냐.
4) 물과 불보다.

공명을 원찮거든 부귀인들 바랄쏘냐
일간모옥에 고초히[1] 혼자 앉아
밤낮에 우국상시憂國傷時[2]를 못내 설위하노라

(이덕일)

말리소서 말리소서 이 싸움 말리소서
지공무사至公無私히[3] 말리소서 말리소서 말리소서
진실로 말리옷 말리시면 탕탕평평蕩蕩平平[4]하리이다

(이덕일)

이는 저 외다[5] 하고 저는 이 외다 하네
매일에 하는 일이 이 싸움뿐이로다
이중에 고립무조孤立無助[6]는 님이신가 하노라

(이덕일)

---

1) 괴롭게.
2) 나라를 걱정하는 슬픈 때.
3) 지극히 공평하고 사사로움 없이.
4) 기울어짐 없이 공평함.
5) 그르다.
6) 도와주는 이 없이 홀로 서 있음.

힘써 하는 싸움 나라 위한 싸움인가
옷밥에 묻혀 있어 할 일 없어 싸우놋다
아마도 그치지 아니하니 다시 어이하리
(이덕일)

어인 벌레완데 낙락장송을 다 먹는고
부리 긴 저고리[1]는 어느 골에 가 있는고
공산에 벌목성伐木聲[2] 들릴 제면 애긇는 듯하여라

낙엽이 말 발에 차이니 잎잎이 추성秋聲이로다
풍백風伯[3]이 비 되어 다 쓸어버린 후에
두어라 기구산로崎嶇山路[4]를 덮어 둔들 어떠하리

---

1) 딱따구리의 옛말.
2) 나무 쪼는 소리.
3) 바람 신. 여기서는 바람.
4) 험한 산길.

구름아 너는 어이 햇빛을 감추는다
유연작운油然作雲¹⁾하면 대한大旱²⁾에 좋거니와
북풍이 사라져 불 제 볕뉘³⁾ 몰라 하노라

삭풍은 나무 끝에 불고 명월은 눈 속에 찬데
만리변성에 일장검 짚고 서서
긴 바람 큰 한 소리에 거칠 것이 없어라

(김종서)

장백산에 기를 꽂고 두만강에 말 씻기니
썩은 저 선비야 우리 아니 사나이야
어떻다 능연각凌煙閣⁴⁾ 상에 뉘 얼굴을 그릴꼬

(김종서)

1) 뭉게뭉게 비구름 피어나면.
2) 큰 가뭄.
3) 잠시 비치는 햇볕.
4) 당 태종 때 공신들의 초상을 걸어 놓은 누각.

군산群山을 삭평削平턴들[1] 동정호洞庭湖 너를랏다[2]
계수를 버히던들[3] 달이 더욱 밝을 것을
뜻 두고 이루지 못하고 늙기 설워하노라

(이완)

활 지어 팔에 걸고 칼 갈아 옆에 차고
철옹성변鐵甕城邊에 통개筒介[4] 베고 누웠으니
보완다 보와라 소리[5]에 잠 못 들어 하노라

(임진)

청산아 말 물어보자 고금 일을 네 알리라
만고 영웅이 몇몇이나 지내었노
이후에 묻는 이 있거든 나도 함께 일러라

(김상옥)

---

1) 군산을 깎아 버리면. '군산'은 동정호에 있는 산.
2) 동정호가 넓어질 것이다.
3) 베어 내면.
4) 메고 다니는 화살 주머니.
5) '보았느냐', '보았다' 하는 군호 소리.

십년 갈은 칼이 갑리匣裏[1]에 우노매라
관산關山[2]을 바라보며 때때로 만져 보니
장부의 위국공훈을 어느 때에 드리올꼬

나라가 태평이라 무신을 버리시니
날 같은 영웅은 북새北塞에 다 늙거다[3]
아마도 위국정충爲國精忠은 나뿐인가 하노라

(장붕익)

박제상 죽은 후에 님의 시름 알 이 없다
이역 춘궁春宮[4]을 뉘라서 모셔 오리
지금에 치술령 귀혼歸魂을 못내 슬퍼하노라

(이정환)

---

1) 칼집 속.
2) 국경이나 요새의 성문.
3) 북의 변방에서 다 늙어 가는구나.
4) 태자.

내게 칼이 있어 벽상에 걸렸으니
때때로 우는 소리 무슨 일이 불평不平한지
두우斗牛에 용광龍光이[1] 벋쳤으니 사람 알까 하노라

섶 실은 천리마를 알아볼 이 뉘 있으리
십 년 역상櫪上에[2] 속절없이 다 늙거다
어디서 살진 쇠양마는 외용지용[3]하느니

삼군三軍을 연융鍊戎하여 북적남만北狄南蠻 파파破한 후에[4]
더러인 칼을 씻고 세검정 지은 뜻은
위엄과 덕을 세우셔 사해 안녕함이라

---

1) 북두성과 견우성까지 칼 기운이.
2) 십년이나 마굿간에 묶여 있으매.
3) '쇠양마'는 둔한 말이고, '외용지용'은 말울음을 흉내 낸 소리.
4) 전 군사를 훈련시켜 남북의 오랑캐를 무찌른 후에.

벽상壁上에 걸린 칼이 보믜[1]가 났다 말가
공 없이 늙어 가니 속절없이 만지노라
어즈버 병자국치丙子國恥를 씻어 볼까 하노라

(김진태)

적토마 살지게 먹여 두만강수에 굽 씻겨 세고
용천금 드는 칼을 다시 갈아 둘러메고
언제나 성주를 뫼옵고 태평성대

장부로 삼겨나서[2] 입신양명 못할지면
차라리 떨치고 일없이 늙으리라
이밖에 녹록碌碌한 영위榮爲[3]에 거리낄 줄 있으랴

(김유기)

---

1) 녹.
2) 생겨나서, 곧 태어나서.
3) 대단치 않은 영예로운 일.

벽상에 칼이 울고 흉중에 피가 뛴다
살 오른 두 팔뚝이 밤낮에 들먹인다
시절아 너 돌아오거든 왔소 말을 하여라

녹이綠駬 상제霜蹄 살지게 먹여 시냇물에 씻겨 타고
용천龍泉 설악雪鍔 들게 갈아 다시 빼어 둘러메고
장부의 위국충절을 세워 볼까 하노라

(최영)

춘풍 도리화들아 고운 양자樣姿[1] 자랑 말고
장송 녹죽을 세한歲寒에 보려무나
정정코 낙락한 절節[2]을 고칠 줄이 있으랴

(김유기)

---

1) 모습.
2) 높고 늠름한 절개.

태산에 올라앉아 사해를 굽어보니
천지 사방이 훤칠도 하저이고
장부의 호연지기를 오늘이야 알괘라
(김유기)

백두산 높이 앉아 앞뒤 뜰을 굽어보니
남북만리에 옛 생각 새로워라
간 님이 정령精靈 계시면 눈물질까 하노라

대붕을 손으로 잡아 번갯불에 구워 먹고
곤륜산 옆에 끼고 북해를 건너뛰니
태산이 발끝에 차이어 왜각대각[1]하더라

1) 그릇 따위가 부딪힐 때 나는 소리.

충신은 만조정滿朝廷이요 효자는 가가재家家在라[1]
우리 성주聖主는 애민적자愛民赤子 하시는데
명천明天이 이 뜻 알오셔 우순풍조雨順風調 하소서

낙양 삼월 시에 곳곳이 화류로다
만성춘광滿城春光[2]이 그림에 들었어라
아마도 당우세계唐虞世界[3]를 다시 본 듯하어라

치천하治天下 오십 년에 부지不知왜라 천하사天下事를[4]
억조창생億兆蒼生 엿고자 원願이러냐[5]
강구康衢에 동요童謠를 들으니[6] 태평인가 하노라

(변계량)

1) 충신은 조정에 가득하고 효자는 집집마다 있도다.
2) 성에 가득한 봄빛.
3) 요순 임금이 다스리던 시대, 곧 태평성대.
4) 세상 돌아가는 사정을 모르겠다는 말로, 그만큼 나라가 평안하다는 뜻이다.
5) 백성들의 삶을 엿보고자 하느냐.
6) 사방으로 통하는 큰 거리에서 아이들의 노랫소리를 들으니.

송림에 눈이 오니 가지마다 꽃이로다
한 가지 꺾어 내어 님 계신 데 보내고저
님이 보신 후에야 녹아진들 어떠리

(정철)

풍상이 섞어 친 날에 갓 피온 황국화를
금분에 가득 담아 옥당[1]에 보내오니
도리야 꽃이온 양 마라 님의 뜻을 알괘라

(송순)

강호에 기약을 두고 십 년을 분주하니
그 모른 백구는 더디 온다 하건마는
성은이 지중하시니 갚고 가려 하노라

(정구)

---

1) 홍문관의 다른 이름.

닫는 말 서서 늙고 드는 칼 보믜 꼈다[1]
무정세월은 백발을 재촉하니
성주의 누세홍은累世鴻恩을[2] 못 갚을까 하노라

(유혁연)

인풍仁風이 부는 날에 봉황이 내의來儀로다[3]
만성滿城 도리桃李는 지느니 꽃이로다
산림에 굽은 솔이야 꽃이 있어 저 보랴

일생에 한하기를 희황시절羲皇時節 못 난 줄이
초의를 무릅고[4] 목실木實을 먹을망정
인심이 순후하던 줄을 못내 보려 하노라

----

1) 녹슬었구나.
2) 임금의 큰 은혜를.
3) 어진 정치가 펼쳐지는 날에 봉황이 예를 드리러 오도다.
4) 덮어쓰고.

청산아 웃지 마라 백운아 희롱 마라
백발홍진白髮紅塵[1]을 내 좋아 다니느냐
성은이 지중하시니 갚고 갈까 하노라

고원화죽故園花竹[2]들아 우리를 웃지 마라
임천구약林泉舊約[3]이야 잊은 적 없건마는
성은이 지중하시니 갚고 가려 하노라

풍진에 얽매이어 떨치고 못 갈지라도
강호 일몽을 꾸은 지 오래더니
성은을 다 갚은 후는 호연장귀浩然長歸[4] 하리라

---

1) 늙은 나이에 하는 벼슬살이.
2) 고향의 꽃과 대나무.
3) 자연으로 돌아오겠다던 약속.
4) 마음 놓고 전원으로 돌아감.

주인이 호사好事하여 원객遠客을 위로할새
다정 가관歌管이 뵈아나니[1] 객수客愁로다
어즈버 밀성密城[2] 금일이 태평인가 하노라

(인평대군)

운하雲下 태을정太乙亭에 영락지泳樂池[3] 맑아 있다
조일에 화문수花紋繡요 춘풍에 조관현鳥管絃을[4]
경송慶松은 울울번연鬱鬱蕃衍하여[5] 억만 년을 기약거다

(안민영)

남극노인성이 사교재四敎齋에 드리오셔
우리 님 수부귀壽富貴를 강녕康寧으로 도우셔든[6]
우리도 덕음德蔭을 무르와 태평연락太平燕樂하노라[7]

(박효관)

---

1) 다정한 음악이 재촉하는 것은.
2) 안주의 옛 이름.
3) '태을정', '영락시'는 운현궁에 있는 정자와 못이다.
4) 아침 햇살에는 꽃을 수놓은 듯 보이고 봄바람에는 새가 연주하는 듯 들린다.
5) 경회루 소나무는 울창하게 번성하여.
6) 건강과 안녕으로 도우시거든.
7) 음덕을 입어서 태평하여 안락하도다.

장공 구만리에 구름을 쓸어 열고
두렷이 굴러 올라 중앙에 밝았으니
알괘라 성세 상원聖世上元은[1] 이 밤인가 하노라

(안민영)

제이第二 태양관太陽館[2]에 봄바람이 어리었다
난간 앞에 웃는 꽃과 수풀 아래 우는 새라
이따금 섬가세악纖歌細樂[3]은 학의 춤을 일으킨다

(안민영)

삼각산 푸른빛이 중천에 솟아올라
울총가기鬱蔥佳氣[4]란 상궐象闕[5]에 붙여 두고
강호에 잔 잡은 늙은이란 매양 취케 하소서

---

1) 알겠도다 성대聖代의 보름은.
2) 운현궁 안에 있는 사랑舍廊 이름.
3) 가늘게 들리는 노랫소리와 가락.
4) 파가 하늘로 솟아오르는 것 같은 상서로운 기운.
5) 대궐의 문.

용루에 우는 북은 태주율太簇律[1]을 응하였고
만호萬戶에 밝힌 불은 상원上元 월月[2]을 맞는고야
아이오 백척 홍교虹橋[3] 상에 만인동락하더라

(안민영)

삼동에 베옷 입고 암혈巖穴[4]에 눈비 맞아
구름 낀 볕뉘도 쬘 적은 없건마는
서산에 해 진다 하니 눈물겨워 하노라

(조식)

봉래산 님 계신 데 오경 친 남은 소리[5]
성 넘어 구름 지나 객창客窓에 들리나다
강남에 내려옷 가면 그립거든 어찌리

(정철)

---

1) 동양 음악의 열두 율律 이름 중 하나.
2) 정월 대보름달.
3) 무지개처럼 만든 둥근 다리.
4) 바위에 뚫린 구멍, 곧 보잘것없는 거처.
5) 북을 치고 울리는 여음. '오경'은 새벽 다섯 시.

예서 나래를 들어 두세 번만 부치며는
봉래산 제일봉에 고운 님 보련마는
하다가 못 하는 일을 일러 무슴 하리
(정철)

이 몸 헐어내어 냇물에 띄우고저
이 물이 울어예어 한강 여울 된다 하면
그제야 님 그린 내 병이 헐할[1] 법도 있나니
(정철)

내 마음 헐어내어 저 달을 만들고저
구만리장천에 번듯이 걸려 있어
고운 님 계신 곳에 비추어나 볼까 하노라
(정철)

1) 나을.

내 양자 남만 못한 줄 나도 잠깐 알건마는
연지도 버려 있고 분대[1]도 아니 미네
이렇고 괴실까[2] 뜻은 전혀 아니 먹노라

(정철)

이 뫼를 헐어내어 저 바다를 메우면은
봉래산 고운 님을 걸어가도 보련마는
이 몸이 정위조精衛鳥[3] 같아야 바자닐만[4] 하노라

(서익)

님을 믿을것가 못 믿을손 님이시라
미더운 시절도 못 믿을 줄 알았으라[5]
믿기야 어려워마는 아니 믿고 어이리

(이정구)

---

1) 분과 눈썹을 그리는 먹.
2) 이러고도 사랑하실까.
3) 해변에 살며 바다를 메운다는 전설의 새.
4) 거닐기만.
5) 알았도다.

님이 헤오시매 나는 전혀 믿었더니
날 사랑하던 정을 뉘손대¹⁾ 옮기신고
처음에 믜시던²⁾ 것이면 이대도록 설우랴

(송시열)

천만리 머나먼 길에 고운 님 여의옵고
내 마음 둘 데 없어 냇가에 앉았으니
저 물도 내 안 같아야 울어 밤길 예놋다³⁾

(왕방연)

백구야 놀라지 마라 너 잡을 내 아니라
성상이 버리시니 갈데없어 예 왔노라
이후는 찾을 이 없으니 너를 좇아 놀리라

---

1) 누구에게.
2) 미워하시던.
3) '안' 은 마음의 뜻, '예놋다' 는 '가는구나' 의 옛말이다.

간밤에 불던 바람 강호에도 불었던지
만강滿江 선자船子들이 어이구러 지내었노
산림에 들은 지 오래니 소식 몰라 하노라

창밖이 워석버석 님이신가 일어 보니
혜란 혜경蕙蘭蹊經[1]에 낙엽은 무슨 일고
어즈버 유한한 간장이 다 그칠까[2] 하노라

하나 둘 세 기러기 서남북 나누어서
주야로 울어 예니 무리 잃은 소리로다
언제나 상림上林 추풍에 일행귀一行歸[3]를 하리오

---

1) 난초 우거진 지름길.
2) 끊어질까.
3) 상림에 부는 가을바람에 일자로 줄을 지어 돌아옴. '상림'은 임금의 정원을 뜻함.

겨울날 다사한 볕을 님에게 비추고저
봄 미나리 살진 맛을 님에게 드리고저
님께서 무엇이 없으랴마는 내 못 잊어 하노라

초당 추야월에 실솔성蟋蟀聲[1]도 못 금禁커든
무삼 하리라 야반에 홍안성鴻鴈聲[2]고
천 리에 님 이별하고 잠 못 들어 하노라

세우細雨 뿌리는 날에 자주紫紬[3] 장옷 부여잡고
이화 핀 골로 진동한동[4] 가는 각시
어디 가 뉘 거짓말 듣고 옷 젖는 줄 모르나니

---

1) 귀뚜라미 울음 소리.
2) 기러기 울음 소리.
3) 자줏빛 나는 명주.
4) 허둥지둥.

간밤에 울던 여울 슬피 울어 지나거다
이제 와 생각하니 님이 울어 보내도다
저 물이 거슬러 흐르고저 나도 울어 보내리라

(원호)

내 일 망령된 줄을 내라 하여 모를쏘냐
이 마음 어리기도 님 위한 탓이로다
아무나 아무리 일러도 님이 헤어 보소서

추성진楸城鎭 호루胡樓[1] 밖에 울어 예는 저 시내야
무슴 하리라 주야에 흐르는다
님 향한 내 뜻을 좇아 그칠 뉘를 모르는다

---

1) 추성진의 오랑캐 진지. '추성진'은 함경도 경원의 옛 이름.

낙엽에 두 자만 적어 서북풍에 높이 띄워
월명 장안에 님 계신 데 전하고저
님께서 보기곳 보면 반기실까 하노라

옥황께 울며 발괄하되[1] 벼락상재 내려오셔
벽력霹靂이 진동하며 깨치고저 이별 두 자
그제야 그리던 님을 만나 백년동주百年同住 하오리라

잔등殘燈은 경경耿耿하여[2] 잔몽殘夢의 벗이 되어
초국楚國 천애天涯[3]에 님 그리는 정이로다
달 지고 자규 그쳤으니 만정낙화滿庭落花뿐이로다

(박희석)

---

1) 청하여 가로되.
2) 꺼져 가는 등불은 깜박깜박하여.
3) 멀고 먼 곳.

화개동花開洞 북록北麓[1] 하에 초암草菴[2]을 얽었으니
바람 비 눈 서리는 그렁저렁 지내어도
어느 제 다사한 해 비치어 쬐어 볼 줄 있으랴

북두성 기울어지고 경오점更五點 잦아 갈 제[3]
귀 익은 예리성曳履聲[4]이 이 분명한 님이로다
출문간함소상희出門看含笑相喜[5]는 금 못 칠까[6] 하노라

아침 양지 볕에 등을 쬐고 앉았으니
우리 님 계신 데도 이 볕이 쬐옷던가[7]
아마도 옥루고처玉樓高處[8]에 소식 몰라 하노라

---

1) 화개동의 북쪽 기슭.
2) 풀로 지은 집.
3) 오경을 알리는 소리가 잦아질 때.
4) 신발 끄는 소리.
5) 문을 나서 보고 웃음을 머금어 서로 기뻐함.
6) 가격을 매길 수 없을까.
7) 쬔단 말인가.
8) 님이 계신 곳. 궁궐을 이름.

불여귀不如歸 불여귀하니 돌아감만 못 하거든
어엿분 우리 임금 무슨 일로 못 가신고
지금에 매죽루梅竹樓[1] 달빛이 어제런 듯하여라
(이유)

어엿분 네 임금을 생각하고 절로 우니
하늘이 시켰거든 네 어이 울렸으리
나 없는 상천霜天 설월雪月에는 눌로 하여 우니던다
(이유)

---

1) 단종이 귀양살이하던 중 자주 올랐다고 하는, 영월에 있는 누대.

벽오동
심은 뜻은
봉황을 보렸더니

벽오동 심은 뜻은 봉황을 보렸더니
내 심은 탓인지 기다려도 아니 오고
무심한 일편명월이 빈 가지에 걸렸더라

이런들 어떠하며 저런들 어떠하료
초야우생草野愚生[1]이 이렇다 어떠하료
하물며 천석고황泉石膏肓[2]을 고쳐 무슴 하료

(이황, 도산십이곡)

연하煙霞[2]로 집을 삼고 풍월風月로 벗을 삼아
태평성대에 병으로 늙어 가네
이중에 바라는 일은 허물이나 없고자

(이황, 도산십이곡)

순풍淳風[4]이 죽다 하니 진실로 거짓말이
인성이 어질다 하니 진실로 옳은 말이
천하에 허다 영재를 속여 말씀한가

(이황, 도산십이곡)

---

1) 시골에 묻혀 사는 어리석은 사람.
2) 자연을 좋아하는 고질병.
2) 안개와 노을.
4) 순후한 풍속.

유란幽蘭[1]이 재곡在谷하니 자연히 듣기 좋아
백운이 재산在山하니 자연히 보기 좋아
이중에 피미일인彼美一人[2]을 더욱 잊지 못하여

(이황, 도산십이곡)

산전山前에 유대有臺하고 대하臺下에 유수有水로다
떼 많은 갈매기는 오명가명 하거든
어떻다 교교백구皎皎白駒[3]는 멀리 마음 하는고

(이황, 도산십이곡)

춘풍에 화만산花滿山하고 추야에 월만대月滿臺라
사시四時 가흥佳興[4]이 사람과 한가지라
하물며 어약연비魚躍鳶飛 운영천광雲影天光이야[5] 어느 끝이 있을꼬

(이황, 도산십이곡)

---

1) 그윽한 난초.
2) 저 아름다운 한 사람. 여기서는 임금을 가리킨다.
3) 희디흰 말. 현자가 타는 말이라는 뜻도 있다.
4) 아름다운 사계절 흥취.
5) 고기가 물에서 뛰놀고 소리개가 하늘을 날며 구름이 그림자를 만들고 해가 빛남이야.

천운대天雲臺 돌아들어 완락재玩樂齋[1] 소쇄瀟灑한데
만권萬卷 생애[2]로 낙사樂事 무궁하여라
이중에 왕래 풍류를 일러 무슴 할꼬

(이황, 도산십이곡)

뇌정雷霆이 파산破山하여도[3] 농자聾者는 못 듣나니
백일이 중천하여도 고자瞽者[4]는 못 보나니
우리는 이목 총명 남자로[5] 농고聾瞽 같지 말으리

(이황, 도산십이곡)

고인도 날 못 보고 나도 고인 못 봬
고인을 못 봐도 예던 길[6] 앞에 있네
예던 길 앞에 있거든 아니 예고 어떨꼬

(이황, 도산십이곡)

---

1) '천운대'는 예안에 있는 산 이름이고, '완락재'는 이황의 서재.
2) 글을 읽으며 사는 생애.
3) 천둥소리 산을 무너뜨려도.
4) 소경.
5) 귀눈 밝은 남자로. 도리를 깨달은 사람으로.
6) 가던 길.

당시에 예던 길을 몇 해를 버려두고
어디 가 다니다가 이제야 돌아온고
이제야 돌아오나니 옌 데 마음 말으리[1]

(이황, 도산십이곡)

청산은 어찌하여 만고에 푸르르며
유수는 어찌하여 주야에 긋지[2] 아니는고
우리도 그치지 말아 만고상청萬古常靑[3] 하리라

(이황, 도산십이곡)

우부愚夫도 알며 하거니 그 아니 쉬운가
성인聖人도 못다 하시니 그 아니 어려운가
쉽거니 어렵거나 중에 늙는 줄을 몰라라

(이황, 도산십이곡)

---

1) 마음 두지 않으리.
2) 그치지.
3) 언제나 푸름.

청량산 육륙봉[1]을 아는 이 나와 백구
백구야 헌사하랴[2] 못 믿을손 도화로다
도화야 떠나지 마라 어주자漁舟子[3] 알까 하노라

(이황)

고산高山 구곡담九曲潭[4]을 사람이 모르더니
주모복거誅茅卜居하니[5] 벗님네 다 오신다
어즈버 무이武夷를 상상하고 학주자學朱子를 하리라[6]

(이이, 고산구곡가)

일곡一曲은 어드메고 관암冠巖에 해 비친다
평무平蕪에 내 걷으니[7] 원근遠近이 그림이로다
송간松間에 녹준綠樽[8]을 놓고 벗 온 양 보노라

(이이, 고산구곡가)

---

1) 청량산의 열두 봉우리. '청량산'은 안동에 있는 산.
2) 요란하게 떠벌이랴.
3) 고기잡이.
4) 고산에 있는 아홉 굽이 골짜기. '고산'은 이이가 지내며 후학을 가르치던 곳. 해주 근처에 있다.
5) 풀을 베어 내고 집터를 잡으니.
6) 무이를 떠올리며 주자의 학문을 하리라. '무이武夷'는 주자가 후학을 가르치던 곳이다.
7) 잡초 무성한 들판에 안개 걷히니.
8) 술 단지.

이곡은 어드메고 화암花巖에 춘만春晚커다
벽파碧波에 꽃을 띄워 야외로 보내노라
사람이 승지勝地를 모르니 알게 한들 어떠리

(이이, 고산구곡가)

삼곡은 어드메고 취병翠屏[1]에 잎 퍼졌다
녹수綠樹에 산조山鳥는 하상기음下上其音 하는 적에[2]
반송盤松이 수청풍受淸風하니[3] 여름 경景이 없어라

(이이, 고산구곡가)

사곡은 어드메고 송애松崖[4]에 해 넘거다
담심潭心 암영 巖影은[5] 온갖 빛이 잠겼어라
임천林泉[6]이 깊도록 좋으니 흥을 겨워하노라

(이이, 고산구곡가)

---

1) 나무와 풀이 덮여서 푸른빛의 병풍 같은 절벽.
2) 윗가지와 아래 가지를 오르내리며 울 때에.
3) 소나무가 맑은 바람을 받으니. '반송'은 키가 작고 넓게 퍼진 소나무.
4) 소나무가 선 절벽.
5) 물에 비친 바위 그림자는.
6) 숲속의 샘. 자연을 말함.

오곡은 어드메고 은병隱屛[1]이 보기 좋아
수변정사水邊精舍[2]는 소쇄瀟灑함도 가이없다[3]
이중에 강학講學[4]도 하려니와 영월음풍詠月吟風[5]하오리라

(이이, 고산구곡가)

육곡은 어드메고 조협釣峽[6]에 물이 넓다
나와 고기와 뉘야 더욱 즐기는고
황혼黃昏에 낚대를 메고 대월귀帶月歸[7]를 하노라

(이이, 고산구곡가)

칠곡은 어드메고 풍암楓巖에 추색이 좋다
청상淸霜이 엷게 치니 절벽이 금수로다
한암寒巖에 혼자 앉아서 집을 잊고 있노라

(이이, 고산구곡가)

---

1) 숨어 있는 병풍 모양의 절벽.
2) 물가에 지은 집.
3) 깨끗함도 끝이 없다.
4) 학문을 가르치고 연구함.
5) 자연을 시로 읊으며 즐기는 것.
6) 낚시터.
7) 달빛을 머금고 돌아옴.

팔곡은 어드메고 금탄琴灘[1]에 달이 밝다
옥진금휘玉軫金徽[2]로 수삼곡數三曲을 노는 말이
고조古調를 알 이 없으니 혼자 즐겨 하노라

(이이, 고산구곡가)

구곡은 어드메고 문산文山에 세모歲暮커다[3]
기암괴석이 눈 속에 묻혔어라
유인遊人[4]은 오지 아니하고 볼 것 없다 하더라

(이이, 고산구곡가)

생평生平[5]에 원하나니 다만 충효뿐이로다
이 두 일 말면 금수나 다르리야
마음에 하고저 하여 십재황황十載遑遑 하노라[6]

(권호문, 한거십팔곡)

---

1) 여울 이름.
2) 옥과 금으로 만든 좋은 거문고.
3) 해가 저무는구나.
4) 풍류객.
5) 평생.
6) 십 년이나 쩔쩔 매고 있노라.

계교 이렇더니 공명이 늦었어라
부급동남負笈東南하여 여공불급如恐不及하는 뜻[1]을
세월이 물 흐르듯 하니 못 이룰까 하여라

(권호문. 한거십팔곡)

비록 못 이뤄도 임천林泉이 좋으니라
무심어조無心魚鳥는 자한한自閒閒[2] 하였나니
조만早晚에[3] 세사世事 잊고 너를 좇으려 하노라

(권호문. 한거십팔곡)

강호에 놀자 하니 성주를 버리겠고
성주를 섬기자 하니 소락所樂에 어기예라[4]
호온자 기로에 서서 갈 데 몰라 하노라

(권호문. 한거십팔곡)

1) 책을 지고 여기저기 공부하러 다녀서 뜻한 바를 이루지 못할까 두려워하는 뜻.
2) 절로 한가하니.
3) 이르거나 늦거나 간에.
4) 즐거운 바를 행하지 못하겠어라.

어찌해 이러그러 이 몸이 어찌할꼬
행도行道도 어렵고 은처隱處도 정치 않았다
언제야 이 뜻 결단하여 종아소락從我所樂[1] 하려뇨

(권호문. 한거십팔곡)

하려 하려 하되 이 뜻 못 하여라
이 뜻 하면 지락至樂이 있느니라
우습다 엊그제 아니턴 일을 뉘 옳다 하던고

(권호문. 한거십팔곡)

말리 말리 하되 이 일 말기 어렵다
이 일 말면 일신이 한가하다
어찌해 엊그제 하던 일이 다 왼 줄 알과라[2]

(권호문. 한거십팔곡)

---

1) 내가 즐겨하는 바를 따름.
2) 다 그른 줄 알겠는가.

출出하면 치군택민致君澤民[1] 처處하면 조월경운釣月耕雲[2]
명철군자明哲君子는 이를사[3] 즐기나니
하물며 부귀위기富貴危機라 빈천거貧賤居를 하오리라

(권호문. 한거십팔곡)

청산이 벽계림碧溪臨하고 계상溪上에 연촌烟村[4]이라
초당 심사를 백구인들 제 알랴
죽창 정야靜夜 월명한데[5] 일장금一張琴이 있느니라

(권호문. 한거십팔곡)

궁달 부운같이 보아 세사 잊어 두고
호산好山 가수佳水에 놀던 뜻을
원학猿鶴[6]이 내 벗 아니어든 어느 분이 알으실꼬

(권호문. 한거십팔곡)

---

1) 벼슬에 나서면 임금을 섬기고 백성을 윤택하게 하고.
2) 벼슬을 내놓고 산천에 묻히면 유유자적한 전원 생활.
3) 이것을.
4) 시골 마을.
5) 고요한 밤 대창에 달이 밝은데.
6) 원숭이와 학.

바람은 절로 맑고 달은 절로 밝다
죽정송함竹庭松檻에 일점진一點塵도[1] 없으니
일장금 만축서萬軸書[2] 더욱 소쇄하다

(권호문, 한거십팔곡)

제월霽月[3]이 구름 뚫고 솔 끝에 날아올라
십분청광十分淸光[4]이 벽계 중에 빗겼거늘
어디 있는 무리 잃은 갈매기 나를 좇아오는다

(권호문, 한거십팔곡)

날이 저물거늘 나외야[5] 할 일 없어
송관松關[6]을 닫고 월하에 누웠으니
세상에 티끌 마음이 일호말一毫末[7]도 없다

(권호문, 한거십팔곡)

---

1) 대나무 우거진 뜰에 켠 관솔불에 한 점 티끌도.
2) 많은 책.
3) 맑게 갠 하늘에 뜬 달.
4) 휘영청 밝은 빛.
5) 다시.
6) 소나무 문.
7) 털끝만큼.

월색月色 계성溪聲 엇섞어 허정虛亭[1]에 오거늘
월색을 안속眼屬하고 계성을 이속耳屬해[2]
들으며 보며 하니 일체 청명하여라

(권호문, 한거십팔곡)

주색 좇자 하니 소인騷人[3]의 일 아니고
부귀 구求차 하니 뜻이 아니 가네
두어라 어목漁牧이 되오야 적막빈寂寞濱[4]에 놀자

(권호문, 한거십팔곡)

행장유도行藏有道하니[5] 버리면 구태 구하랴
산지남 수지북山之南水之北[6] 병들고 늙은 나를
뉘라서 회보미방懷寶迷邦[7]하니 오라 말라 하느뇨

(권호문, 한거십팔곡)

---

1) 빈 정자.
2) 달빛을 눈에 담고 내 흐르는 소리를 귀에 담아.
3) 시인과 문사.
4) 적적한 물가.
5) 세상에 나아가는 것과 물러가 숨는 데도 도가 있으니.
6) 시골.
7) 도덕을 간직하고 나라의 어려움을 구하지 않음.

성현의 가신 길이 만고에 한가지라
은隱커나 현見커나 도道 어찌 다르리
일도一道요 다르지 아니커니 아무 덴들 어떠리

(권호문, 한거십팔곡)

어기漁磯[1]에 비 개거늘 녹태綠苔[2]로 돗을 삼아
고기를 헤이고 낚을 뜻을 어이하리
섬월纖月이 은구銀鉤 되어[3] 벽계심碧溪心에 잠겼다

(권호문, 한거십팔곡)

강간江干[4]에 누워서 강수 보는 뜻은
서자여사逝者如斯[5]하니 백세百世인들 몇 근이료
십 년 전 진세일념塵世一念[6]이 얼음 녹듯 한다

(권호문, 한거십팔곡)

---

1) 낚시터.
2) 푸른 이끼.
3) 가느다란 초승달이 낚싯바늘 되어.
4) 강가.
5) 지나가는 것이 이와 같음.
6) 속세에서 영달을 추구하던 마음.

백사정 홍료변紅蓼邊[1]에 꾸벅이는 백로들아
구복口腹을 못 메워 저다지 굽니느냐[2]
일신이 한가할선정[3] 살져 무슴 하리오

산중에 폐호閉戶하고 한가히 앉아 있어
만권서萬卷書로 생애하니 즐거움이 그지없다
행여나 날 볼 님 오시어든 나 없다고 사뢰라
(이유)

도산곡陶山谷 청계상淸溪上에 모옥을 지어내니
냇가에 고기 놀고 들 아래 학이로다
아마도 이 좋은 두 자미滋味[4]를 세상 사람 알까 하노라
(이유)

1) 백사장 여뀌풀이 우거진 강가.
2) 굽어졌다 일어섰다 하느냐.
3) 한가할지언정.
4) 재미.

시절이 태평토다 이 몸이 한가커니
죽림 푸른 곳에 오계성午鷄聲[1]이 아니런들
깊이 든 일장一場 화서몽華胥夢[2]을 어느 벗이 깨우리

(성혼)

헛글고 싯근 문서 다 주어 후리치고[3]
필마 추풍에 채를 처 돌아오니
아무리 매인 새 놓이다[4] 이대도록 시원하랴

(김광욱)

서까래 기나 자르나 기둥이 기우나 트나[5]
수간모옥數間茅屋을 작은 줄 웃지 마라
어즈버 만산 나월蘿月[6]이 다 내 것인가 하노라

(신흠)

---

1) 한낮에 우는 닭 울음소리.
2) 한바탕 좋은 꿈. '화서'는 고사에 나오는 무위자연의 세계.
3) 소용없이 시끄럽기만 한 일들 다 몰아 해치우고.
4) 놓아준다 한들.
5) 틀어지나.
6) 등나무 덩굴 사이로 보이는 달이라는 말로, 은자의 처소를 이름.

아침은 비 오더니 늦으니는 바람이로다
천리만리 길에 풍우는 무슨 일고
두어라 황혼이 멀었거니 쉬어 간들 어떠리

(신흠)

한식 비 온 밤에 봄빛이 다 퍼졌다
무정한 화류花柳도 때를 알아 피었거든
어떻다 우리의 님은 가고 아니 오는고

(신흠)

공명이 그 무엇고 헌신짝 벗은 이[1]로다
전원에 돌아오니 미록麋鹿[2]이 벗이로다
백년을 이리 지냄도 역군은亦君恩[3]이로다

(신흠)

---

1) 벗은 것.
2) 고라니와 사슴.
3) 임금님의 은덕.

간밤 비 오더니 석류꽃이 다 피거다
부용당반芙蓉堂畔에 수정렴²⁾ 걸어 두고
눌 향한 깊은 시름을 못내 풀려 하노라

(신흠)

아마도 모를 일은 조화옹造化翁의 일이로다
바다 밖은 하늘이요 하늘 위는 무엇인고
누구서 천상도 인간 같다 하니 그러한가 하노라

공명이 그 무엇고 욕된 일 많으니라
삼배주三盃酒 일곡금一曲琴으로 사업을 삼아 두고
이 좋은 태평연월에 이리저리 늙으리라

1) 구슬로 만든 발.

초당에 일이 없어 거문고를 베고 누워
태평성대를 꿈에나 보렸더니
문전에 수성어적數聲漁笛이 잠든 나를 깨와다

(유성원)

빈 배에 섰는 백로 벽파에 씻어 흰가
네 몸이 저리 흰들 마음조차 흴쏘냐
만일에 마음이 몸 같으면 너를 좇아 놀리라

(김영)

공명은 낭狼을 끼고 부자는 중지원衆之怨을[1]
단사표음簞食瓢飲[2]을 누항陋巷에 안분安分커니[3]
세상에 자황분경雌黃奔競[4]을 나는 몰라 하노라

(김민순)

---

1) 공명에는 이리가 붙고, 부자는 대중의 원성을 듣는다.
2) 도시락 밥과 표주박 물. 소박한 생활을 이름.
3) 좁고 더러운 거리에서 만족하며 살려 하니.
4) 서로 내쫓고 다투는 일.

현순백결의懸鶉百結衣[1]로 소 친 구들[2] 안에
창외 풍설을 모르고 누웠으니
두어라 오경대루화만상五更待漏靴滿霜[3]을 나는 아니 부러라

운담풍경근오천雲淡風輕近午天에[4] 소거小車에 술을 싣고
방화수류訪花隨柳[5]하여 전천前川을 지나가니
사람이 알 리 없으니 혼자 논들 어떠리

사립 쓴 저 어옹漁翁아 네 신세 한가하다
백구로 벗을 삼고 고기 잡기 일 삼으니
어찌타 풍진 기마객騎馬客[6]을 부럴 줄[7]이 있으랴

(정수경)

---

1) 너덜너덜한 기운 옷.
2) 소죽을 끓인 온돌방.
3) 벼슬아치가 이른 새벽에 조회를 기다리는 고통.
4) 구름은 엷고 바람 또한 가벼운 한나절에.
5) 꽃을 찾고 버들을 따라.
6) 속세의 말 탄 나그네.
7) 부러워할 줄.

자황분경하매 떨치고 고원故園[1]에 오니
탁주 반호半壺에 청금淸琴 횡상橫床뿐[2]이로다
다만지 생계는 있고 없고 시름없어 하노라

(신희문)

진세塵世를 다 떨치고 죽장을 흩어 짚고
비파를 둘러메고 서호西湖로 들어가니
수중에 떠 있는 백구는 내 벗인가 하노라

(신희문)

세상이 말 하거늘[3] 떨치고 돌아오니
일경一頃 황전荒田에 팔백 상주桑株뿐[4]이로다
생애는 담박다마는 시름없어 하노라

---

1) 고향.
2) 탁주 반병과 거문고와 침상뿐.
3) 말이 많아.
4) 거친 땅 한 뙈기와 뽕나무 팔백 그루뿐.

내 집이 초당 삼 칸 세사世事는 바이없네[1]
차 달이는 돌 탕관과 고기 잡는 낚대로다
뒷뫼에 절로 난 고사리 그 분分인가 하노라

세사를 내 알더냐 가리라 위수빈渭水濱[2]에
세상이 나를 괸들[3] 산수조차 날 끌쏘냐
강호에 일간어부一竿漁父[4] 되어 있어 대천시待天時[5]나 하리라

산 밑에 살자 하니 두건이도 부끄럽다
내 집을 굽어보며 솥 적다 우는괴야
두어라 안빈낙도니 한恨할 줄이 있으랴

---

1) 전혀 없네.
2) 강태공이 낚시를 하던 곳.
3) 꺼린들.
4) 낚시대 하나를 든 어부.
5) 하늘의 때를 기다림.

청산도 절로절로 녹수라도 절로절로
산 절로절로 수 절로절로 산수간에 나도 절로절로
그 중에 절로절로 자란 몸이니 늙기도 절로절로 하리라

(송시열)

인심은 낮 같아서 볼수록 다르거늘
세사는 구름이라 머흠도 머흘시고[1]
무심한 강호 백구나 좇닐어[2] 놀까 하노라

청계변 백사白沙 상에 혼자 섰는 저 백로야
나의 먹은 뜻을 넨들 아니 알았으랴
풍진風塵을 슬희여[3] 함이야 네오 내오 다르랴

(유숭)

---

1) 험하기도 험하구나.
2) 좇아서.
3) 싫어하여.

백발을 흩날리고 청려장青藜杖[1]을 이끌면서
만면 홍조로 녹음 중에 누웠더니
우연히 흑첨향단몽黑甛鄕丹夢[2]을 황조성黃鳥聲에 깨거다

(김민순)

문 닫고 글 읽은 지 몇 세월이 되었관데
정반庭畔에 심은 솔이 노룡린老龍鱗을 일우어다[3]
명원名園에 피어 진[4] 도리桃李야 몇 번인 줄 알리오

(이정진)

진애塵埃[5]에 묻힌 분네 이내 말 들어 보소
부귀공명이 좋다도 하려니와
말없는 풍월강산이야 그 좋은가 하노라

(김성기)

---

1) 명아주 지팡이.
2) 낮잠 속에서 그리는 이상향의 꿈.
3) 늙은 용의 비늘처럼 되었다.
4) 피어서는 진.
5) 속세의 티끌.

귀거래歸去來[1] 귀거래 하되 말뿐이오 갈 이 없이
전원이 장무將蕪하니[2] 아니 가고 어찌할꼬
초당에 청풍명월이 나명들명 기다리나니
(이현보)

농암聾巖에 올라 보니 노안이 유명猶明이로다[3]
인사人事가 변한들 산천이야 가실까
암전巖前에 모수모구某水某丘가 어제 본 듯하여라
(이현보)

이중에 시름없는 이 어부의 생애로다
일엽편주를 만경파萬頃波에 띄워 두고
인세人世를 다 잊었거니 날 가는 줄을 아는가
(이현보. 어부가)

---

1) 전원으로 돌아가리라.
2) 바야흐로 거칠어 가니.
3) 아직은 밝도다.

굽어는 천심녹수千尋綠水 돌아보니 만첩청산萬疊靑山
십장홍진十丈紅塵이[1] 얼마나 가렸는고
강호에 월백하거든 더욱 무심하여라

(이현보, 어부가)

청하에 밥을 싸고 녹류에[2] 고기 꿰어
노적화총蘆荻花叢에[3] 배 매어 두고
일반一般 청의미淸意味를[4] 어느 분이 알으실꼬

(이현보, 어부가)

산두에 한운閒雲[5]이 기起하고 수중에 백구白鷗가 비飛이라
무심코 다정한 이 이 두 것이로다
일생에 시름을 잊고 너를 좇아 놀으리라

(이현보, 어부가)

---

1) 열 길이나 티끌이 뒤덮인 인간 세상.
2) '청하靑荷'는 연잎을, '녹류綠柳'는 버드나무 가지를 가리킨다.
3) 갈대와 억새꽃 무성한 떨기 속에.
4) 일반적으로 말하는 맑음의 뜻을, 곧 자연의 참된 의미를.
5) 한가로운 구름.

장안을 돌아보니 북궐이 천 리로다
어주漁舟에 누웠은들 잊은 슻이[1] 있으랴
두어라 내 시름 아니라 제세현濟世賢[2]이 없으랴

(이현보. 어부가)

귀거래歸去來 귀거래 한들 물러간 이 그 누구며
공명이 부운인 줄 사람마다 알건마는
세상에 꿈 깬 이 없으니 그를 슬허 하노라

산촌에 눈이 오니 돌길이 묻혔어라
시비柴扉를 여지 마라 날 찾을 이 뉘 있으리
밤중만 일편명월이 그 벗인가 하노라

(신흠)

---

1) 잊은 적이. '슻' 은 '사이' 의 옛말.
2) 세상의 여러 현명한 인물.

남산 깊은 골에 두어 이랑 일어 두고
삼신산 불사약을 다 캐어 심은말이[1]
어즈버 창해상전滄海桑田을 혼자 볼까 하노라

(신흠)

태평 천지간에 단표簞瓢[2]를 둘러메고
두 소매 느리치고 우줄우줄하는 뜻은[3]
인세人世에 걸린 일 없으니 그를 좋아하노라

(김응정)

시비是非 없은 후라[4] 영욕이 다 불관不關타
금서琴書를 흩은 후에[5] 이 몸이 한가하다
백구야 기사機事[6]를 잊음은 너와 낸가 하노라

(신흠)

---

1) 심으니.
2) 도시락과 표주박.
3) 두 소매 늘어뜨리고 우쭐거리는 까닭은.
4) 세속을 떠난 후라.
5) 거문고와 서책을 버리고 나니.
6) 세상일.

강호에 추절秋節이 드니 여윈 고기 살지거다
소정小艇에 그물 싣고 벽파로 돌아들 제
백구야 날 본 체 마라 세상 알까 하노라

강호에 봄이 드니 이 몸이 일이 하다
나는 그물 깁고 아이는 밭을 가니
뒷뫼에 움 긴[1] 약을 언제 캐려 하나니

환해宦海에 놀란 물결 임천林泉[2]에 미칠쏘냐
값없는 강산에 일없이 누웠으니
백구도 내 뜻을 아는지 오락가락하더라

---

1) 움이 자란.
2) 산속 은둔 생활.

벽오동 심은 뜻은 봉황을 보렸더니
내 심은 탓인지 기다려도 아니 오고
무심한 일편명월이 빈 가지에 걸렸더라

말 없는 청산이오 태態 없는 유수로다
값없는 청풍과 임자 없는 명월이로다
이 중에 일없는 내 몸이 분별없이 늙으리라

(성혼)

두류산頭流山[1] 양단수兩端水[2]를 예 듣고 이제 보니
도화 뜬 맑은 물에 산영山影조차 잠겼어라
아희야 무릉이 어디오 나는 옌가 하노라

(조식)

---

1) 지리산의 다른 이름.
2) 두 갈래로 나뉘어 흐르는 물.

산영루山暎樓 비 갠 후에 백운봉白雲峰이 새로워라
도화 뜬 맑은 물이 골골이 솟아난다
아희야 무릉이 어드메오 나는 옌가 하노라

단풍은 반만 붉고 시내는 맑았는데
여울에 그물 치고 바위 위에 누웠으니
아마도 사무한신事無閑身은 나뿐인가 하노라

창랑滄浪에 낚시 넣고 조대釣臺[1]에 앉았으니
낙조 청강에 빗소리 더욱 좋다
유지柳枝에 옥린玉鱗을 꿰어 들고[2] 행화촌으로 가리라

(조헌)

1) 낚시터.
2) 버드나무 가지에 큰 물고기를 꿰어 들고.

추강에 월백커늘 일엽주一葉舟를 흘리 저어
낚대를 떨쳐 드니 잠든 백구 다 놀라거다
저희도 사람의 흥을 알아 오락가락하더라

(김광욱)

아해야 도롱 삿갓 차려스라 동간東澗[1]에 비 지거다[2]
기나긴 낚대에 미늘 없는 낚시 매어
저 고기 놀라지 마라 내 흥겨워 하노라

(조존성)

아해야 구럭 망태 거두어라 서산에 날 늦거다
밤 지낸 고사리 하마 아니 늙으리야
이 몸이 이 푸새 아니면 조석 어이 지내리

(조존성)

---

1) 동쪽 골짜기를 흐르는 시냇물.
2) 비 내린다.

아해야 소 먹여 내어라 북곽北郭¹⁾에 새 술 먹자
대취한 얼굴을 달빛에 실어 오니
어즈버 희황상인羲皇上人²⁾을 오늘 다시 보는구나

(조존성)

대추 볼 붉은 골에 밤은 어이 뜻드르며³⁾
벼 벤 그루⁴⁾에 게는 어이 내리는고
술 익자 체 장사 돌아가니 아니 먹고 어이리

(황희)

달이 두렷하여 벽공에 걸렸으니
만고풍상萬古風霜에 떨어짐 직하다마는
지금은 취객을 위하여 장조금준長照金樽 하노매⁵⁾

(이덕형)

---

1) 북쪽 마을.
2) 세상을 초탈했다고 하는 복희伏羲 시대의 사람.
3) 떨어지며.
4) 베어낸 밑동.
5) 오래도록 술독을 비추고 있구나.

책 덮고 창을 여니 강호에 배 떠 있다
왕래 백구는 무슨 뜻 먹었는고
앗구려[1] 공명도 말고 너를 좇아 놀리라

(정온)

내 집이 백학白鶴 산중山中 날 찾을 이 뉘 있으리
입아실자入我室者 청풍이요 대아음자對我飮者 명월이라[2]
정반庭畔에[3] 학 배회하니 그 벗인가 하노라

(윤순)

천군天君[4]이 태연하니 백체百體 종령從令[5]하고
마음을 정한 후니 분별이 다 없거다
온몸에 병 된 일 없으니 그를 좋아하노라

---

1) 에라.
2) 내 방에 드는 이 청풍이요, 대작하는 이 명월이라.
3) 뜰가에.
4) 마음.
5) 사지와 오장육부가 마음대로 됨.

평사에 낙안落雁하고[1] 강촌에 일모日暮로다
어정漁艇도 돌아들고 백구는 잠든 적에
어디서 일성장적一聲長笛[2]이 나의 흥을 돕나니

풍상이 섞어 친 날에 초목이 성기었다
희거니 누르거니 금취 학령金翠鶴翎[3] 휘둘렀다
어즈버 연명淵明 애국愛菊이[4] 나와 어떠하더니

쓴 나물 데운 물이 고기도곤 맛이 좋아
초옥 좁은 집이 그 더욱 분分이로다
다만지 님 그린 탓으로 시름겨워 하노라

1) 모래 벌에 기러기 내려앉고.
2) 길게 울리는 피리 소리.
3) 국화.
4) 도연명이 국화 사랑함이.

이러니저러니 하고 세속 기별을 전치 말아
남의 시비는 나의 알 바 아니로다
와준瓦樽[1]에 술이 익었으면 그 좋은가 하노라

전원에 남은 흥을 전나귀[2]에 모두 싣고
계산溪山 익은 길[3]로 흥치며 돌아와서
아희야 금서琴書를 다스려라 남은 해를 보내리라

(하위지)

짚방석 내지 마라 낙엽엔들 못 앉으랴
솔불 켜지 마라 어제 진 달 돋아 온다
아해야 박주산채일망정 없다 말고 내어라

(한호)

---

1) 질그릇 술독.
2) 다리를 저는 나귀.
3) 익숙하게 다니는 길.

초당에 깊이 든 잠을 새소리에 놀라 깨니
매화우梅花雨 갓 갠 가지에 석양이 거의로다[1]
아희야 낚대 내어라 고기잡이 늦었다

(이화진)

간밤 오던 비에 앞내에 물 지거다[2]
등 검고 살진 고기 버들 넜[3]에 올라괴야
아희야 그물 내어라 고기잡이 가자스라

(유숭)

춘복이 기성旣成커든 관동冠童[4] 육칠 거느리고
풍호무우風乎舞雩[5]하여 흥을 타 돌아오니
어즈버 사수泗水 심방尋訪[6]을 부를 줄이 있으랴

---

1) 저무는구나. '매화우'는 장맛비.
2) 물이 많아졌다.
3) 너겁의 옛말로 물속에 있는 초목 뿌리.
4) 동자.
5) 높은 곳에 올라가 바람을 쐼.
6) 주자가 사수를 찾아 그 경치를 찬탄한 시에서 인용한 구절.

앞내에 안개 걷고 뒷뫼에 해 비친다
밤물은 물러가고 낮물은 밀려온다
강촌에 온갖 핀 꽃이 먼 빛이 더욱 좋아라

(윤선도, 어부사시사 춘사 1)

날이 더운작가[1] 물 위에 고기 떴다
갈매기 둘씩 셋씩 오락가락 하는고야
아희야 낚대는 쥐었노라 탁줏병을 실었느냐

(윤선도, 어부사시사 춘사 2)

동풍이 건듯 부니 물결이 곱게 인다
동호를 바라보며 서호로 가자스라
앞뫼는 지나가고 뒷뫼가 나아온다

(윤선도, 어부사시사 춘사 3)

1) 더워졌는가.

우는 것이 뻐꾸기냐 푸른 것이 버들숲가
어촌 두세 집이 모연暮烟에[1] 잠겼어라
아희야 새 고기 오른다 헌 그물 내어라

(윤선도, 어부사시사 춘사 4)

고운 볕이 쬐었는데 물결이 기름 같다
그물 주어 두랴 낚시를 놓을 일까
좋아라 탁영가濯纓歌[2]에 흥이 나니 고기조차 잊을로다

(윤선도, 어부사시사 춘사 5)

석양이 비꼈으니 그만하여 돌아가자
안류정화岸柳汀花[3]는 굽이굽이 새로워라
진실로 삼공三公을 부럴쏘냐 만사를 잊어 있노라

(윤선도, 어부사시사 춘사 6)

---

1) 저녁 연기.
2) 중국 초나라 시인 굴원이 지은 '어부사' 일절.
3) 물가의 버들과 꽃들.

방초도 밟아 보며 난지蘭芝[1]도 뜯어 보자
일엽편주에 실은 것이 무스것고
갈 제는 내뿐이러니 올 제는 달이 돋았다

(윤선도, 어부사시사 춘사 7)

취하여 누웠다가 여울 아래 내리려다[2]
낙홍落紅[3]이 흘러오니 도원이 가깝도다
어즈버 인세홍진人世紅塵이 얼마나 가려 있는고

(윤선도, 어부사시사 춘사 8)

낚싯줄 걷어 두고 봉창에 달을 보자
하마 밤 들거냐 자규 소리 맑게 난다
이따금 어약魚躍 용문龍門 할 제[4] 흥이조차 나노매라

(윤선도, 어부사시사 춘사 9)

---

1) 난초와 영지.
2) 내려가려 한다.
3) 떨어진 복숭아꽃.
4) 고기가 물위로 뛰어오를 때.

내일 또 없으랴 봄밤이 몃춫 새리¹⁾

낚시로 막대 삼고 시비柴扉를 찾아보자

아마도 어부의 생애는 이렁구러 지내노라

(윤선도, 어부사시사 춘사 10)

궂은비 먼저 가고 시냇물이 맑아 온다

낚대를 둘러메니 깊은 흥을 금禁 못 할다

연강첩장煙江疊嶂²⁾은 뉘라서 그려 낸고

(윤선도, 어부사시사 하사 1)

연잎에 밥 싸 두고 반찬을랑 장만 마라

청약립靑蒻笠³⁾은 써 있노라 녹사의綠蓑衣⁴⁾를 가져오냐

어떻다 무심한 백구는 간 곳마다 좇는다

(윤선도, 어부사시사 하사 2)

---

1) 얼마나 있다가 새리.

2) 노을 진 강과 겹겹이 둘러선 산.

3) 갈대로 만든 삿갓.

4) 도롱이.

마름 잎에 바람이 나니 봉창이 서늘하다
여름 바람 정할쏘냐 배 가는 대로 시겨스라[1]
어즈버 북포北浦 남강南江이 어디 아니 좋으리

(윤선도, 어부사시사 하사 3)

물결이 흐리거든 발을 씻다 어떠하리
오강吳江[2]에 가자 하니 천년노도千年怒濤 서글프다
초강楚江[3]에 가자 하니 어복魚腹 충혼忠魂 낚을세라

(윤선도, 어부사시사 하사 4)

만류녹음萬柳綠陰[4] 어린 곳에 일편태기一片苔磯[5] 반가워라
다리에 다닫거든 어인漁人 쟁도爭渡[6] 험을 마라
가다가 학발노옹鶴髮老翁 만나거든 뇌택양거雷澤讓居 효칙效則하자[7]

(윤선도, 어부사시사 하사 5)

---

1) 놓아두어라.
2) 오나라 대부 오자서가 빠져 죽은 강.
3) 초나라 사람 굴원이 빠져 죽은 강.
4) 온통 버드나무의 녹음.
5) 낚시하기 좋은 바위를 이름.
6) 어부들이 서로 앞을 다투는 것.
7) 고기 잡기 좋은 곳을 양보하는 것을 본받자.

긴 날이 저무는 줄 흥에 미처 모르도다
뱃대를 두드리며 수조가水調歌를 불러 보자
뉘라서 애내성欸乃聲[1] 중에 만고심萬古心[2]을 알리오

(윤선도. 어부사시사 하사 6)

석양이 좋다마는 황혼이 가깝도다
바위 위에 굽은 길 솔 아래로 비껴 있다
벽수碧樹에 빛 고운 꾀꼬리는 곳곳에서 노래로다

(윤선도. 어부사시사 하사 7)

모래 위에 그물 넣고 띠 밑에 누워 쉬자
모기를 밉다 하랴 창승蒼蠅[3]이 어떠하니
진실로 다만 한 근심은 상대부桑大夫[4] 행여 들을세라

(윤선도. 어부사시사 하사 8)

---

1) 뱃노래.
2) 변하지 않는 옛날 정서.
3) 파리.
4) 진나라 재상으로, 뽕나무 아래서 사흘을 굶다가 한 농부의 도움으로 살아나 뒤에 재상이 되었다고
   한다.

밤사이 풍랑 일 줄을 미리 어이 짐작하리

야도횡주野渡橫舟[1]를 뉘라셔 일렀는고

어즈버 간변유초澗邊幽草[2]는 진실로 보기 좋아라

(윤선도, 어부사시사 하사 9)

와실蝸室[3]을 바라보니 백운이 둘러 있다

부들부채 가로쥐고 석경으로 올라가자

누구셔 어옹漁翁이 하는 일이 한가하다 하더니

(윤선도, 어부사시사 하사 10)

물외物外에[4] 좋은 일이 어부 생애 아니러냐

어옹을 웃지 마라 그림에도 그렸더라

사시에 흥인즉 한가지나 추강흥이 좋아라

(윤선도, 어부사시사 추사 1)

1) 나루터에 빈 배만 홀로 매여 있음.
2) 물가의 그윽한 풀.
3) 달팽이 속같이 생긴 집.
4) 세상 밖에.

수국水國에 가을이 드니 고기마다 살져 있다
만경창파에 슬카장¹⁾ 노닐면서
어질한 인세를 돌아보니 머도록²⁾ 더욱 좋아라

(윤선도, 어부사시사 추사 2)

백운이 일어나니 나무 끝이 흔들린다
밀물에 동호東湖 가고 썰물에는 서호西湖 가자
아희야 넌 그물 걷어 서리 담고³⁾ 닻을 들고 돛을 높이 달아라

(윤선도, 어부사시사 추사 3)

기러기 떴는 밖에 못 보던 뫼 뵈는고야
낚시도 하려니와 취한 것이 흥이로다
뉘라셔 금수청산錦繡靑山에 석양빛을 내었는고

(윤선도, 어부사시사 추사 4)

통발에 뛰노는 고기 몇이나 들었는고
노화蘆花에 불을 붙여 가려내어 구워 놓고
아희야 질병을 기울이어 박구기[1]에 쳐 다고[2]

(윤선도, 어부사시사 추사 5)

옆바람 고이 부니 달은 돗께[3] 돌아왔다
명색暝色[4]은 나아오되 청흥淸興이 멀어 있다
어인지 녹수청강이 슬믜지도 아녜라[5]

(윤선도, 어부사시사 추사 6)

흰 이슬 비꼈는데 맑은 달이 돋아 온다
봉황루鳳凰樓 묘연하니 청광淸光을 눌을 주리
옥토玉兔야 너 찧는 약을란 호객豪客[6]이나 먹이고자

(윤선도, 어부사시사 추사 7)

---

1) 술이나 기름을 뜨는 박으로 만든 조그만 국자.
2) 따라다오.
3) 돛이 있는 자리로.
4) 저녁 빛.
5) 슬프거나 밉지도 않아라.
6) 권세 있는 사람.

건곤乾坤이 제금인가[1] 이 땅이 어드메오
서풍진西風塵[2] 못 미치니 부채하여 무슴 하리
우리는 들은 말 없으니 귀 씻음이 없어라

(윤선도, 어부사시사 추사 8)

옷 위에 서리 오되 추운 줄 모를로다
낚싯배 좁다 하나 부세浮世[3]와 어떠하니
두어라 내일도 이리하고 모래도 이리하리라

(윤선도, 어부사시사 추사 9)

송간석실松間石室[4]에 가 효월曉月[5]을 보자 하니
공산 낙엽의 길을 어찌 알아볼꼬
백운이 좇아오니 여라의女蘿衣[6] 무겁고야

(윤선도, 어부사시사 추사 10)

---

1) 제각기인가.
2) 서쪽에서 불어오는 속세의 티끌.
3) 덧없이 뜬 세상.
4) 소나무 숲에 돌로 지은 집.
5) 새벽별.
6) 은자가 입는 옷.

구름이 걷은 후에 햇빛이 두껍거다
천지폐색天地閉塞[1]하되 바다는 의구하다
가없고 가없는 물결이 깁 폈는 듯 하여라[2]

(윤선도. 어부사시사 동사 1)

주대[3]도 다스리고 뱃밥[4]을 박았느냐
소상瀟湘 동정洞庭은 그물이 언다 한다
아마도 이때 어조漁釣[5]야 이만한 데 있으랴

(윤선도. 어부사시사 동사 2)

옅은 개[6] 고기들이 먼 소沼에 다 갔느니
저근덧 날 좋은 제 바다에 나가 보자
미끼가 미끼곳 다우면 굵은 고기 문다네

(윤선도. 어부사시사 동사 3)

---

1) 천지가 모두 닫히고 막힘.
2) 비단을 펼친 듯 하여라.
3) 줄과 대.
4) 배의 틈에 박아 넣는 대의 속껍질 같은 것.
5) 낚시질.
6) 갯벌. 강바닥.

간밤에 눈 갠 후에 경물景物이 달랐고야
앞에는 천경유리千頃琉璃[1] 돌아보니 만첩옥산萬疊玉山[2]
선곈가 불곈가 하여 흥을 겨워 하노라

(윤선도. 어부사시사 동사 4)

그물 낚시 잊어 두고 뱃대를 두드린다
앞내를 건너 봇야[3] 몇 번이나 헤어 본고
어디서 무단한 된바람이 행여 아니 불어올까

(윤선도. 어부사시사 동사 5)

자러 가는 까마귀 몇 마리 지나거니
앞길이 어두우니 봄눈이 잦아졌네
아압지를 누가 쳐서 초목참을[4] 씻겼느냐

(윤선도. 어부사시사 동사 6)

---

1) 넓은 유리 같은 강물.
2) 첩첩이 쌓인 옥으로 된 산.
3) 건너 볼까.
4) '아압지'는 중국 회서에 있는 연못. '초목참'은 병자호란으로 초목까지 입은 참화를 말한다.

단애丹崖와 취벽翠壁들이 화병畵屛같이 둘렀으니[1]
거구세린巨口細鱗[2]을 낚으나 못 낚으나
만경파 고주孤舟 사립蓑笠에[3] 흥을 겨워 앉았노라

(윤선도, 어부사시사 동사 7)

머흔[4] 구름 한치 마라 세상을 가리운다
낭파성浪波聲 염厭치 마라 진훤塵喧을 막는고야[5]
두어라 막히고 가린 줄을 나는 좋아하노라

(윤선도, 어부사시사 동사 8)

고기잡이 생활을 예부터 일렀더라
칠리 여울 양피 옷[6]은 그 어떤 사람인가
삼천육백 날 낚시질은 손꼽은 제 어찌턴고

(윤선도, 어부사시사 동사 9)

---

1) '취벽' 은 푸른 절벽, '화병' 은 그림이 그려진 병풍.
2) 입이 크고 비늘이 가는 물고기. 농어.
3) 외로운 배 위에 도롱이 입고 삿갓 쓰고.
4) 사나운.
5) '낭파성' 은 파도소리, '진훤' 은 세상의 시끄러움.
6) 칠리 여울에서 양가죽 옷을 입고 낚시를 하던 후한 시대 사람 엄광嚴光을 이른다.

어화 저물어 간다 연식宴息[1]이 마땅토다
가는 눈 뿌린 길에 흥 치며 돌아와서
서봉西峯에 달 넘어가도록 죽창竹窓에 비껴 있노라

(윤선도, 어부사시사 동사 10)

지당에 비 뿌리고 양류楊柳에 내 끼인 제[2]
사공은 어디 가고 빈 배만 매였는고
석양에 짝 잃은 갈매기는 오락가락하노매

(조헌)

추산이 석양을 띠고 강심江心에 잠겼는데
일간죽一竿竹 둘러메고 소정小艇에 앉았으니
천공이 한가히 여겨 달을조차 보내도다

(유자신)

---

1) 누워 쉼.
2) 버드나무 가지에 안개 끼었을 때.

청운은 네 좋아도 백운은 내 좋아라[1]
부귀는 네 즐겨도 안빈은 내 좋아라
어린 줄 웃거니따녀[2] 고칠 줄이 있으랴

강산 한아閑雅한 풍경 다 주어 맡아 있어
내 혼자 임자여니 뉘라서 다툴소니
남이야 숨꾸지[3] 여긴들 나눠 볼 줄 있으랴

(김광욱)

천산에 눈이 오니 건곤이 일색이로다
백옥경 유리계인들 이에서 더 할쏜가
천수만수千樹萬樹에 이화 발하니[4] 양춘陽春 본 듯하여라

---

1) '청운'은 공명을 이르고 '백운'은 자연을 이름.
2) 어리석다 웃거나 마나.
3) 심술궂다고.
4) 온 나무에 배꽃이 만발하니.

내 집이 깊고 깊어 뉘라서 찾을쏘냐
사벽四壁이 숙연하여 일장금一張琴뿐이로다
이따금 청풍명월만 오락가락한다

객산문경客散門扃[1]하고 풍미월락風微月落할 제[2]
주옹酒甕[3]을 다시 열고 시구詩句 흩부르니
아마도 산인득의山人得意는 이뿐인가 하노라

(하위지)

한식 비 갠 후에 국화 움이 반가워라
꽃도 보려니와 일월신日月新[4] 더 좋아라
풍상이 섞어 칠 제 군자절君子節을 피운다

창송蒼松은 어찌하여 백설을 웃는고야
도리는 어떠하여 청애淸靄를 두리는고[1]
아마도 사시 불변하니 군자절君子節을 가졌다

세사世事는 삼거웃[2]이라 헛틀고 맺혔어라
거귀어[3] 들이치고 내 몸 내가 하고지고
아희야 덩더꿍 북 쳐라 이야지야하리라[4]

---

1) 맑은 안개를 두려워하는고.
2) 삼 껍질의 끝을 다듬을 때에 긁혀 떨어진 검불. 찰흙으로 사람의 형상을 만들 때 버무려 쓴다. 훌
   륭한 겉모습 뒤에 있는 더러운 것을 가리키는 말.
3) 꾸기어.
4) 흥얼흥얼하리라, 이러쿵저러쿵하리라.

오동 열매
동실동실하고
보리 뿌리는 맥근맥근

오동 열매 동실동실하고 보리 뿌리는 맥근맥근
묵은 풋나무 동과 쓰던 숯섬이요 젊은 노송에 작은 대추로다
구월산 중에 춘초록이요 오경루 하에 석양홍이로다

흐리나 맑으나 이 탁주 좋고 대테 메운 질병[1]들이 더욱 좋아
어론쟈 박구기를[2] 둥지둥둥 띄워 두고
아해야 절이김칠 망정 없다 말고 내어라

우연히 흥을 겨워 시내로 내려가니
수류상水流上 어약魚躍[3]도 좋거니와 층암절벽에 장송이 더욱 좋다
그곳에 반길 이 없으니 다만 두견환가 하노라

아희야 말안장 하여라 타고 천렵 가자
술병 걸 제 행여 잔 잊을세라 백수를 흩날리며 여흘여흘 건너가니
내 뒤에 뜬 소 탄 벗님네는 함께 나가옵세 하더라

---

1) 대나무로 테를 두른 질흙 병.
2) 얼싸 박구기를. 구기는 술, 기름을 뜨는 도구로 국자보다 조금 작다.
3) 물 위에 물고기가 뛰어놂.

가마귀 깍깍 아무리 운들 님이 가며 낸들 가랴
밭 가는 아들 가며 베틀에 앉은 아기딸[1]이 가랴
재 너머 물 길러 간 며늘아기 네나 갈까 하노라

낙양 동촌 이화정梨花亭[2]에 마고선녀[3] 집에 술 익단 말 반겨 듣고
청려靑驢[4]에 안장鞍裝 지어 금돈 싣고 들어가 가서
아해야 숙낭자淑娘子 계시냐 문밖에 이랑李郞[5] 왔다 사뢰라

창밖에 초록색 풍경 걸고 풍경 아래 공작미孔雀尾로 발을 다니
바람 불 적마다 흩날려서 니애는[6] 소리도 좋거니와
밤중만 잠결에 들어 보니 원종성遠鍾聲인 듯하여라

---

1) 딸아이.
2) 소설 '숙향전淑香傳'에 나오는 정자 이름.
3) 고대 신화의 여신선으로 '숙향전'에서 숙향을 이화정으로 인도하는 인물.
4) 털빛이 검푸른 당나귀.
5) '숙낭자', '이랑'은 '숙향전'의 남녀 주인공이다.
6) 흔들리는.

닫는 말도 오왕 하면 서고 섰는 소도 이라타[1] 하면 가고
심산深山에 모진 범도 경세警說곳 하면 도서나니[2]
각시네 뉘 어미 딸이완데 경세 불청不聽하나니

나무아미타불 나무아미타불 한들 중놈마다 성불하며
공자왈 맹자왈 한들 사람마다 득도하랴
아마도 득도성불은 도양난都兩難인가[3] 하노라

달 밝고 때 좋은 밤에 남대천南大川 너른 들에
잎 없는 보리수남게 앉아 설리화雪梨花야[4] 우는 저 금수리새[5]야
아무리 설리화야 운들 낸들 어이하리오

---

1) '오왕', '이라타'는 소와 말을 다루는 소리.
2) 타이르기만 하면 돌아서나니. '곳'은 '옷'과 함께 강조를 나타내는 말.
3) 둘 다 이루기 어려운가.
4) 눈같이 흰 배꽃아. 북한 시조집은 '서러워서'를 소리나는 데로 쓴 것으로 본다.
5) 금빛 수리새.

곡구롱谷口哢[1] 우는 소리에 낮잠 깨어 일어 보니
적은 아들 글 이루고 며늘아기 베 짜는데 어린 손자는 꽃놀이 한다
맞초아[2] 지어미 술 거르며 맛보라고 하더라
(오경화)

나 탄 말은 청총마오 님 탄 말은 오추마[2]라
내 앞에 청삽살개요 님의 팔에 보라매라
저 개야 공산에 깊이 든 꿩을 자주 뒤져 투겨라 매 띄워 보게

두꺼비 파리를 물고 두엄 위에 치달아 앉아
건넛산 바라보니 백송골[3]이 떠 있거늘 가슴이 끔쩍하여 풀떡 뛰어
내닫다가 두엄 아래 자빠지고
모처라 날랜 낼세망정 에헐질[4] 뻔하괘라

1) 꾀꼬리.
2) '청총마', '오추마'는 모두 이름난 말.
3) 흰 송골매.
4) 멍이 들 뻔.

남색도 아닌 내요 초록색도 아닌 내요
당다홍¹⁾ 진분홍에 연반물²⁾도 아닌 내요
각시네 물색物色을 모르는지 나는 진람眞藍³⁾인가 하노라

춘산에 봄 춘春 자 드니 포기포기 꽃 화花 자로다
일호주 한 병 가질 지持 자 하고 내 천川 자 변에 앉을 좌坐 자
아해야 잔 상觴⁴⁾ 들 거擧 하니 좋을 호好 자인가 하노라

청천靑天 구름 밖에 높이 떠는 백송골白松骨⁵⁾이
사방 천지를 지척마치 여기는데
어떻다 시궁치 뒤져 얻먹는 오리는 제집 문지방 넘나들기를 백천
리마치 여기나니

떳떳 상常 평할 평平 통할 통通 보배 보寶 자

구멍은 네모지고 사면이 둥그러서 땍대글 구을러 간 곳마다 반기는
구나

어떻다 조고만 금조각을 두 창이[1] 다투거니 나는 아니 좋아라

가마귀를 뉘라 물들여 검다 하며 백로를 뉘라 마전[2]하여 희다더냐

황새 다리를 뉘라 이어 길다 하며 오리 다리를 뉘라 분질러 짜르다[3]
하랴

아마도 검고 희고 길고 짜르고 흑백장단이야 일러 무삼

주렴에 달 비치었다 멀리서 난다 옥저 소리 들리는구나

벗님네 오자 해금, 저, 피리, 생황, 양금, 죽장구, 거문고 가지고 달
뜨거든 오마더니

동자야 달빛만 살피어라 하마 올 때

---

1) 두 기녀가.

2) 씻어서 표백하는 것.

3) 짧다.

백운은 천리 만리 명월은 진계前溪 후계後溪

파조귀래罷釣歸來[1]할 제 낚은 고기 꿰어 들고 단교斷橋[2]를 건너 행
화촌 주가로 돌아드는 저 늙은이

묻노니 네 흥미 얼마뇨 금[3] 못 칠까 하노라

가마귀 가마귀를 따라 들거고나

뒷동산에 늘어진 고양남게 휘는 이 가마귀로다

이튿날 뭇 가마귀 한데 내려 뒤덤벙 덤벙 두루 덥적여 싸우니 아무
어제 가마귄 줄 몰라라

정이삼월 두신행朴辛杏[4] 도리화桃李花 좋고

사오유월은 녹음방초 놀기 좋아 칠팔구월은 황국 단풍이 더욱이 좋다

십일이월은 합리춘풍閤裏春風[5]에 설중매인가 하노라

---

1) 낚시를 마치고 돌아옴.
2) 무너진 다리.
3) 값, 가격.
4) 진달래와 살구꽃.
5) 규방 봄바람.

비파야 너는 어이 간 곳마다 앙조아리느니[1]

싱금한[2] 목을 에후리어 진득 안고 움파 같은 손으로 배를 잡아 뜯거든 아니 아니 앙조아리랴

이따금 대주大珠 소주小珠 낙옥반落玉盤[3] 하기는 너뿐인가 하노라

(김조순)

오동 열매 동실동실하고 보리 뿌리는 맥근맥근[4]

묵은 풋나무 동과 쓰던 숯섬이요 젊은 노송에 작은 대추로다

구월산 중에 춘초록春草綠이요 오경루五更樓 하에 석양홍夕陽紅이라 하더라

발가벗은 아해들이 거미줄 테를 들고 개천으로 왕래하며

발가숭아 발가숭아 저리 가면 죽느니라 이리 오면 사느니라 부르나니 발가숭이로다

아마도 세상일이 다 이러한가 하노라

(이정진)

---

1) 앙앙거리느냐.
2) 길쭉한.
3) 큰 구슬, 작은 구슬이 옥쟁반에 떨어짐.
4) '동실'은 '오동열매〔桐實〕'와 동글동글한 모양을 한데 나타내고, '맥근'은 보리뿌리〔麥根〕와 매끈한 모양을 한데 나타내는 말.

산촌에 객불래客不來라도 적막든 아니하이
화소花笑에 조능언鳥能言이요 죽훤竹喧에 인상어人相語[1]라 송풍松
風은 거문고요 두견성杜鵑聲의 노래로다
두어라 남의 부귀를 눈 흘길 이 뉘 있으리

김 약정金約正 자네는 술을 장만하고 노 풍헌盧風憲 손 당장孫堂長[2]
은 안주를 많이 장만하소
해금 비파 적笛 피리 장고 무고巫鼓 공인工人으란 내 다 담당함세
구시월 단풍 명월야明月夜에 모여 취코 놀리라

각시네 옥모화용玉貌花容 어슨 체 마소[3]
동원도리편시춘東園桃李片時春이라도 추풍이 건듯 불면 상락두변
한내하霜落頭邊恨奈何뿐이로다[4]
아무리 마음이 교앙驕昻하고[5] 나이 어려신들 이르는 말을 아니 들
나니

---

1) 꽃이 웃으니 새가 능히 말하고, 대나무 잎이 부서지니 사람이 서로 말을 한다.
2) '약정'은 서원의 임원, '풍헌'은 유향소에서 일하던 사람, '당장'은 서원의 남자 하인.
3) 옥과 꽃같이 아름다운 얼굴이라 잘난 체 마소.
4) 동쪽 뜰에 도리화가 봄 한철 피더라도, 가을바람 건듯 불어 머리에 서리가 치면 그 한을 어찌할 것
   인가.
5) 교만하고.

댁들에[1] 나무들 사오 저 장사야 네 나무 값 얼마니 사자

싸리나무 한 동에 한 말이요 검부 나무 한 동에 닷 되요 합하여 말 닷 되오니 사 때어 보오 불 잘 붙습네

진실로 한 번곳 사 때이면 매양 사 때이자 하오리

댁들에 연지분들 사오 저 장사야 네 연지분 곱거든 사자

곱든 비록 아니하되 바르면 네 없던 교태 절로 나고 님 괴시는 연지분이오니

진실로 그러곳 할 양이면 닷 말어치나 사자

댁들에 자리 등메[2]를 사오 저 장사야 네 등메 값 얼마니 사 깔아 보자

두 필 싼 등메에 한 필 받삽네[3] 한 필 못 싸니 반 필 받소[4] 반 필 아니 받네 하 우슨 말 마소

한번곳 사 깔아 보시면 아무만을 줄지라도 매양 사 깔자 하오리

---

1) 여러분들아.

2) 자리와 등메. '등메'는 가장자리를 꾸민 돗자리.

3) 두 필 값 등매를 한 필 값 받소.

4) 한 필 값 안 되니 반 필 값 받소.

누구셔 술을 대취하면 온갖 시름을 다 잊는다던고
망미인어천일방望美人於天一方[1]할 제 백 잔을 나마 먹어도 촌공寸功이 바이없네[2]
하물며 백발의문망白髮倚門望[3]을 못내 슬퍼하노라

가을해 긔똥[4] 얼마나 가리 나귀 등에 안장 차리지 마라
운산雲山은 겹어 어두침침 석경石逕은 기구 잔잔崎嶇潺潺한데[5] 저 뫼를 넘어 내 어이 가리
산당에 값없는 명월과 함께 놀고 가리라

생매 잡아 길들여 두메 꿩사냥 보내고
백마 씻겨 비[6] 늘여 뒷동산 송지松枝에 매고 손수 구굴무지[7] 낚아 움버들에 꿰어 물에 채워 두고
아희야 날 볼 손 오셔드란 뒷여울로 오너라

---

1) 하늘의 한 끝에서 미인을 바라봄.
2) 조그마한 효험도 전혀 없네.
3) 백발 노모가 문에 기대어 아들을 기다림.
4) 그까짓 것.
5) 돌길은 험하고 계곡물이 졸졸 흐르는데.
6) 밧줄.
7) 민물고기 이름.

앞내나 뒷내나 중에 소 먹이는 아희놈들아

앞내 고기와 뒷내 고기를 다 몰속[1] 잡아내 다래끼에 넣어 주어든

네 소 궁둥치에 걸쳐다가 주렴

우리도 바빠 가는 길이오매 전할동 말동 하여라

장삼 뜯어 치마 적삼 짓고 염주란 벗어 당나귀 밀치[2] 하세

석왕釋王 세계 극락세계 관세음보살 나무아미타불 십 년 한 공부도

너 갈 데로 니게[3]

밤중만 암거사[4]의 품에 드니 염불 경 없어라

초당 뒤에 와 앉아 우는 솟적다 새야[5] 암솟적다 샌다 수솟적다 우

는 샌다[6]

공산을 어디 두고 객창에 와 앉아 우는다 저 솟적다 새야

공산이 하고 많으되 울 데 달라 우노라

---

1) 모두.
2) 안장에 매는 끈.
3) 가거라.
4) 여승.
5) 소쩍새야. 솥이 적다고 운다 하여 부르는 이름.
6) 암소쩍새인가, 수소쩍새인가.

세상 부귀인들아 빈한사貧寒士를 웃지 마라

석숭石崇은 누거만재累巨萬財로되[1] 필부로 죽고 안자顏子는 일표누

항一瓢陋巷으로도[2] 성현에 이르렀나니

평생에 내 도를 닦아 두었으면 남의 부귀 부럴소냐

관운장의 청룡도와 조자룡의 날랜 창이

우주를 흔들면서 사해에 횡행할 제 소향무적所向無敵[3]이언마는 더

러운 피를 묻혔으되 어찌한 문사文士의 필단筆端[4]이며 변사辯士의 설

단舌端[5]으란 도창검극刀槍劍戟 아니 쓰고 피 없이 죽이오니

무섭고 무서울손 필설筆舌인가 하노라

(김영)

---

1) 석숭은 임청난 재산을 쌓았으되. '석숭'은 중국 진나라의 큰 부자.

2) 안자는 가진 것 없이 살았으되. '안자'는 공자의 제자 안회.

3) 나가는 곳에 적이 없음.

4) 붓끝.

5) 혀끝.

제 얼굴 제 보아도 더럽고도 슬믜워라[1]

검버섯 구름 낀 듯 코춤[2]은 장마 진 듯 이전에 없던 뼈새바위[3] 엉덩이에 울근불근

우리도 소년 행락行樂이 어제런 듯하여라

늙기 설워란 말이 늙은이 망령이로다

천지 강산 무한경無限景이요 인지정명 백년간人之定命百年間이니 설워라 하는 말이 아마도 망령이로다

두어라 망령엣말[4]을 웃어 무슴 하리오

간밤에 대취하여 취한 잠에 꿈을 꾸니

칠척검 천리마로 요해遼海를 날아 건너 천진天津을 항복받고 북궐北闕에 돌아와서 고궐성공告闕成功[5]하여 뵈니

장부의 강개지심慷慨之心이 흉중에 울울鬱鬱하여[6] 꿈에 시험하여 뵈더라

1) 슬프고 미워라.
2) 코와 침.
3) 불쑥 튀어나온 뼈마디.
4) 망령된 말.
5) 임금에게 성공을 고함.
6) 답답하여.

아자아자俄者俄者[1] 나 쓰던 되 황모시필黃毛試筆[2] 수양매월首陽梅月[3] 검게 갈아 흠뻑 찍어 창전窓前에 얹었더니

댁대글 구르러 뚝 나려지거고 이제 돌아가면 얻어올 법 있으련마는

아무나 얻어 가져서 그려 보면 알리라

이 좌수李座首는 검은 암소를 타고 김 약정金約正은 질장군 두리어 메고

남 권농南勸農 조 당장趙堂掌은 취하여 뷔걸으며[4] 장고 던더렁 무고巫鼓 둥둥 치는데 춤추는구나

협리峽裡에 우맹愚氓의 질박 천진 태고太古 순풍淳風[5]을 다시 본 듯하여라

---

1) 감탄사.
2) 족제비 털로 만든 새 붓.
3) 좋은 먹 이름.
4) 비틀거리며 걸으며.
5) 두메 백성들의 검소하고 순진한 태곳적 풍속.

아흔아홉 곱 먹은 노장중이 박주薄酒를 가득 부어 양까지 취케 먹고
납족조라한 길로 이리로 뷔뚝 저리로 뷔뚝뷔뚝 뷔걸어갈 제 늙은이
망령을 웃지 마라 저 청춘 소년 아해들아
　우리도 원상한산遠上寒山 석경사石逕斜에[1] 육환장[2] 드던지며 임의
거래한 적이[3] 어제런 듯하여라

　구선왕九仙王 도고道糕라도[4] 아니 먹는 나를
　냉수에 부친 비지전병을 먹으라 지근[5] 절대가인도 아니 결연하는
나를 코 없는 년[6]을 결연하려고 지근거리는다
　하늘이 정하신 배필 밖에야 거들떠볼 줄 있으랴

(김수장)

---

1) 멀리 한산에 비탈진 돌길을 오르매.
2) 중이 짚는 지팡이로, 고리가 여섯 개 달렸다.
3) 마음대로 다녔을 때가.
4) 신선 구선왕이 먹는 떡이라도.
5) 기름이 아닌 냉수에 부친 비지 지지미를 먹으라고 귀찮게 굴고.
6) '코 없는 년'은 박색을 말한다.

옥루사창玉樓紗窓[1] 화류 중에 백마 금편[2] 소년들아

긴 노래 칠현금과 저 피리 장고 해금 알고 저리 즐기느냐 모르고 즐기느냐 조음체법調音體法[3]을 날더러 묻게 되면 현묘한 문리文理를 낱낱이 이르리라

우리는 백 년 삼만육천 월일에 이같이 밤낮 즐기리라

(김윤석)

죽장망혜 산수간 들어가니 그 골은 산은 높고 골은 깊어 두건 접동이 난잡히 운다

구름은 뭉게뭉게 피어 산을 둘러 내려 낙락장송에 어려 있고 바람은 솰솰 불어 시내 암상巖上에 꽃가지만 떨떨인다

아마도 그 꽃이 절승경지하여 별유천지별건곤別有天地別乾坤이라 하니 아니 노든 못 하리라

천고千古 희황지천羲皇之天과 일촌一寸 무회지지無懷之地[1]에 명구
승지名區勝地를 가리고 가리어 수간모옥 지어내니
　운산연수雲山煙水 송풍나월松風蘿月 야수산금野獸山禽[2]이 절로 기
물己物[3]이 되것고나
　아희야 산옹山翁 부귀富貴를 남더러 행여 이르리라

　어우화 벗님네야 님의 집에 승전勝戰 가세
　전영장前營將 후영장後營將에 군무위軍武衛 천총千總 기대총旗隊總[4]
과 주라[5] 나팔 태평소 쟁 북을 투둥쿵 치며 님의 집으로 승전하러 가
세
　그 곁에 초패왕이 앉았은들 두려울 줄이 있으랴

1) 복희씨 때의 세상과 무회씨 때의 땅에서.
2) 구름 낀 산과 안개 낀 물, 소나무 사이로 부는 바람과 담쟁이 덩굴사이로 보이는 달, 들짐승과 산새.
3) 내 물건.
4) '전영장', '후영장', '군무위', '천총', '기대총'은 모두 군영의 직책을 이른다.
5) 소라 껍질로 만든 악기.

진시황 한 무제를 뉘라서 장타던고

동남동녀童男童女 함께 싣고 만경창파에 배를 띄워 채약구선採藥求仙하고 백량대柏梁臺 높은 집에 승로반承露盤[1]에 이슬 받아 만천세萬千歲 살렸더니 오로 다 허사로다

우리는 주색을 삼가고 절식복약節食服藥하여 백 년까지 하리라

모란은 화중왕花中王이요 향일화向日花[2]는 충신이로다

연화 군자요 행화 소인이라 국화는 은일사隱逸士요 매화 한사寒士로다[3] 박꽃은 노인이요 석죽화石竹花는 소년이라 계화葵花[4] 무당이요 해당화는 창녀로다

이중에 이화 시객詩客이라 홍도紅桃 벽도碧桃 삼색도三色桃는 풍류랑風流郎인가 하노라

---

1) '백량대'는 한 무제가 장안에 지은 누대, '승로반'은 장생불사를 위해 이슬을 받던 쟁반.
2) 해바라기.
3) '은일사'는 숨어 사는 선비, '한사'는 청빈한 선비.
4) '석죽화'는 패랭이꽃, '계화'는 접시꽃.

각도各道 각선各船이 다 올라올 제 상고商賈 사공이 다 올라왔네

조강助江 석골 막창幕娼[1]들이 배마다 찾을 제 사내놈의 면정이와 용산 삼포 당도리며 평안도 독대선獨大船에 강진 해남 죽선竹船들과 영산 삼가 지토선地土船과[2] 메욱[3] 실은 제주 배와 소금 실은 옹진甕津 배들이 스르를 올라들 갈 제

어디서 각진各津[4] 놈의 나룻배야 쬐어나 볼 줄 있으랴

논밭 갈아 기음매고 베잠방이 다임 처 신들 매고[5]

낫 갈아 허리에 차고 도끼 벼려 둘러메고 무림산중茂林山中 들어가서 삭다리 마른 섶을 뷔거니 버히거니 지게에 짊어 지팡이 받쳐 놓고 새옴을 찾아가서 점심 도슭 부시고 곰방대를 톡톡 떨어 잎담배 피워 물고 콧노래 조을다가[6]

석양이 재 넘어갈 제 어깨를 추이즈며 긴 소리 자른 소리 하며 어이 갈꼬 하더라

---

1) 조강 청석골 주막의 창녀. '조강' 은 한강과 임진강이 합쳐진 강 이름.
2) '면정이' 는 뱃머리가 뾰죽한 큰 배, '당도리' 는 바다로 다니는 큰 배, '독대선' 은 고기잡이 배, '지토선' 은 지방 토민들 배.
3) 미역.
4) 여러 작은 나루.
5) '기음' 은 '김' , '다임 처' 는 '대님을 매어' , '신들 메고' 는 '들깨끈을 매고' 의 뜻.
6) '삭다리' 는 삭정이, '새옴' 은 '샘' , '도슭 부시고' 는 '도시락 다 비우고' .

저 건너 명당을 얻어서 명당 안에 집을 짓고

밭 갈고 논 맹글어 오곡을 갖추 심은 후에 뫼 밑에 우물 파고 지붕에 박 올리고 장독에 더덕 놓고 구월 추수 다 한 후에 술 빚고 떡 맹글어 우리 송치[1] 잡고 남린南隣 북촌北村 다 청하여 취회동락聚會同樂하오리라

평생에 이렁성 노닐면 그 좋은가 하노라

시어미 며늘아기 나빠 벽바닥을 치지 마소[2]

빚에 쳐 온 며느린가 값에 받은[3] 며느린가 밤나무 썩은 등걸에 휘추리 난 이같이 앙살퓌신[4] 시아버니 볕 뵈신 쇠똥같이 되종고신[5] 시어머니 삼 년 결은 노망태기에 새 송곳 부리같이 뾰족하신 시누이님 당唐피 가온 밭에 돌피 난 이[6]같이 새노라한 외꽃같이 피똥 누는 아들 하나 두고

건 밭에 메꽃 같은 며느리를 어디를 나빠하시오

---

1) 송아지.

2) 며느리 미워 부엌 바닥 치지 미소.

3) 물건 값 대신에 받은.

4) 매서운.

5) 볕에 말린 쇠똥같이 되신.

6) 당피를 갈아 심은 밭에 돌피 난 이. '당피'는 좋은 곡식, '돌피'는 질이 떨어지는 곡식.

달바자[1]는 쨍쨍 울고 잔디 속에 속잎 난다

삼 년 묵은 말가죽은 외용지용[2] 우지는데 노처녀의 거동 보소 함박 쪽박 드던지며 역정 내어 이른 말이 바다에도 섬이 잇고 콩팥에도 눈이 있네 봄 꿈자리 사오나와 동뢰연同牢宴[3] 첫사랑을 꿈마다 하여 뵈네[4]

그를사 월로승의 인연인지 일락패락하여라[5]

이 시름 저 시름 여러 가지 시름 방패연에 세세 성문成文하온 후에

춘정월 상원일에 서풍이 고이 불 제 올 백사白絲 한 얼레를 끝까지 풀어 띄울 제 마지막 전송하자 둥게둥게 높이 떠서 백룡白龍의 굽이같이 굼틀굼틀 뒤틀어져 구름 속에 들거고나 동해 바다 건너가서 외로이 선 나무에 걸리었다가

풍소소風蕭蕭 우락락雨落落[6]할 제 자연 소멸하리라

---

1) 달풀로 엮은 울타리.
2) 윙윙 우는 소리.
3) 혼인잔치.
4) 자주 보네.
5) 두어라 월로승의 뜻인지 되다 말다 하여라. '월로승'은 혼인을 주관한다는 월하노인.
6) 바람이 쓸쓸히 불고 비가 후두둑 내리는 모양.

병자 정축 난리시에 훈련원대訓鍊院垈[1] 건너 붉은 복닥이[2] 쓴 놈
간다

앞에는 몽고요 뒤에 가달可達이 백마 탄 진달眞達이는[3] 사수리살
차고 유월내마騮月乃馬 탄 놈 철철총鐵鐵驄이 탄 놈 양비열兩鼻裂이
탄 놈[4] 아라마쵸쵸[5] 머리 베러 가자

어즈버 최영崔瑩곳 있돗더면 썩은 풀 치듯 할랏다

일신이 살자 하니 물것 겨워[6] 못 살리로다

핏겨 같은 가랑니, 보리알 같은 수퉁니, 잔 벼룩, 굵은 벼룩, 뛰는
놈, 기는 놈에 비파 같은 빈대 새끼, 사령 같은 등에어이, 갈따귀, 사
뮈약이, 센 바퀴, 누른 바퀴, 바구미, 거저리[7], 부리 뾰족한 모기, 다
리 기다란 모기, 살진 모기, 야윈 모기, 그리마, 뾰록이 주야로 빈틈없
이 물거니 빨거니 뜯거니 쏘거니 심한 당비루[8]에 어려워라

그중에 차마 못 견딜손 오뉴월 복더위에 쉬파린가 하노라

---

1) 훈련원 터.

2) 군졸이 쓰던 모자.

3) 가달과 진달은 몽고 사람 이름.

4) '사수리살'은 화살 이름, '유월내마'는 털빛이 붉고 갈기가 검은 말, '양비열'은 코가 째진 말.

5) 몽고 장수 이름인 듯.

6) 무는 것이 하도 많아.

7) '가랑니'는 이의 새끼, '수퉁니'는 크고 굵고 살찐 이, '등에어이'는 등에, '갈따귀'는 각다귀, '사
   뮈약이'는 사마귀, '센 바퀴'는 흰 바퀴, '거저리'는 불개미를 이르는 말이다.

8) 깽비리. 체구가 작은 사람을 낮잡아 이르는 말.

저 건너 푸른 산 아래 두룽다리[1] 쓰고 저 총대 둘러메고 살랑살랑 내려오는 저 포수야

네 저 총대로 날버러지 길짐승 길버러지 날짐승 황새 촉새 두루미 너새 긴징경이 범 사슴 노루 토끼를 저 총대로 놓아 잡을지라도 새벽달 서리 치고 지새는 밤에 동녘 동다히로 짝을 잃고 홀로 에이울 에이울 울고 울고 가는 기러길랑 놓지를 마라

우리도 그런 줄 알기로 아니 놓습네

생매 잡아 길 잘 들여 두메로 꿩사냥 보내고

셋말 구불굽통[2] 솔질 솰솰 하여 뒤 송정松亭 잔디 잔디 금잔디 난데 말뚝 쌍쌍 박아 바 늘여 매고 앞내 여울 고기 뒷내 여울 고기 자나 굵으나 굵으나 자나 주워 주섬섬 낚아 내어 움버들 가지 주루룩 훑어 아감지 꿰어 시내 잔잔 흐르는 물에 청석바[3] 바둑돌을 얼른 냉큼 수수이[4] 집어 자장단 맞추어 지질러 놓고

동자야 이 뒤에 외뿔 가진 청소 타고 그 소가 우으가 부풀어 치질이 성할까 하여 남의 소를 얻어 타고 급히 내려와 묻거들랑 너도 조곰도 지체 말고 뒷여울로

---

1) 모자의 하나.
2) '셋말'은 흰 말, '구불굽통'은 말고삐 잡고 따르는 하인을 이름.
3) 푸른빛이 도는 매끄러운 돌. '바'는 운율을 맞추기 위한 음절.
4) 많이.

공명을 헤아리니 영욕이 반이로다

동문에 괘관掛冠하고 전려田廬에 돌아와서 성경聖經 현전賢傳 헤쳐 놓고[1] 읽기를 파한 후에 앞내에 살진 고기도 낚고 뒷뫼에 엄 긴 약도 캐다가 임고원망臨高遠望하여 임의任意 소요할 제 청풍은 시지時至[2] 하고 명월이 자래自來하니 알지 못해라 천양지간에 이같이 즐거움을 무엇으로 대할쏘냐

아마도 이리저리 노닐다가 승화귀진乘化歸盡함[3]이 좋은가 하노라

어촌에 낙조하고 수천水天이 일색一色인 제

소정에 그물 싣고 십리 사정沙汀 내려가니 만강 노적蘆荻에 하목霞鶩[4]은 섞어 날고 도화유수에 궐어鱖魚[5]는 살졌는데 유교변柳橋邊에 배를 매고 고기 주고 술을 사서 명정酩酊 케[6] 취한 후에 애내성欸乃聲[7] 부르며 달을 띠어 돌아오니

아마도 강호지락江湖至樂은 이뿐인가 하노라

---

1) 벼슬에서 물러나 시골집으로 돌아와 성인들의 경전과 현인들의 저술을 펼쳐 놓고.
2) 때때로 불어옴.
3) 자연의 순리에 따라 세상을 떠남.
4) 노을과 따오기.
5) 쏘가리.
6) 술에 몹시 취함.
7) 뱃노래.

하사월夏四月 초여드렛날에 관등觀燈하려 임고대臨高臺하니[1]

원근 고저에 석양은 비꼈는데 어룡등魚龍燈 봉학등鳳鶴燈과 두루미 남생이며 종반등鍾磬燈 선등仙燈 북등이며 수박등 마늘등과 연꽃 속에 선동仙童이며 난봉鸞鳳[2] 위에 천녀天女로다 배등 집등 산대등과 영등影燈 알등 병등瓶燈 벽장등壁欌燈 가마등 난간등欄干燈과 사자獅子 탄 체궐[3]이며 호랑이 탄 오랑캐라 발로 툭 차 구을등에 칠성등 벌어 있고 일월등日月燈 밝았는데 동령東嶺에 월상月上하고 곳곳이 불을 켠다 어언 홀언간忽焉間[4]에 찬란도 한저이고

이윽고 월명月明 등명燈明 천지명天地明하니 대명大明 본 듯하여라[5]

---

1) 연등놀이 구경하려 높은 곳에 오르니.
2) 난조鸞鳥와 봉황 모양 등.
3) 북방 종족의 하나.
4) 갑자기.
5) 달이 밝고 등이 밝아 천지가 밝으니 대낮의 밝음을 본 듯하여라.

물 위에 사공 그 물 아래 사공 놈들이 삼사월 전세田稅 대동大同[1] 실어 갈 제

일천 석 싣는 대중선大中船을 자귀 대어[2] 꾸며 낼 제 삼색 실과 머리가진 것[3] 갖추어 피리 무고巫鼓를 둥둥 치며 오강五江 성황지신과 남해 용왕지신께 손 곧추어 고사할 제 전라도라 경상도 울산 바다 나주 바다 칠산七山 바다 휘돌아 안흥목이라 손돌목 강화목 감돌아들 제 평반平盤[4]에 물 담듯이 만리창파에 가는 듯 돌아오게 고수레 고수레 소망 일게[5] 하오소서

이어라 저어라 이어라 배 띄워라 지국총 나무아미타불

---

1) 땅에 매겨진 세금으로 내는 곡식.
2) 근수에 맞춰.
3) 골라서 좋은 것.
4) 소반.
5) 이루게.

도선道詵[1]이 비봉碑峯에 올라 국도國都를 정하올세

자좌오향子坐午向[2]으로 성궐城闕을 이뤘는데 좌청룡 우백호와 남주작 북현무는 귀격貴格[3]으로 벌여 있고 전대하前帶河[4] 한강수는 여천지與天地 근원根源이라 태묘太廟[5]는 가좌可左하고 사단社壇[6]은 가우可右로다 삼봉三峯이 수려하니 인걸이 호준豪俊하고 와우산臥牛山 유덕有德하니 민식民食이 풍족이라 성계신승聖繼神承[7]하여 억만년지무강億萬年之無疆어샷다

하늘이 주오신 뜻을 받들어 만만세를 누리소서

(김수장)

---

1) 도선 대사.

2) 정봉의 자리에서 정남의 방향.

3) 귀한 모양.

4) 앞으로 흐르는 강.

5) 왕실 사당.

6) 토신과 곡신에게 제사 드리는 단.

7) 어진 왕이 대대로 이어 나감.

님만 여겨
펄쩍 뛰어
뚝 나서 보니

벽사창이 어른어른커늘 님만 여겨 펄쩍 뛰어 뚝 나서 보니
님은 아니 오고 명월이 만정한데 벽오동 젖은 잎에
봉황이 와서 긴 목을 휘어다가 깃 다듬는 그림자로다
맞초아 밤일세망정 행여 낮이런들 남 우일 뻔하여라

이 몸이 싀여져서[1] 삼수 갑산 제비 되어
님 자는 창밖 추녀 끝마다 종종 자로 집을 지어 두고
그 집에 드는 체하고 님의 방에 들리라

바람도 쉬어 넘고 구름이라도 쉬어 넘는 고개
산지니 수지니[2]라도 쉬어 넘는 고봉高峰 장성령 고개
그 너머 님이 왔다 하면 나는 아니 한 번도 쉬어 넘으리라

저 건너 검어우뚝한[3] 바위 정釘을 들여 깨두드려 내어
털 돈치고[4] 뿔 박아서 경성드뭇이[5] 걸어가는 듯이 만들리라 뿔 굽
은 검은 암소
두었다 님 이별하면 타고나 갈까

---

1) 죽어서.
2) '산지니'는 산에서 자란 야생 매, '수지니'는 집에서 길들인 매.
3) 거무튀튀하며 우뚝한.
4) 돋게 하고.
5) 느릿느릿하게.

앞 못에 든 고기들아 뉘라서 너를 몰아다가 넣거늘 든다[1]
북해北海 청소淸沼를 어디 두고 이 못에 와 든다
들고도 못 나는 정은 네오 내오 다르랴

죽어 잊어야 하랴 살아서 그려야 하랴
죽어 잊기도 어렵고 살아 그리기도 어려워라
저 님아 한 말씀만 하소라 보자 사생결단 하리라

님 그려 겨우 든 잠에 꿈자리도 두리숭숭
그리던 님 잠깐 만나 얼풋 보고 어드러로 간 거이고 잡을 것을
잠 깨어 곁에 없으니 아주 간가 하노라

1) 넣었기에 들어 있느냐.

약산藥山 동대銅臺[1] 이지러진 바위틈에 왜철쭉 같은 저 내 님이
내 눈에 덜 밉거든 남인들 지나 보랴
새 많고 쥐 꼬인 동산東山에 오조烏鳥[2] 간 듯하여라

우레같이 소리 난 님을 번개같이 번뜻 만나
비같이 오락가락 구름같이 헤어지니
흉중에 바람 같은 한숨이 나서 안개같이 피더라

두고 가는 이의 안[3]과 보내고 잊는 이의 안과
두고 가는 이의 안은 설옹남관雪擁藍關에 마부전馬不前[4]뿐이어니와
보내고 잊는 이의 안은 방초芳草 연년에 한恨 불궁不窮[5]인가 하노라

---

1) 평안도 영변에 있는 명승지.
2) 까마귀.
3) 속. 마음.
4) 눈이 쌓여 말이 나가지 못하듯이 쉽게 떠나지 못함.
5) 풀이 해마다 돋듯이 한은 끝이 없음.

꿈아 꿈아 어리척척한[1] 꿈아 왔는 님 보내는 것가
왔는 님 보내느니 잠든 날이나 깨우났다[2]
이후에 님이 오셔드란 잡고 날 깨워라

어룬자[3] 박넌출[4]이야 에 어룬자 박넌출이야
어인 넌출이 담을 넘어 손을 주노
어룬 님 이리로 저리로 갈 적에 손을 쥐려 하더라

옥으로 말을 새겨 영천수에 흘리 씻겨
녹초綠草 장제長堤 상에 바 늘여 매어 두고
그 말이 그 풀을 다 먹도록 이별 없이

---

1) 어리석고 근심스러운.
2) 잠든 나나 깨울 것이로다.
3) 얼씨구나.
4) 박넝쿨.

물 아래 세가락 모래[1] 아무리 밟다 발자취 나며
님이 나를 아무리 괸들 내 알더냐 님의 정을
광풍에 지붓친[2] 사공같이 깊이를 몰라 하노라

남산 누에머리[3] 끝에 밤중만치 흥히 우는 저 부엉이
장안 백만 가호에 뉘 집을 향하여 부헝부헝 우노
전전前前에 얄밉고 잔미운 님을 다 잡아가려 하노라

저 건너 광창廣窓[4] 높은 집에 머리 좋은 각시네야
초생에 반달같이 비치지나 말려무나
어찌타 장부의 간장을 굽이굽이

---

1) 가는 모래.
2) 바람에 몹시 세게 날려간.
3) 누에머리처럼 쑥 솟아 있는 봉우리.
4) 넓은 창.

옥도끼 돌도끼 이 무디든지 월중月中 계수桂樹 나남기니 시위도다[1]
광한전 뒷뫼에 잔 다복솔 서리어든[2] 아니 어둑 저뭇하랴[3]
저 달이 기미곳[4] 없으면 님이신가 하노라

녹음방초 우거진 골에 꾀꼬리롱 우는 저 꾀꼬리 새야
네 소리 어여쁘다 마치 님의 소리도 같을시고
아마도 너 있고 님 있으면 아무 근 줄 몰라라

님과 나와 부디 둘이 이별 없이 살자 하였더니
평생 원수 악인연이 있어 이별로 구트나 여의언지고[5]
명천이 이 뜻을 아오사 이별 없이 하소서

---

1) 오래 걸리도다.
2) 엉키어 무성하거든.
3) 어둑하게 저문 듯하랴.
4) 얼굴에 나는 기미만.
5) 구태여 헤어졌는가.

간밤에 지게[1] 열던 바람 살뜰히도 날 속였다
풍지 소리에 님이신가 나가 본 나도 외다마는[2]
진실로 들나곳 하더면 밤이조차 우울낫다[3]

군君이 고향으로부터 오니 고향사故鄕事를 응당 알리로다
오는 날 기창綺窓[4] 앞에 한매寒梅[5] 피었더냐 아니 피었더냐
피기는 피었더라마는 임자 그려하더라

내가 죽어 잊어야 옳으냐 네가 살아 평생에 그리워야 옳다 하랴
죽어 잊기도 어렵거니와 살아 생이별 더욱 섧다
차라리 내 먼저 죽어 돌아갈 제 네 날 그리워라

---

1) 지게문.
2) 그르다만. 잘못했다만.
3) 밤조차 웃을 뻔했다.
4) 사창紗窓, 비단을 바른 창.
5) 겨울 매화.

님 이별하던 날 밤에 나는 어이 못 죽었노
한강수 깊은 물에 풍덩실 빠지련만
지금에 살아 있기는 님 보려고

이화에 노습露濕도록[1] 뉘게 잡히어 못 오던가
옷자락 부여잡고 가지 마소 하는데 무단히 떨치고 오자 함도 어려
워라
저 님아 헤어 보소라 네오 그오 다르랴

어이하여 못 오더냐 무슨 일로 못 오더냐
잠총급어부蠶叢及魚鳧[2]에 촉도지난蜀道之難[3]이 가리웠더냐 무슨
일로 못 오더냐
아마도 백난지중에 대인난待人難[4]이 어려워라

---

1) 배꽃이 이슬에 젖도록.
2) 이백 시 '촉도난蜀道難'의 한 구절로 잠총과 급부는 촉나라 왕의 이름.
3) 촉으로 가는 길이 험난함.
4) 온갖 어려운 일 중에 사람을 기다리는 어려움.

수박같이 두렷한 님아 참외 같은 단 말씀 마소
가지가지 하시는 말이 말마다 왼 말이로다
구시월 씨동아[1]같이 속 성긴 말 말으시소

시비에 개 짖거늘 님만 여겨 나가 보니
님은 아니 오고 명월이 만정滿庭한데 일진一陣 금풍金風[2]에 잎 떨
어지는 소리로다
저 개야 추풍 낙엽성 헛되이 짖어 날 속일 줄이 있으랴

청천에 떴는 기러기 한 쌍 한양 성대城臺에 잠깐 들러 쉬어 갈다
이리로서 저리로 갈 제 내 소식 들어다가 님에게 전하고 저리로서
이리로 올 제 님의 소식 들어 내손대[3] 부디 들러 전하여 주렴
우리도 님 보러 바삐 가는 길이니 전할동말동하여라

---

1) 씨를 받으러 남겨 둔 동아.
2) 몰아쳐 부는 가을바람.
3) 나에게.

사랑을 사자 하니 사랑 팔 이 뉘 있으며
이별을 팔자 하니 이별 살 이 뉘 있으리
사랑 이별을 팔고 살 이 없으니 장사랑 장이별인가 하노라

우연히 지면知面한[1] 정이 심입골수深入骨髓[2] 병이 들어
일미심日未深 월미기月未幾[3]에 분수상별分手相別[4]이 웬말이냐
아희야 꾀꼬리 날려라 꿈결 같게

가노라 가노라 님아 언양 단천[5]에 풍월강산으로 가노라 님아
가다가 심양강에 비파성[6]을 어이하리
밤중만 지국총 닻 감는 소리에 잠 못 이뤄

---

1) 얼굴을 알게 된.
2) 골수에 깊이 파고들어.
3) 날로 잘 보살피지 못하고 달로 잘 생각해 받들지 못하였는데.
4) 손을 놓고 서로 이별함.
5) '언양'은 경상도, '단천'은 함경도에 속한 땅 이름.
6) 심양강에 비파 소리. '심양강'은 중국 땅 이름.

새벽달 서리 치고 지새는 밤에 짝을 잃고 울고 가는 기러기야

너 가는 길에 정든 님 이별하고 차마 그리워 못 살레라고 전하여 주렴

떠다니다 마음 나는 데로 전하여 줌세

띄우리라 띄우리라 세백사 육모 얼레 당샷줄[1] 감아 띄우리라

반공半空 운무 중에 싸였구나 구머리장군에 홍릉화紅綾花[2] 긴 코

그중에 짓거리[3] 있고 말 잘 듣고 토김[4] 톡 잘 받는 연은 내 연인가

님이 가오실 제 노고 네를[5] 두고 가니

오 노고 가 노고 보내 노고 그리 노고

그중에 가 노고 보내 노고 그리 노고란 다 몰속 깨쳐 버리고 오 노
고만 두리라

---

1) '세백사'는 가느다란 흰 실. '당샷줄'은 중국산 연줄.

2) 구머리장군과 홍릉화는 모두 연의 이름이다.

3) 흥이 나서 하는 동작.

4) 얼레를 조종해 연 머리를 그루박게 하는 것.

5) 노고 네 개를. '노고'는 솥의 한가지. 노구솥.

사랑을 찬찬 얽동여 뒤설머지고[1]

태산준령을 허위허위 넘어가니 모르는 벗님네는 그만하여 버리고 가라 하건마는

가다가 지질려[2] 죽을망정 나는 아니 버리고 가려 하노라

동방에 별이 났다 하니 삼척동자야 네 나가 보아라

삼태육성[3]에 북두칠성도 무상히도 이이요[4] 님에게서 기별이 왔나 보다

진실로 님에게서 기별이 왔으면 네나 가 보들 말고 내 나가 보마

오늘도 저물어지게 저물면은 새리로다 새면 이 님 가리로다

가면 못 오려니 못 오면 그리려니 그리면 응당 병 들려니 병곳 들면 못 살리로다

병들어 못 살 줄 알 양이면 자고나 갈까 하노라

---

1) 얽고 동여서 등뒤에다 걸머지고.
2) 깔려.
3) 하느님을 지키는 세 별과 여섯 별.
4) 무수히도 연이어 있고.

개아미[1] 불개아미 잔등 똑 부러진 불개아미

강릉 새음재 넘어들어 갈범[2]의 허리를 가로 물어 추켜들고 북해를 뛰어 건넌단 말 있으이다

님아 님아 열 놈이 백 말을 할지라도 님이 짐작하시소

차생 원수 이 이별 두 자 어이하면 영영 아주 없이 할꼬

가슴에 믜인[3] 불 일어날 양이면 얽동혀 넣어 사름직도 하고 눈으로 솟은 물 바다가 되면 풍덩 드르쳐 띄우련마는

아무리 사르고 띄운들 한숨을 어이하리오

각시님 예쁘던 얼굴 저 건너 냇가에 홀로 우뚝 섰는 수양버드나무

고목 다 되어 썩어 스러진 광대등걸이 다 되단 말가

젊었고자 젊었고자 세 다섯만 젊었고자

열하고 다섯만 젊을 양이면 내 원대로

---

1) 개미.
2) 칡범. 몸에 줄무늬가 있는 범이다.
3) 미워하는.

님 데리고 산에 가도 못 살 것이 촉백성蜀魄聲[1]에 애끓는 듯
물가에 가도 못 살 것이 물 위에 사공과 물 아래 사공이 밤중만 배
떠날 제 지국총 어이와 닻 채는 소리에 한숨짓고 돌아눕네
이 후란 산도 물도 말고 들에 가 살려 하노라

저 건너 흰옷 입은 사람 잔밉고도[2] 얄미워라
작은 돌다리 건너 큰 돌다리 넘어 밥뛰어가며 가로 뛰어가는구나[3]
내 사랑이나 삼고라 지고[4]
진실로 내 사랑 못 되거든 벗의 님이 될까 하노라

청천에 떠서 울고 가는 외기러기 날지 말고 내 말 들어
한양 성내에 잠깐 들러 부디 내 말 잊지 말고 외외쳐 불러 이르기를
적막공규寂寞空閨[5]에 던진 듯 홀로 앉아 월황혼月黃昏 겨워 갈 제 님
그려 차마 못 살레라 하고 부디 한 말을 전하여 주렴
우리도 님 보러 바삐 가옵는 길이오매 전할동말동 하여라

---

1) 소쩍새 소리.
1) 몹시도 얄밉고도.
2) 앞으로 뛰며 좌우로 뛰어.
3) 삼고 싶어라.
5) 적막하게 텅 빈 안방.

재 위에 우뚝 섰는 소나무 바람 불 적마다 흔들흔들

개울에 섰는 버들은 무슨 일 좋아서 흔들흔들 흔들흔들 하노

님 그려 우는 눈물은 옳거니와 입하고 코는 어이 무슨 일 좋아서 후루룩 비쭉하나니

양덕 맹산 철산 가산 내린 물은 부벽루[1]로 감돌아들고

마흐락이 공류소空流沼 두미월계斗尾月溪 내린 물은 제천정霽天亭[2]으로 감돌아 들고

님 그려 우는 눈물은 베개 속으로 흐르더라

귀또리 저 귀또리 어여쁘다 저 귀또리

어인 귀또리 지는 달 새는 밤에 긴 소리 자른 소리 절절이 슬픈 소리 제 혼자 울어 예어 사창 여읜잠[3]을 살뜰이 깨우는제고

두어라 제 비록 미물이나 무인동방無人洞房에 내 뜻 알 이는 저뿐인가 하노라

----

1) 평양 대동강 변에 있는 누각.

2) 한강에 있던 정자 이름.

3) 겉잠. 깊이 들지 않은 잠.

금화金化 금성金城 수숫대 반 단만 얻어 조고만 말마치[1] 움을 묻고

조죽 이죽 백양저白楊箸로[2] 찍어 자네 자오 나는 마오 서로 권하올 망정

평생에 이별루離別淚[3] 없으면 그 좋은가 하노라

왕거미 덕거미들아 진지 동산 진거미 납거미들아

줄을 늘우느니 마천령 마운령 공덕산 내린 뫼로 멍덕 해룡산 진천 고개 넘어 들어 삼수라 갑산 초계 동산東山으로 내내 긴 줄 늘여 주면

전전前前에 그리던 님의 소식을 네 줄로 연신連信하리라

강원도 설화지雪花紙를 제 장광長廣에 연鳶을 지어[4] 대사大絲 황사 黃絲 백사白絲 줄을 통通얼레에 살이 없이 바람이 한창인 제

삼 간 토김 사 간 근두[5] 반공에 솟아올라 구름에 걸쳤으니 풍력도 있거니와 줄 맥이 없이 그러하랴

먼 데 님 줄 맥을 길게 대어 낚구어 올까 하노라

---

1) 작은 말〔斗〕만큼.
2) 좁쌀죽 입쌀죽을 백양나무 젓가락으로.
3) 이별의 눈물, 곧 이별하는 괴로움을 말한다.
4) 설화지를 그 크기대로 연을 만들어. '설화지'는 종이의 한 가지. '장광'은 너비를 말함.
5) 연이 번드치는 재주.

눈썹은 수나비 앉은 듯 니빠디[1]는 박씨 까 세운 듯해

날 보고 당싯 웃는 양은 삼색도화 미개봉未開封이[2] 하룻밤 비 기운에 반만 절로 핀 형상이로다

광풍에 호접胡蝶[3]이 되어 간 곳마다 좇느리라

사랑 사랑 고고이 맺힌 사랑 온 바다를 두루 덮는 그물같이 맺힌 사랑

왕십리 답십리라 참외넌출 수박넌출 얽어지고 틀어져서 골골이 벋어 가는 사랑

아마도 이 님의 사랑은 끝 간 데 몰라 하노라

(박문욱)

고대광실 나는 마다 금의옥식錦衣玉食 더욱이 싫어

은금 보화 노비 전택田宅 비단 장옷 대단 치마 밀화주 곁칼 자주 상직賞織 저고리 딴머리 석웅황石雄黃[4] 오로 다 꿈자리로다

평생 나의 원하는 바는 말 잘하고 글 잘하고 인물 개자하고 품자리 가장 알뜰히 잘하는[5] 젊은 서방인가 하노라

1) 이의 사투리.
2) 피지 않은 삼색 복사꽃이.
3) 호랑나비.
4) '대단 치마'는 중국산 비단 치마, '밀화주 곁칼'은 호박의 한 가지인 '밀화주'로 장식한 장도, '자주 상직'은 자줏빛 명주, '석웅황'은 누른빛을 내는 데 쓰이는 광물을 말한다.
5) 인물 깨끗하고 잠자리 잘하는.

저 건너 태백산 밑에 예 못 보던 채마전이 좋을시고
너리너리 너출에 둥굴둥굴 수박에 다로다 지로지에[1] 단 참외 가지
에 열렸어라
됬다가 다 익어지거드란 님 계신 데 보내리라

어이려뇨 어이려뇨 이를 어이려뇨 시어머니
소대 남진[2] 밥 담다가 놋주걱 자롤 부르질렀고야[3] 이를 어이하려
뇨 시어머니 저 아가 하 걱정 마라
우리도 젊어서 많이 겪어 보았노라

오늘밤 풍우를 그 정녕 알았던들 대사립짝을 곱걸어 단단 매었을
것을
비바람에 불리어 왜각지걱하는 소리에 행여나 오는 양하야 창 밀고
나서 보니
월침침月沈沈 우사사雨絲絲한데 풍습습風習習 인적적人寂寂하더라[4]

---

1) 다디단, 매우 단.
2) 샛서방.
3) 자루를 분질렀네요.
4) 달빛 으스름하고 비는 부슬부슬 내리는데 바람은 솔솔 불고 인적 없더라.

각시네들이 여러 층이올레 송골매도 같고 줄에 앉은 제비도 같아
백화 총리百花叢裡[1]에 두루미도 같고, 녹수 파란綠水波瀾에 비오리
도 같고, 땅에 픽 앉은 소리개도 같고, 썩은 등걸에 부엉이도 같네
　그려도 다 각각 님의 사랑이니 개일색皆一色인가 하노라

　산 밑에 집을 지어 들고 일 것 없어 초草 새로 이었으니
　밤중만 하여서 비 오는 소리는 우루룩 주루룩 몸에 옷이 없어 초의
를 입었으니 살이 다 드러나서 울긋불긋 불긋울긋
　다만지 춥든 아니하되 님이 볼까 하노라

　님 그려 깊이 든 병을 무슨 약으로 고쳐 낼꼬
　태상노군太上老君 초환단草還丹과 서왕모 천년 반도千年蟠桃[2] 낙가
산落伽山 관세음 감로수甘露水와 진원자晉元子의 인삼과人蔘果며 삼산
십주三山十洲[3] 불로약을 아무만 먹은들 하릴소냐
　아마도 그리던 님을 만날 양이면 그 양약良藥인가 하노라

　(김묵수)

---

1) 온갖 꽃이 핀 수풀.
2) '초환단'은 죽은 사람을 살린다는 약, '천년반도'는 먹으면 천 년을 살 수 있다는 복숭아.
3) 신선들이 산다고 하는 곳.

물레는 줄로 돌고 수레는 바퀴로 돈다
산지니 수지니 해동청[1] 보라매 두 죽지 옆에 끼고 태백산 허리를
안고 도는구나
우리도 그리던 님 만나 안고 돌까 하노라

수미산 서너 바퀴 감돌아 휘돌아들 제
오뉴월 낮 즈음에 살얼음 지핀 위에 진서리 섞어 치고 자취눈 뿌린
것을 보았는가 님아 님아
온 놈이 온 말을 할지라도 님이 짐작하시소
(정철)

어이하여 아니 오던다 무슨 일로 못 오던가
너 오는 길에 무쇠로 성을 쌓고 성 안에 담을 쌓고 담 안에 집을 짓
고 집 안에 궤 짜 놓고 궤 안에 너를 찬찬 동여 넣고 쌍배목 외걸쇠[2]
에 금거북 자물쇠로 뚝딱 박아 잠갔관데 네 어이 그리 못 오던다
한 해라 열두 달이요 한 달 서른 날에 날 보러 올 하루 설마 없으랴
하더라

---

1) 송골매.
2) '쌍배목'은 쌍으로 된 문고리, '외걸쇠'는 한 개로 된 걸쇠.

벽사창碧紗窓이 어른어른커늘 님만 여겨 펄쩍 뛰어 뚝 나서 보니
님은 아니 오고 명월이 만정滿庭한데 벽오동 젖은 잎에 봉황이 와
서 긴 목을 휘어다가 깃 다듬는 그림자로다
맞초아 밤일세망정 행여 낮이런들 남 우일 뻔하여라[1]

바람개비라 하늘로 날며 두더지라 땅을 파고 들랴
금종다리 철망에 걸려 풀떡풀떡 푸드덕인들 날다 길다 제 어디로
갈다[2]
오늘은 내 손에 잡혔으니 풀떡여 볼까 하노라

전[3] 없는 두리 놋쟁반에 물 묻은 순筍[4]을 가득이 담아 이고
황학루黃鶴樓 고소대姑蘇臺와 악양루岳陽樓 등왕각滕王閣으로 발
벗고 상금[5] 오르기는 나남즉 남대되[6] 그는 아모조로나 하려니와
하루나 님 외우[7] 살라 하면 그는 그리 못하리라

---

1) 웃길 뻔하여라. 웃음을 살 뻔했다.
2) 나느냐 기느냐 제 어디로 가느냐.
3) 물건의 위쪽 가장자리에 조금 넓게 된 부분.
4) 죽순.
5) 상큼.
6) 나나 남 할 것 없이 모두 다.
7) 외따로.

창 내고저 창 내고저 이내 가슴에 창 내고저
들장지 열장지 고모장지 세살장지 암돌쩌귀 수돌쩌귀 쌍배목 외걸
쇠를 크나큰 장도리로 뚝딱 박아 이내 가슴에 창 내고저
님 그려 하 답답할 제면 여닫어나 볼까 하노라

웃는 양은 니빠디도 좋고 할기는 양은 눈찌도 곱다
앉거라 서거라 걸어라 닫거라 백만 교태를 다 하여라 보자 어허 내
사랑 삼고 지고
진실로 너 삼겨 내오실 제 날만 괴이려 함이라

초당에 오신 손님 무엇으로 대접하리
오려쌀로 점심 짓고 산에 올라 도라지채며 들에 내려 미나리채 봉
상시 편포 만물 낙지[1] 찌고 낚은 고기로 어채를 하세
동자야 잔대로 술 부어라 손 접대하세

대천 바다 한가운데 중침中針 세침細針이 풍덩 빠졌는데
　여남은 사공들이 길남은 상앗대로 일시에 소리치며 귀 꿰어 냈단
말이 있닷던가 저 님아
　열 놈이 백 말을 할지라도 님이 짐작하시소

세상 의복 수품手品 제도[1] 침선針線 고하[2] 하도 하다
　양누비 두올뜨기 상침하기 깎음질과 새발시침 감침질에 반당침 대
올뜨기 그 다 좋다 하려니와
　우리의 고운 님 일등 재질 삿 뜨고 박음질[3]이 제일인가 하노라

옥에는 티나 있지 말곳 하면 다 서방인가
　내 안 뒤혀 남 못 뵈고 천지간에 이런 답답한 일이 또 어디 있노
　열 놈이 백 말을 할지라도 님이 짐작하시소

---

1) 솜씨와 법식.
2) 바느질의 좋은 솜씨와 나쁜 솜씨.
3) 삿뜨기와 박음질. 남녀 사이의 성교를 바느질에 비유한 것.

내 얼굴 검고 얽기 본시 아니 얽고 검어

강남국江南國 대완국大宛國 열두 바다 건너오신 작은 손님 큰 손님

에 홍역, 뜨리, 또야기[1] 후더침에[2] 자연히 검고 얽어

그르사 각시의 방구석에 괴석怪石 삼아 두시소

한숨아 세細한숨아 네 어느 틈으로 잘 들어온다[3]

고무장지 세살장지 들장지 열장지에 배목걸쇠 걸었는데 병풍이라

덜걱 접은 족자라 댁때글 만다[4] 네 어느 틈으로 잘 들어온다

아마도 너 오는 날 밤이면 잠 못 이뤄 대사大事로다

갓 스물 선머슴 적에 하던 일이 다 우습다

아랫녘 주탕酒湯들과 알간나희며 개성부 통직이[5]와 덩더꿍 치는 무

당 년들이 날 몰라라 할 이 뉘 있으리

우리도 소년 적 마음이 어제런 듯하여라

---

1) '작은 손님 큰 손님' 은 홍역과 천연두, '뜨리' 는 종기, '또야기' 는 땀띠를 이름.

2) 뒤에 덮쳐 옴에.

3) 들어오느냐.

4) 데굴데굴 마느냐.

5) '주탕' 은 술파는 계집, '알간나희' 는 작은 계집아이, '통직' 은 음탕한 여자를 낮추어 부르는 말.

북두칠성 하나 둘 셋 넷 다섯 여섯 일곱 분께 민망한 발괄소지所志[1]
한 장 아뢰나이다
  그리던 님을 만나 정엣말씀 채 못하여 날이 쉬 새니 글로 민망
  밤중만 삼태성 차사 놓아[2] 샛별 없이 하시소

  바람은 지동地動 치듯 불고 궂은비는 퍼붓듯이 오는 날 밤에
  눈정에 걸은 님을[3] 오늘밤 서로 만나자 하고 판 척 쳐서[4] 맹세 받았
더니 이 풍우 중에 제 어이 오리
  진실로 오기곳 올 양이면 연분인가 하노라

  모시를 이리저리 삼아[5] 두루 삼아 감 삼다가
  가다가 한가운데 똑 끊쳐지옵거든 호치단순皓齒丹脣으로 홈빨며 감
빨아 섬섬옥수로 두 끝 마주 잡아 바뷔쳐[6] 이으리라 저 모시를
  우리 님 사랑 그쳐 갈 제 저 모시같이 이으리라

---

1) 진정서.
2) 삼태성을 다른 중한 일을 맡겨. '차사'는 임금의 특별한 일을 맡은 직책.
3) 눈짓으로 맺은 님을.
4) 판을 힘껏 쳐서. 어떤 약속을 분명히 하는 모습이다.
5) 가늘게 찢은 모시의 끝을 이어.
6) '홈빨며'는 홈빽 빨다, '감빨며'는 감칠맛 나게 쭉쭉 빠는 것, '바뷔쳐'는 바비작거리는 모양.

화촉동방 사창 밖에 오동나무 성긴 비 소리 잠 놀라 깨달으니

　만뢰구적萬籟俱寂[1]한데 사벽충성四壁蟲聲 즉즉하고[2] 돋은 달이 지샐 적에 관산關山 청추淸秋 서러하여[3] 두 나래 땅땅 치며 슬피 울고 가는 저 외기럭아

　밤중만 네 소리 들을 제면 불각타루不覺墮淚[4]하노라

나무도 바윗돌도 없는 뫼에 매게 휘좇인[5] 까투리 안과

　대천 바다 한가운데 일천 석 실은 배에 노도 잃고 닷도 끊고 용총도 꺾고[6] 키도 빠지고 바람 불어 물결 처서 안개 뒤섞여 잦아진 날에 갈 길은 천리만리 남고 사면이 검어 어득 저뭇 천지 적막 까치놀 떠 있는데 수적水賊 만난 도사공[7]의 안과

　엊그제 님 여읜 나의 안이사 어따가 가을하리오[8]

---

1) 세상이 두루 고요함.
2) 네 벽에 벌레 소리가 크게 들리고.
3) 고향의 맑은 가을을 시리워하여.
4) 나도 모르게 눈물이 떨어짐.
5) 매에 급히 쫓기는.
6) 용총도 꺾이고, '용총'은 돛을 다는 기둥.
7) 사공의 우두머리.
8) 내 마음이야 어디다 견주어 보리오.

눈아 눈아 뒤멀어질 눈아 두 손 장가락[1]으로 꾹 질러 머르지를[2] 눈아

미운 님 보나 고운 님 보나 본동 만동 하라고 내 언제부터 정 다슬라[3] 하고 너더러 아니 일렀더냐

아마도 이 눈에 연좌連坐로 시비 될까 하노라

바둑이 검둥이 청삽사리 중에 조 노랑 암캐같이 얄밉고 잔미우랴

미운 님 오게 되면 고리를 회회 치며 반겨 내닫고 고운 님 오게 되면 두 발을 벋디디고 콧살을 찡그리며 물으락 나오락 캉캉 짖는 요 노랑 암캐

이튿날 문밖에 개 사옵세 외는 장사 가거들랑 찬찬 동여 내어 주리라

---

1) 가운뎃손가락.
2) 멀게 할.
3) 정을 눌러 참으라.

오정주烏精酒[1] 팔진미八珍味를 먹은들 살로 가랴

옥루玉漏 금병金屛[2] 깊은 밤에 원앙침 비취금도 님 없으면 거짓 것
이로다

저 님아 헌 덕석 짚 베개에 초식을 할지라도 이별곳 없으면 그 원願
인가 하노라

(박문욱)

갈 제는 오마더니 가고 아니 오노매라

십이 난간 바장이며 님 계신 데 바라보니 남천南天에 안진雁盡하고
서상西廂에 월락月落토록[3] 소식이 그쳐졌다

이 뒤란 님이 오셔든 잡고 앉아 새오리라

(박문욱)

대인난待人難 대인난하니 계계鷄 삼호三呼하고 야夜 오경五更이라

출문망出門望 출문망하니 청산은 만중萬重이요 녹수는 천회千回로
다 이윽고 개 짖는 소리에 백마 유야랑遊冶郞[4]이 넌지시 돌아들 제 반
가운 마음이 무궁 탐탐하여

오늘 밤 서로 즐기옴이야 어느 그지 있으리

---

1) 솔잎, 구기자, 천문동, 백출, 황정 다섯 가지를 넣어 빚은 술.
2) 옥으로 된 물시계와 금으로 장식한 병풍. 궁궐을 이름.
3) 남쪽 하늘에 기러기 다 날아가 버리고 서쪽 초당에 달이 지도록.
4) 흰말을 타고 찾아오는 낭군.

물 없는 강산에 올라 나무도 꺾어 다리도 놓고 돌도 발로 툭 차 데 글데굴 궁굴려라
　수렁도 메우고 만첩청산 내리고 내린 물결 휘어 잡아타고 에룽렝 꽐꽐 더지둥덩실 님 찾아가니
　석양에 물 찬 제비는 오락가락

　용같이 설설 기는 말에게 반부담[1]하여 내 사랑 태우고
　산 너머 구름 밖에 꿩사냥 하러 갈 제 채치며 돌쳐보니[2] 떼구름 속에 반달이로구나
　언제나 저 구름 다 보내고 온달 볼까

　밤은 깊어 삼경에 이르렀고 궂은비는 오동에 흩날릴 제 이리 궁굴 저리 궁굴 두루 생각다가 잠 못 이루어라
　동방에 실솔성과 청천에 뜬 기러기 소리 사람의 무궁한 심회를 짝지어 울고 가는 저 기럭아
　가뜩에 다 썩어 스러진 굽이 간장이 이 밤 새우기 어려워라

---

1) 반쯤 짐을 실음.
2) 돌이켜보니.

셋괏고 사오나올손[1] 저 군노 놈의 거동 보소

반룡단半龍丹 몸뚱이에 담벙거지 뒤앗고서[2] 좁은 집 내근內近한 데[3]

밤중만 달려들어 좌우로 충돌하여 새도록 나들다가 제라도 기진턴지

먹은 탁주 다 게으거다

진실로 후주酗酒[4]를 잡으려면 저 군노 놈부텀 잡으리라

(김화진)

어떤 남근 대명전 대들보 되고

또 어떤 남근 열 소경의 도막대[5] 되고 난번 소경 다섯, 든번 소경

다섯[6], 장무공사원[7] 합하여 열두 소경 도막대 되고

차라리 거문고 술대[8] 되어 님의 손에

---

1) 단단하고 사나운

2) 용단빛 몸뚱이에 담벙거지 뒤로 제껴 쓰고. '담벙거지'는 병졸들이 쓰던 벙거지.

3) 부녀자의 거처와 가까운 곳.

4) 주정꾼.

5) 지팡이.

6) '난번'은 당번에서 풀린, '든번'은 당번에 든.

7) 소경 도처에서 보는 소임.

8) 거문고를 타는 대나무로 된 채.

천한天寒코 설심雪深한 날에 님 찾으러 천상으로 갈 제

신 벗어 손에 쥐고 버선 벗어 품에 품고 곰뷔님뷔 님뷔곰뷔 천방지방 지방천방 한 번도 쉬지 말고 허위허위 올라가니[1]

버선 벗은 발은 아니 시리되 여러 번 여미온[2] 가슴이 산득산득[3]하여라

저 건너 님이 오마커늘 저녁밥을 일하여[4] 먹고

중문 지나 대문 나서 한문 밖 내다라 지방 위에 치달아 서서 이수以手로 가액加額하고[5] 오는가 가는가 건넛산 바라보니 거머희뜩 서 있거늘 어화 님이로다 갓 벗어 등에 지고 버선 벗어 품에 품고 신으란 벗어 손에 들고 진 데 마른 데 가리지 말고 월형츅쳥[6] 건너가서 정엣말 하려 하고 곁눈으로 얼풋 보니 님은 아니 오고 상년上年 칠월 열사흗날 갈가 버서 성이 말리온 회초리 삼단[7] 판연히도 날 속였구나

맞초아 밤일세망정 행여 낮이런들 남 우일 뻔하여라

---

1) '곰뷔님뷔 님뷔곰뷔'는 엎어지고 자빠지는 모양, '천방지방 지방천방'은 정신없이 서둘러 날뛰는 모양, '허위허위'는 빨리 걷거나 달리는 모양을 나타내는 말.
2) 옷깃을 여민.
3) 사늘한 느낌을 나타내는 말.
4) 일찍.
5) 손을 이마에 얹고.
6) 얼렁뚱땅.
7) 바싹 마른 회초리와 삼나무 단.

천지간 만물지중에 그 무엇이 무서운고

백액호白額虎 시랑豺狼이며 대망 독사大蟒毒蛇 오송 지주蜈蚣蜘蛛 야차 두억신과 이매망량魑魅魍魎 요괴夭怪 사기邪氣며 호정령狐精靈 몽달귀신 염라 사자와 시왕 차사를 다 몰속 겪어 보았으나[1]

아마도 님을 못 보면 간장에 불이 나서 사라져 죽게 되고 볼지라도 놀랍고 끔직하여 사지가 절로 녹아 어린 듯 취한 듯이 말도 아니 나기는 님이신가 하노라

간밤에 자고 간 그놈 아마도 못 잊어라

와얏놈[2]의 아들인지 진흙에 뽐내듯이 사공 놈의 정령인지 상앗대로 찌르듯이 두더쥐 영식인지 곳곳이 뒤지듯이 평생에 처음이요 흉중에도 야릇해라

전후에 나도 무던히 겪었으되 참 맹세하지 간밤 그놈은 차마 못 잊어 하노라

반 여든에 첫 계집을 하니 어릿두릿 우벅주벅 죽을 뻔 살 뻔하다가

와당탕 들이달아 이리저리하니 노도령의 마음 홍글항글

진실로 이 재미 아돗던들 길 적부터 할랏다

---

1) '백액호'는 이마에 흰점 박힌 호랑이, '시랑'은 승냥이와 이리, '대망'은 큰 뱀. '오송 지주'는 지네와 거미, '이매망량'은 도깨비, '호정령'은 여우 귀신, '시왕차사'는 시왕의 사자.
2) 기와 굽는 사람을 낮춰 부르는 말.

청올치 육날 메투리[1] 신고 휘대 장삼長衫[2] 두르쳐 매고

소상반죽瀟湘班竹 열두 마디를 뿌리째 빼서 짚고 마루 넘어 재 넘어 들 건너 벌 건너 청산 석경青山石逕으로 횟근 누은누은 횟근횟근동 넘어 가옵거늘 보온가 못 보온가 그 우리 남편 선사禪師 중이

남이사 중이라 하여도 밤중만 하여서 옥인玉人 같은 가슴 위에 수박 같은 머리를 둥글껄껄 껄껄둥글 둥글러 기어 올라올 적에는 내사 좋아 중 서방이

삭발위승削髮爲僧[3] 아까운 각시 이내 말을 들어보소

어둑 적막 불당 안에 염불만 외우다가 자네 인생 죽은 후면 홍두깨로 턱을 괴어 책롱册籠[4]에 입관入棺하여 더운 불에 찬 재 되면 공산 궂은비에 우지지는 귀것[5]이 너 아닌가

진실로 마음을 돌이키면 자손만당子孫滿堂하여 흰머리에 이 괴듯이 당는 놈 기는 놈에 영화부귀로 백년동락을 어떠리

---

1) '청올치'는 칡덩굴로 만든 끈, '육날 메투리'는 날줄을 여섯으로 삼은 미투리.

2) 휘감은 장삼.

3) 머리 깎고 중이 됨.

4) 책 궤짝.

5) 귀신.

이제사 못 보게 하여이[1] 못 볼시도 적실하다

만 리 가는 길에 해귀海鬼 절식絕息하고[2] 은하수 건너뛰어 북해 가로진 데 마리산摩里山 갈가마귀 태백산 기슭으로 골각갈곡 우짖으면서 차돌도 바이 못 얻어먹고 굶어 죽는 땅에 내 어디 가 님 찾아보리

아희야 님이 오셔드란 주려 죽단 말 생심生心도 말고 쌀쌀히 그리다가 골수에 병이 들어 갖[3]과 뼈만 남아 달바자 밑으로 아장바싹 거닐다가 기운이 시진하여 적은 소마[4] 보온 후에 한 다리 추켜들고 되이암[5] 벗어 던진 듯이 벌떡 나뒤쳐져 장탄일성長歎一聲에 엄연 명진命盡하여 죽어가는 적귀[6] 되어 님의 몸에 찬찬 감겨 슬커장 알리다가 나중에 부디 잡아 가렷노라 하더라 사뢰거라

----

1) 못보게 되었네.
2) 바다귀신도 끊어지고.
3) 가죽.
4) 소변.
5) 머리에 쓰는 방한구.
6) 귀신.

부록

시조에 대한 옛사람들 글
시조와 시조집에 대하여 - 김하명
찾아보기

《청구영언》 서문

정윤경

옛날 노래는 반드시 시로 썼다. 노래를 글로 표현하면 시가 되고 시를 관현악으로 표현하면 노래가 된다. 노래와 시는 본디 한 줄기인 것이다.

《시경》 3백 편이 변하여 '고시'가 되고 고시가 변하여 '근체시'가 되고, 노래와 시는 나뉘어 둘이 되었다. 한漢나라와 위魏나라 이후 음률에 맞는 시를 '악부樂府'라 하였다. 그러나 민간에서나 조정에서는 악부를 쓰지 않았다. 진陳나라와 수隋나라 이후 가사歌詞라는 별도의 체가 있어 세상에 퍼졌으나 시인들이 시를 창작하는 것처럼 왕성하지 못하였다.

생각건대 가사를 짓는 것은 문장과 음률에 정통하지 않고서는 불가능한데, 시를 잘 쓰는 사람이라고 노래를 반드시 잘하는 것이 아니며 노래를 잘하는 사람이라고 반드시 시를 잘 쓰는 것이 아니기 때문이다. 우리 나라에서도 역대로 문인이 적지 않으나 가사를 지은 이는 거의 없다. 겨우 있다 하더라도 후세에 전할 수가 없었다. 나라에서 문학만 숭상하고 음악을 소홀히 했기 때문이다.

김천택[1]은 명창으로 온 나라에 이름을 떨치고 있다. 음률에 정통하고 문예도 익혀 벌써부터 자기가 창작한 새 노래를 거리의 사람들이 익히게 하였다. 뿐만 아니라 우리 나라의 이름 있는 벼슬아치들과 큰 선비들의 작품에서 민간의 가요들에 이르기까지 음률에 맞는 노래 수백 편을 찾아

▪ 정윤경鄭潤卿은 조선 숙종, 영조 때의 문인. 호는 현와玄窩, '농가탄農家歎', '성환점成歡店' 등의 작품을 남겼다.

1) 조선 숙종, 영조 때 시조 작가이자 가객. 자는 백함伯涵, 이숙履叔이고 호는 남파南坡다.

내어 잘못된 것을 바로잡아서 책으로 묶었다. 그리고 나에게 서문을 써 달라 청하니 그것을 널리 보급하자는 생각이 매우 간곡하다.

김 군이 편찬한 책을 보니 사설이 다 매우 아름다워 감상할 만하다. 뜻이 화평하고 즐거운 것이 있고, 마음이 구슬퍼질 만큼 괴로운 것도 있으며, 부드럽고 완곡하면서도 경계하는 뜻을 품었고, 격하면서도 사람을 감동시키니, 이로써 당대의 흥망을 능히 징계할 만하고 세태 풍속의 아름다운 것과 악한 것을 알아볼 만하여, 시인들과 더불어 안팎으로 병행할 만하다.

무릇 가사는 다만 제 생각을 표현하고 울분을 풀어 주고 마는 것이 아니다. 사람들로 하여금 이를 보고 느끼고 실천을 불러 일으키게 하니 악부에 올려 민간 사람들이 쓰면 풍속을 교화하는 데 도움이 될 것이다.

그 사설이 시인들과 같이 오묘한 기교로 표현을 다하지 못하더라도 세상을 이롭게 하는 것이 많은 데도 세상의 선비들이 그것을 버려둔 것은 무엇 때문인가. 어찌하여 또한 음률을 즐기는 사람들이 이것을 덮어 두고 돌보지 않았는가.

김 군이 이에 느낀 바 있어 수백 년 동안 파묻혀 빛을 잃었던 것을 얻어 기록하여 후세에 전하고자 하니 만약 작자들이 저승에서라도 이 일을 알게 된다면 김 군이야말로 저를 알아주는 사람이라고 할 것이다.

김 군은 노래를 잘 부르고 새 노래를 훌륭히 창작하였다. 또한 거문고의 명수인 김성기金聖器와 친교의 맹세를 다진 사이이다. 김 악사가 거문고를 타면 김 군이 이에 맞추어 노래 부르니, 그 소리가 맑게 울려 귀신을 감동케 할 만 하며 봄날의 화기를 불러일으킬 만하다. 두 사람의 기량은 당세에 있어 다시없이 절묘하다.

내가 일찍이 울화병이 있어 회포를 풀 길이 없었는데 김천택이 김 악사와 함께 이 책을 가지고 와서 노래하니, 나는 한 가락을 듣자 가슴에 쌓인 우울함이 다 사라지고 말았다.

《청구영언》서문

김천택

옛날에 음강씨陰康氏 때 백성이 각기병을 앓았는데 노래와 춤을 배워 병을 고쳤다고 한다. 노래와 춤이 이때부터 시작되었다.

옛날 진청秦靑과 한아韓娥[1]는 노래를 잘 부른 사람들이었다. 진청의 소리는 숲의 나무를 뒤흔들고 그 울림은 흘러가는 구름을 멈추었으며, 한아가 부른 노래의 여음은 들보를 맴돌아 사흘 동안이나 그치지 않았다. 노魯나라 사람 우흥虞興이 소리를 내면 들보 위에 먼지가 다 떨어졌다고 한다.

우리 나라의 가곡은 오로지 우리 말을 쓰고 더러 한자를 섞어 쓰나 대체로 한글로 적어 세상에 전한다. 생각해 보면 제 나라 말을 쓰는 것은 그 나라의 습관과 풍속이어서 마땅히 그렇게 하지 않을 수 없는 일이다.

우리 나라의 가곡은 중국의 악보와는 달라서 보고 들을 만한 것이 있다.

중국의 노래는 고악부古樂府와 새 노래를 악기로 표현한 것이다. 우리 나라는 고유한 말이 있어 한자와 함께 쓴다. 이것은 중국과는 다르더라도 그 정경이 다 사람들이 마음껏 부르고 춤추게 하는 것이고, 이치는 같다.

무릇 문장과 시는 세상에 나아가 후세에 영원히 선하여 천년이 지나도 사라지지 않는다. 그러나 노래는 꽃잎이 바람에 날리고 새와 짐승의 좋은 노래가 귓전을 스쳐 사라지는 것과 같다. 한때 입으로 불린 후에 자연 흩어져 사라져서 후세에는 전해지지 않으니, 개탄스럽고 아깝지 않은가.

---

1) '진청', '한아' 는 춘추시대 때 노래를 잘 부르기로 이름난 사람들이다.

고려 말 조선 초 이래 이름난 벼슬아치들과 큰 선비들, 그리고 이름 없는 거리의 백성들과 여염집 아낙네들의 작품을 하나하나 수집하여 잘못 전해진 것을 바로잡고 잘 베껴서 책 한 권을 만들어 《청구영언》이라 하였다. 그리하여 오늘날 노래 즐기는 사람들이 입으로 부르고 마음으로 생각하며 펼쳐서 읽을 수 있게 이를 널리 보급하려 한다.

《청구영언》 발문

이정섭

김천택이 하루는 《청구영언》을 가지고 와서 나에게 말했다.

"이 노래집에 물론 당대의 선배, 명사들의 작품을 많이 실었지만 또한 마을과 거리에서 불리던 점잖지 못한 작품들도 더러 있습니다. 노래는 워낙 하찮은 재주인데 게다가 이 점잖지 못한 것들 때문에 손상을 입었습니다. 점잖은 어른이 이것을 보고 언짢아하지 않을는지요. 어르신은 어떻게 생각하십니까?"

나는 이렇게 대답하였다.

"마음에 둘 것 없네. 공자가 《시경》을 편찬할 때 정鄭나라와 위衛나라의 음란한 시를 빼지 않은 뜻은 착한 것을 장려하고 악한 것을 경계하려는 것이었네. 시라고 하여 어찌 꼭 시경의 '주남周南편'이나 '관저關雎편'이라야만 하고, 노래라고 하여 어찌 우虞나라 궁전에서 서로 화답한 것이라야만 하겠는가. 다만 사람의 타고난 성정에서 벗어나지 않으면 되는 것이네. 시는 점점 속되어져서 옛글에서 멀어졌으며 한漢나라와 위魏나라 이후로는 시를 공부하는 사람들이 그저 말마디를 섬기는 데만 내달아서 그것을 유식하다 하고 자연 경치를 그리는 것만을 기교로 삼았다네. 심지어는 목소리를 비교하며 글귀를 다듬는 수법까지 나타나, 사람의 성정이 가려지고 말았네. 우리 나라에 이르러 그 폐단이 매우 심하였네.

오직 가요의 한 줄기가 옛 시인이 남긴 뜻과 비교적 가까울 뿐이네.

■ 이정섭李廷燮은 조선 영조 때 문인으로, 자는 계화季和, 호는 저촌樗村이다.

노래는 사람의 감정에 따라 토로하고 우리 말로 부르니, 사람들을 깊이 감동시키네. 거리와 마을에서 부르는 노래도 비록 그 억센 가락은 우아하거나 세련되지 못한 점이 있기는 하지. 허나 즐겁고 편안케 하며 원망하고 한탄하며 자유분방한 감정과 모습이 다 꾸밈없는 진실한 상태를 그린 것이네. 그리하여 옛날 민간 풍속을 살펴보려는 사람들이 이것을 채집하면 시에서가 아니라 노래에서 볼 수 있으리라 나는 믿고 있네. 그러니 노래를 가히 하찮게 여길 수 있겠나?"

"그렇다면 어르신의 한마디 말을 받아 이 책을 빛나게 해 주기를 바랍니다."

"좋네. 내 평생에 노래 듣기를 좋아했고 더욱이 그대의 노래 듣기를 좋아하네. 그대가 노래를 가지고 청하는데 내 어찌 말하지 않겠는가."

나는 곧 우리가 문답한 것을 써서 주었다.

천택은 사람됨이 총명하고 유식하여 《시경》을 잘 외우고 있다. 생각건대 단순한 맨 소리꾼이 아니다.

정미년(1727) 6월 하순 마악산麻嶽山 늙은 초부가 쓴다.

《청구영언》 뒤에 쓰노라

광호어부廣湖漁夫

주왕의 시 삼백 편은 이미 옛일이거니
내가 태어난 때는 먼 뒷날 태평 시대여라
말세에 징계하고 장려함이 없음을 깊이 시름하노니
항간의 노래를 채집하려는 자 누구인고

우리 나라의 민요를 너로 하여 듣거니
훌륭한 정사를 내 님에게 바라네
새 노래는 하정河情 조로 부르지 말라
이 늙은이 자연 속에 생긴 대로 늙으리라

진청秦靑은 곧 그대의 전신이거니
세상은 그 소리를 좋아하고
나도 그대를 사랑하노라
붉은 여뀌꽃에 갈매기 나는 어부곡을
날 위해 읊어 광호廣湖의 봄을 즐기세
(1732)

《해동가요》 서문

김수장

글자로 된 문장과 시는 세상에 간행되어 오래도록 전해져서 천 년이 지나도 없어지지 않는다. 그러나 말로 된 노래는 바람 앞에 지는 꽃잎 같고 귓가를 스쳐 지나는 새소리, 짐승들 소리와 같아서 한때 입으로 불리고는 자연히 사라져 버리고 후세에 전해지지 않는다. 어찌 안타깝지 않은가.

고려 말부터 조선이 들어선 이래 역대 임금들의 작품과 이름난 재상과 큰 선비, 명창, 어부, 서리, 거리의 놀이꾼들, 명기와 무명씨의 작품에다 내가 지은 장가, 단가 149편을 일일이 수집하여 잘못된 것을 바로잡고 정리하여 책 한 권을 만들어 《해동가요》라 이름 붙였다. 오늘날 모든 뜻있는 사람들이 입으로 부르고 마음속으로 생각하며 펼쳐서 읽을 수 있도록 널리 세상에 보급하려고 한다.

계미년(1763) 정월 상순 일흔 네 살 난 늙은이 완산후인完山後人 노가재老歌齋 쓴다.

■ 김수장金壽長은 조선 숙종, 영조 때의 가객, 시조 작가이다. 자는 자평子平, 호는 노가재老歌齋이다.

《증보 해동가요》 서문

장복소

  우리 나라 시조집은 《시경》의 '국풍國風'이나 '대아大雅', '소아小雅'의 시들이나 한나라 때 악부시와 같은 유이다. 유명한 신하와 큰 선비, 시인과 화가들은 이따금 노래를 읊조렸다. 3백여 년을 지나는 기간 노래에는 평탄하고 느린 것, 맑고 슬픈 것, 큰 비바람과 같이 천지를 울리는 것, 띠풀이나 칡넝쿨과 같이 온 수풀에 뻗어나는 것들이 있어 사람의 귀를 즐겁게 하고 마음을 안정케 하니 이것 또한 세상을 교화하는 큰 길이다. 뜻있는 사람들이 노래를 수집한 것이 적지 않으나 오랫동안 세상에 전해 오다 보니 음률이 서로 맞지 않고 높낮이가 틀리는 것들도 적지 않다.

  김수장은 남파 김천택과 더불어 경정산敬亭山에서 마주 대하곤 하는 바, 두 노인은 오늘날 노래에 도통한 사람들이다. 미묘하고 호탕하고 시원스런 악절과 떴다 잠겼다 하는 물결 같은 악리樂理는 이 두 선생의 문하에서 나왔다. 그들은 잘못된 것을 고치고 와전된 것을 바로잡으려는 뜻을 가지고 여러 선비의 작품과 거리에서 전해오는 노래들을 널리 수집하여 잘못된 가사를 거듭 검토하고 소리의 맑고 흐림의 구별을 깊이 생각하여 바로잡았다.

  노래 끝에 김 선생이 창작한 장가와 단가 100여 장을 붙여 책 하나를 만들었다. 창작의 본뜻은 별다른 것이 아니라, 어버이에게 효성을 다하고 임금에게 충성하며 제 본분을 지켜 깨끗한 마음으로 국화꽃이나 사랑하면서 즐겁게 노래를 부르며 지내자는 것이니, 참으로 속세 호걸의 생활 내용이다.

  김 선생은 또한 가요의 전통을 체득하여 뜻과 기백이 속되지 않다. 훗날의 선비들이 이것을 음악으로 옮길 때는 풍아와 악부와 같을 것인가, 아닌가? 나는 잘 모른다.

을해년(1755) 4월 꽃피는 시절에 사곡거사 장복소張福紹는 화곡 노가재에서 쓴다.

《해동가요》 발문

박겸

주시경 군은 나라 일을 통분하게 여기고 개탄하는 의리 있는 사람이다. 일생 부지런히 우리 말을 정리해서 다방면에 걸쳐 연구하고 제자를 모아 강습한 지 벌써 수 년이 된다.

일찍이 노래집 한 부를 찾아내니 책 이름이 《해동가요》이다. 그가 탄복해 마지않으면서 읽어 보니 인정의 옳고 그른 것을 알 수 있고, 노래의 풍격과 형용을 관찰하니 세상 도의가 흥하고 쇠퇴하는 것을 깨닫도록 한다. 사설은 비속하지 않아도 뽑아 버리며 뜻은 고상하지 않아도 채택하여 지나간 흔적이 없어지지 않게 해서 우리 동포 모두가 노래 부르며 춤추게 하여 조상들의 글을 숭상케 하며 조국을 사랑하는 정신을 배양시켜 단결의 덕을 잃지 않게 함이 주시경 군 본래의 뜻이다.

나에게 글을 부탁하여 발문으로 삼고 겸하여 글을 청하기에, 내가 가집의 편찬 순서와 중복을 정리 삭제하여 보는 데 편하게 하였다. 혹 지나치게 빼냈다면 본문의 나머지를 찾아내어 누락된 것을 보충하는 일은 뒷사람들이 해줄 것으로 기대한다.

이 책은 김수장이 편찬한 것인데, 책머리에 쓰기를 건乾이라 했으니 건乾곤坤 두 편으로 된 것이 분명하다. 세상의 티끌 속에 파묻혀 없어진 것인가? 곤 편을 볼 수 없는 것은 참으로 아까운 일이다.

융희 3년(1909) 여름 간략히 적는다.

《해동가요》 발문

주시경

    사람의 생각이 혀로 발음되면 소리가 되고 손으로 쓰면 글이 되니 글은 곧 일종의 유성기다.

    기계가 바르지 못하면 소리가 바르지 못하므로 내가 국문을 정리하는 데 뜻을 기울여 세간의 음이 잘못 이해된 것을 분명히 판별하고 선배들이 부족한 데를 보충해서 동지 여러분과 연구 강습한 지 수십 년이 되었다.

    일찍이 노래집 하나를 얻으니, 그 노래가 우리 말이요 그 표기가 또한 우리 글이라 독자들이 읽기 쉬울 뿐 아니라 듣는 사람도 알기 쉬우므로 세상 도의의 오르내림과 인정의 그르고 옳은 것과 풍습의 아름다움과 야비한 것을 충분히 알 수 있다.

    그러나 편찬 순서가 한결같지 못하고 중복이 많으므로 내가 교열하고 교정해서 길이 전하고자 하니, 누가 이를 그릇된 일이라 하며 말했다.

    "선생이 크게 애쓰고 있으나 이 노래에는 음담패설이 뒤섞였고 이 글이 자모, 반절에 자세하지 못해서(아니, 노로, 는은, 달돌, 맘몸 등의 글자를 말한다.) 향기와 추한 냄새가 함께 들어 있고 어魚자와 로魯자를 가리지 못하는 등의 일이 적지 않아 식견을 가진 사람들의 비웃음을 면하지 못할 것이니, 선생은 더할 것은 더하고 버릴 것은 버리시라."

    내가,

    "선생의 말씀이 간곡하나 첫째로는 관저關雎와 신대新坮[1]를 《시경》에서

---

1) 《시경》에 나오는 시로, '관저'는 부부 사이의 성덕을 노래한 시이고, '신대'는 음란함을 경계한 시이다.

한 줄에 세워 착한 것을 권유하고 그른 것을 징계한 뜻을 모르는 까닭이요, 둘째로 사물에는 정밀한 것과 조잡한 것이 있고 세상일에는 옳고 그른 것이 있으니, 오로지 착하기만 하면 어찌 악을 알 수 있겠으며 늘 햇볕이 쪼이기만 하면 어찌 어두운 것을 알겠는가? 나는 지난날의 미개한 것을 근심하지 않고 앞으로 점차 열어 나갈 것을 희망해서 이 글로 앞선 경험을 삼아 지난날의 흔적이 없어지지 않게 할 따름이다."

하니, 옳다고 하기에 따라서 기록한다.

융희 3년(1909) 7월 그믐 간략히 적는다.

노래의 소리를 논한다

노래를 잘 부르는 사람은 마땅히 소리 속에 글자가 있게 할 것이 아니라 글자 속에 소리가 있게 해야 한다. 무릇 가곡에는 이 한소리가 있을 따름이니 맑고 흐림과 높낮이는 수식에 지나지 않다.

글자에는 목, 입술, 이, 어금니, 혀가 있으나 다 같지 않다. 그러나 글자마다 들어 보아도 다 순탄하고 원만하게 소리 속에 녹아들고 만다. 소리를 굴리고 바꾸는데 거침이 없는 것을 소리 속에 글자가 없다고 말한다.

《예기》에, "무릇 노래는 들 때에 치받는 것과 같게 하고 낮출 때는 떨어뜨리는 것과 같게 하고 머물 때는 고목처럼 하고 조금 꺾을 때도 노래의 길이에 맞게 하고 꺾을 때는 균에 맞게 하여 연달아서 구슬을 꿴 것과 같다." 하였다. 지금 말로 이것을 잘 넘긴다고 한다.

궁성宮聲의 글자를 꺾어서 상성上聲을 합하게 하면 궁성이 상성으로 변하니 노래에서 이것을 글자 속에 소리가 있다고 한다. 잘 부른 노래의 소리를 속에서 나오는 소리라 하며, 잘 부르지 못한 노래의 소리는 억양이 없다. 이것을 가리켜 노래를 외운다고 한다. 소리가 말려 감아들고 노래를 부르짖는다.《삼운성휘三韻聲彙》에, "평성은 슬프면서도 편안하고 거성은 지르면서도 들고 상성은 맑으면서 멀고 입성은 곧으면서 빠르다." 하였다.

《가곡원류》

'어부단가'를 쓰고 나서

이현보

'어부가' 두 편은 누가 지은 것인지 모른다. 내가 늙어 벼슬을 내놓고 시골에 돌아온 뒤 마음이 한가하고 일이 없어 옛사람들이 술 마시며 읊은 시를 모아 그중 노래 부를 수 있는 시문 몇 수를 남녀종들에게 가르쳐 때때로 들으면서 세월을 보내고 있었다. 아들과 손자들이 늦게야 이 노래를 얻어 가지고 와서 보여주므로 내가 그 가사를 보니 시어가 한적하고 뜻이 퍽 깊었다. 읊어 보니 공명에서 벗어나 멀리 세상 밖으로 두둥실 떠가게 하는 뜻이 있었다.

'어부가'를 얻은 뒤 그전에 즐기던 가사를 다 버리고 여기에만 전심하여 손수 책을 베껴서 꽃 피는 아침과 달 뜨는 저녁에 술을 들고 벗을 불러 분강汾江 쪽배 위에서 읊게 하였더니 흥미가 더욱 깊어져 권태를 잊게 한다. 다만 말이 맞지 않는 것이 많고 더러 겹치기도 하였으나 분명 옮겨 쓸 때 잘못된 것일 게다. 이것은 성현의 경전에 근거한 글이 아니므로 분에 넘치게 손을 대어 1편 열두 장에서 세 장을 버리고 아홉 장으로 장가를 만들어 읊었으며, 1편 열 장을 줄여서 단가 다섯 결을 지어 노래 부르게 하였다. 이것을 합쳐 한 부의 새 곡을 이루어 놓았다. 수정한 것뿐만아니라 보충한 데도 많지만 그래도 각기 원문의 본뜻을 살려 보태기도 하고 빼버리기도 하여 '농암야록'이라는 이름을 붙였다. 보는 분들은 부디 분수없다고 탓하지 마시라.

명종 4년 여름 유월 유두날 사흘 뒤 설빈옹雪鬢翁 농암주인聾巖主人은 분강 고깃배 뱃전에서 쓴다.

《농암집聾巖集》

'어부사' 뒤에 쓴다

이황

세상에 전하는 '어부사'는 옛사람들과 어부들이 읊은 것을 모은 것으로 사이사이 우리 말을 섞어 지었다. 긴 것은 무릇 12장이나 되고 작자의 이름과 성은 알 수 없다.

지난날 안동부에 늙은 기생이 있어서 이 노래를 잘 불렀다. 숙부 송재松齋 선생이 그 기생을 불러다가 이 노래를 부르게 하여 환갑잔치의 즐거움을 돋웠다. 나는 그때 아직 어렸지만 마음속으로 적이 이 노래를 좋아해서 그 줄거리를 기록하여 두었으나 오히려 그 노래 전편을 적어 놓지 못한 것이 한이 되었다.

그 뒤 사람들이 죽기도 하고 고장을 뜨기도 하여 옛 노래를 찾을 길이 없었다. 내 몸이 벼슬길에 나서자 강호의 즐거움에서 더욱 멀어졌으므로 다시 이 노래를 들으면서 흥을 돋워 시름을 잊으려고 생각하였다.

서울에 있을 때 연정蓮亭에 놀러 다니면서 널리 사람들을 찾아 물어보았으나 늙은 악공이나 노래하는 광대도 이 가사를 아는 이가 없었다. 이렇게 이 노래가 좋다는 것을 아는 사람이 드물었다.

요즈음 밀양에 사는 박준朴浚이라는 사람이 여러 가지 음을 안다고 이름이 났다. 박준은 대체로 조선 음악에 속하는 것이라면 아악이거나 속악이거나 모조리 모아서 한 권의 책으로 묶어 세상에 펴냈다. 이 '어부사'는 '상화점霜花店' 등 여러 가곡들과 함께 그 속에 실려 있다. 그런데 사람들이 이 노래를 박준에게서 들을 때면 절로 손이 춤가락을 잡고 발도 가락을 구르는데, 다른 사람에게서 들으면 싫증이 나서 졸음이 오는 것은 무엇 때문인가?

박준이 아니었다면 애초에 그 음을 알지도 못했을 텐데 어떻게 즐거움을 알 것인가?

생각해 보면 우리 농암 선생은 나이 일흔이 넘자 곧 벼슬아치의 끈을 던지고 세속을 떠나 분수汾水[1] 가에 물러나 한가히 날을 보냈으며 여러 번 벼슬에 불렀으나 나가지 않았다. 부귀를 뜬구름같이 여기고 운치 있는 마음을 자연에 붙여 항상 쪽배에 짧은 노를 저어 아지랑이 긴 강물에서 휘파람을 불었으며 낚싯돌 위를 거닐며 갈매기와 희롱하여 세상 시름을 잊었으며, 물고기가 뛰노는 것을 구경하면서 낙을 삼았으니 강호의 즐거움의 참된 맛을 체득하였다고 할 수 있다.

좌랑 황중거黃仲擧는 선생과 친하고 정이 두터운 사이였다. 그는 일찍이 박준의 책에서 이 어부사를 취하고 또한 어부가 지은 단가 열 결을 얻어 두 개를 다 선생에게 바쳤다. 선생은 그것을 받아 감상하면서 순박하고 고상한 것을 기뻐하였으나 멋 없이 긴 것을 흠으로 여겼다.

그리하여 가사를 수정 보충해서 열두 장을 아홉 장으로 줄이고 또 열 결을 다섯 결로 줄여서 시중드는 아이들에게 주어 익혀서 노래 부르게 하였다. 귀한 손님과 좋은 경치를 만날 때마다 난간에 기대어 잔물결 속에 쪽배를 저어 가면서 여러 아이들을 시켜 목청을 맞추어서 노래 부르게 하고 손잡고 춤추게 하니 곁에 있는 사람들이 이 모양을 바라보면 마치 신선과 같았다.

아, 선생은 여기에서 이미 참된 즐거움을 얻었으며 참된 소리를 마음껏 즐겼다. 세상 사람들이 음란한 음악을 즐겨 음탕한 마음을 돋우고 미인이란 말만 듣고도 뜻을 방탕하게 가지는 것과 어찌 비할 것이랴.

선생이 이 책을 편찬하여 황송하게도 나에게 보여주면서 발문을 쓰라

---

1) 이현보가 벼슬에서 물러나 살던 곳으로, 안동 도산서원 서쪽에 있다.

고 하였다.

내가 원숭이나 망아지가 갈매기와 사귀는 것을 흉내 내어 어찌 감히 강호의 즐거움을 말하며 고기 낚는 일을 논할 수 있겠는가. 이를 간절히 사양하였으나 군이 허락지 않으시니 부득이 그 끝에다 소감을 써서 분부하신 말씀을 조금이라도 메울 따름이다. 소식蘇軾이, 벼슬살이에 미련을 두고도 시골에서 홀로 은거하는 자들을 비웃은 것은 바로 나 같은 자를 두고 한 말이리라.

이해 섣달 보름 풍기 군수 이황은 군재郡齋에서 손을 모아 삼가 쓴다.

《퇴계집退溪集》

'도산십이곡'에 붙이다

이황

내가 이 곡을 지은 것은 무엇 때문이겠는가? '한림별곡'과 같은 것은 문자에 의하여 불렸으나 희떱고 방탕한 데다가 무례하고 농락질까지 있어 더욱 군자가 숭상할 바가 못 된다.

요즈음 이별李鼈이 지은 '육가六歌'란 것이 세상에 널리 전해지고 있는데 '한림별곡'보다는 그래도 좋다. 그러나 또한 아깝도다. 이별의 '육가'에도 세상을 희롱하여 공손치 못한 뜻이 있고 유순하고 듬직한 착실함이 적다.

나는 본디 음률을 알지 못하지만 그래도 세속 음악이 듣기 싫다는 것은 알고 있어서 한가히 지내면서 병을 고치는 여가에 마음속에 느끼는 것이 있으면 시로 표현한다.

그러나 지금의 시(한시)는 옛날의 시와 달라서 읊조릴 수는 있지만 노래 부를 수는 없다. 노래로 부르려면 반드시 우리 말로 엮어야 한다. 그것은 우리 말의 음절은 그렇게 할 수밖에 없기 때문이다. 그러므로 일찍이 이별의 노래를 대략 본받아 도산 6곡을 지은 것이 둘이 있으니 그 첫째(전 6곡)는 '언지言志'요 그 둘째(후 6곡)는 '언학言學'이다.

아이들을 시켜 아침저녁으로 익혀 노래하게 하고 안석에 기대서 들으려 한 것이다. 또한 아이들을 시켜 저희들끼리 노래 부르며 춤추게 하면 비루함과 인색함을 씻어 버리고 서로 융통하는 정을 불러일으킬 수 있어서 노래 부르는 사람이나 듣는 사람이나 서로에게 유익하다.

다만 내 처지가 너무나 다르다 보니, 이와 같은 일이 말썽이나 일으키지 않을지 알 수 없으며, 또 그것이 곡조에 들어맞으며 음절에 맞아떨어지는지도 아직 확신할 수 없다.

　그래서 우선 이를 베껴 상자 속에 보관하고 때때로 꺼내서 감상하면서
자신을 반성해 보는 한편 훗날 현명한 분의 처분을 기다릴 따름이다.

　명종 20년(1565) 을축년 늦은 봄 보름밤에 도산 늙은이는 쓴다.

《퇴계집退溪集》

송강 시조들을 읽고서

이선

정철 공의 시와 가사는 청신하고 기발해서 사람들이 많이 읊었으며 그 중 가곡이 더욱 절묘하여 예나 지금이나 많은 장편 가사와 단가들이 전한다. 비록 굴원屈原의 이소離騷나 소식의 사부라 할지라도 이보다 나을 것이 없다. 매번 목청을 돋워 부르는 것을 들을 때마다 운율이 아름답고 뜻이 뛰어나서 마치 깃이 돋아 두둥실 바람을 타고 어느 사이에 신선이 되어 날아가는 것 같다. 임금을 사랑하고 나랏일을 근심하는 송강의 정성은 또한 애연히 글마다 어려 사람들을 깊이 감동케 하며 탄복케 한다. 타고난 충의와 세상에 드문 풍류가 아니고서야 누가 송강과 견줄 수 있겠는가?

아, 공은 굳은 절개와 곧은 행동을 가졌으나 마침 당쟁이 크게 일어나고 참소가 횡행하던 때를 만나 위로는 임금에게서 죄를 받고 아래로는 동료들에게 질시를 당하여 귀양살이에서 몇 번이나 죽을 뻔했지만 다행히 목숨은 보전했다. 그러나 공을 헐뜯는 말은 공이 돌아간 뒤에 더욱 심하였다.

옛날 소식은 세상에서 큰 어려움을 겪었으나 임금을 사모하는 마음을 닦은 시편들은 오히려 임금에게 인정을 받았다. 그러니 공의 시편들은 소식과 견줄 만한데도 끝까지 왕을 감동시키지 못했으니 얼마나 불행한가. 청음 김상헌金尙憲은 공의 생애를 평하면서 굴원의 충성에 견주었다. 이 논평은 참으로 지당한 말이라 하겠다.

---

* 이선李選은 조선 인조에서 숙종 때의 문신. 자는 택지擇之, 호는 지호芝湖이다.

관북에서 옛날 공의 가곡을 간행한 것이 있었으나 오랜 세월이 흐른 데다가 전란에 불타 버려 전하지 않으니 참으로 아까운 일이다. 나는 변변치 못한 사람으로 이 밝은 세상에서 죄를 얻어 임금, 부모와 멀리 떨어진 곳에 와서 귀양살이를 하며 회포를 풀 길이 없어 못가를 거닐며 시를 읊조리는 겨를에 이 시편을 갖다 놓고 틀린 것을 바로잡고 정서하여 책상머리에 두고 외워 보니 울적한 마음을 푸는 데 도움이 없지 않다.

경자년(1690) 정월 상순 완산후인完山後人 이선李選이 차성車城[1]에 있는 유란헌幽蘭軒에서 쓴다.

《지호집芝湖集》

---

1) 경상남도 기장의 옛 이름.

고산구곡담기高山九曲潭記

최립

율곡 선생은 내가 젊었을 때의 스승이며 벗이다. 공은 세상이 받드는 큰 선비로서 조정에 높이 등용되었으나 불행하게도 할 일을 다하지 못한 채 돌아가신 지 이제 25년이 된다.

돌이켜보니 나는 아무 쓸모 없는 사람일뿐으로 늙어서도 죽지 않아 우연히 공의 아들 경림景臨을 서경에서 만났다. 우리는 지나간 이야기들을 더듬다가 말을 다 하지 못한 채 눈물을 흘렸다. 경림은 나에게 율곡 선생이 전에 살던 해주의 고산구곡담에 대하여 써달라고 청하였다.

나는 선생이 그곳에 자리 잡던 때부터 인끈을 차고 이웃 현을 오가면서 그곳을 잘 알게 되었다. 이른바 구곡담은 나의 몽상 속에 남아 있었거니와 다시 경림의 기록에 의거하면서 그 순서를 따라 이야기하면 일곡을 관암冠巖이라 하는데 해주성에서 서쪽으로 45리 떨어진 곳에 있다. 바다 어귀와 20리가 떨어져 있는데 산머리에 선바위가 있으니 마치 관과 같고 우뚝 솟아 있는 까닭에 관암이라 하였다. 또한 관암이라 한 것은 첫 시작이라는 뜻에서 취한 듯하다. 여기부터 산세가 비스듬히 달려 한수와 나란히 내뻗었는데 갑자기 깎아 드리워 벼랑이 되었고, 바로 밑에 맑은 못을 이루어 은사들이 거닐 만한 곳이 되었다. 여기서부터 산마을의 두어 집이 보이기 시작한다.

이곡은 화암花巖이라 한다. 관암에서 5리쯤에 바위가 서로 잇닿아 있고 돌이 벌어졌는데 산유자와 비슷한 꽃이 바위틈 흙무더기에 피기 때문

---

* 최립崔岦은 조선 중종에서 광해군 때 문신이며 학자. 자는 입지立之, 호는 간이簡易이다.

에 화암이라 한다. 뒤쪽의 산마을에는 인가가 열두서너 채 있다.

삼곡은 취병翠屏이라 한다. 화암부터 3, 4리쯤에 신기한 바위가 이끼로 덮여 퍼런데, 마치 병풍으로 둘러싼 모양을 하고 있기 때문에 취병이라 이름 붙은 것이다. 취병 앞에 자그마한 들이 있고 동네 사람들이 농사를 짓고 있다. 들 가운데 반송 한 그루가 있는데 그 밑에 수백 명이 앉을 만하다. 취병 북쪽에 선비 안 씨 집이 있다.

사곡은 송애松崖라 한다. 취병에서 3, 4리쯤에 천 척이나 되는 깎아지른 석벽이 있고 그 위에 소나무 숲이 해를 가리는 까닭에 송애라 한다. 못 가운데 돌 하나가 반쯤 물 위에 몸을 드러내고 마치 배 모양으로 생겨서 선암船巖이라고 한다. 그 위는 여덟 사람쯤 앉을 만하고, 맞은편에 선비 박 씨네 집이 있다. 짐작컨대 공을 따라온 사람이다.

오곡은 은병隱屏이다. 송애에서 2, 3리쯤 되는데 돌봉우리가 높고 둥글게 솟아있으며 밝고 아름다워 특이하다. 못 가장자리와 밑은 모두 돌을 깎아 쌓고 물을 담아 둔 것 같다. 은병이란 뜻은 그것이 앞을 가리고 있다는 것과 또한 제 몸에 비유하여 벼슬을 내놓은 은사의 생활에서 취한 것이 아니겠는가.

공이 처음에 석담에 자리 잡을 때에는 거처할 곳으로만 정하였다. 그러나 제자가 점점 많아지니 선배를 높이 받드는 것이나 후진을 친절히 가르치는 것 어느 하나도 소홀히 할 수 없는 것이라 서로 상의하여 쓸 만하게 설비를 갖춘 것이다. 이것이 은병정사인데 차례로 정사를 빛내기 위하여 약간의 설비를 갖추었다. 자세한 이야기는 이번 만난 기회에 다 말할 겨를이 없다.

조계釣溪는 은병에서 3, 4리쯤 떨어져 있는데 개울 가운데에 바위가 많이 드러나 있어 스스로 낚시터가 되었다. 이것이 육곡이다.

풍암楓巖은 조계에서 2, 3리쯤에 있고 바위가 다 단풍 수풀에 덮였다.

서리가 내리면 현란하기 노을과 같으므로 풍암이라 하니, 칠곡이다.

그 아래에 인가가 몇 채 있어 마을을 이루고 뽕나무, 가시나무와 잡목이 우거져 은연히 한 폭 그림 같다. 금탄琴灘이란 여울물 소리가 맑아 거문고를 뜯는 소리 같다는 데서 이름한 것이다. 이것이 팔곡이다.

문산文山이라 함은 옛 이름을 좇았을 따름이니 구곡으로 끝이 된다.

공이 이곳에 사니 사람으로서 아름다운 자연을 위하여 노래하지 않을 수 있겠는가?

(중략)

임진란 이래 공의 집이 재앙을 입어 실로 처참하고 산림과 수석이 재앙을 면할 수 없었으니 국운이 어떠하였겠는가?

내가 공을 안 것은 공의 덕망을 소문으로 얻어듣고 우연히 사귄 것이 아니다. 그러나 공은 이미 저승에 갔으니 구곡의 맑은 시내에서 술잔을 나누며 시를 주고받을 수가 없다. 글속이 넉넉지 못한 내가 공을 위하여 구곡의 옛 자취를 재현하고자 하나 그 참된 경지에서 멀기 그지없다.

이제 경림에게 이 글을 주어 문설주에 붙이게 하련다. 아아, 슬프다.

《간이집簡易集》

정두경의 시조에 붙이다

홍만종

내 아직 머리도 채 마르기 전에 벌써 시 짓기를 좋아하여 분에 넘치게도 명로(溟老, 정두경)의 사랑을 받게 되니 명로가 나를 불러 경정산敬亭山이라 하더라. 경정산이라 한 것은 생각건대 서로 마주 보아서 싫어지지 않는다는 뜻이다. 내가 그의 지도와 도움을 받아 글 쓰는 데 힘을 다하였으나 병이 있어 전력하지 못하던 중 일찍이 무신년(1788)에 병으로 문을 닫고 들어 누웠는데 하루는 동명東溟 정두경鄭斗卿이 문병 오고 휴우休寓 임유후任有後가 뒤에 오고 백곡柏谷 김득신金得臣도 뒤이어 오니 다 약속하지 않고 모였더라.

내가 소박한 술상을 차리고 기녀 서넛을 불러 즐길 때 술이 거나해지자 동명이 흥이 나서 잔을 들며,

"대장부 세상에 나서 젊은 시절이 번개같이 지나니 오늘 한 번 즐김이 수만 섬의 녹봉과 맞먹는다."

하였다.

휴우가,

"봄기운이 한매寒梅에 움직이니 납주臘酒가 진하고 백곡과 동명이 한 자리에 만나기 어려워라. 술 단지 앞에 거문고가 있고 겸하여 맑은 노래 있으니 취하여 종남산의 눈 내린 봉우리를 마주보도다."

하고 읊조리더니 동명에게,

---

*홍만종洪萬宗은, 조선 숙종 때의 문인. 자는 우해宇海이고 호는 현묵자玄默子이다. 저서로 《순오지》가 있다.

"약한 자가 먼저 하였으니 그대에게는 솥을 드는 장한 힘으로 술잔이
나 대야를 드는 격이지만 원컨대 화운和韻 하나 하시오."
하고 일렀다.

동명이,

"난정에서 글을 짓고 싶은 사람은 글을 짓고 술을 마시고 싶은 사람은
술을 마시었으니, 오늘의 즐거움도 노래할 사람은 노래하고 춤출 사람
은 춤출 수 있을 것이다. 나는 노래를 부르겠다."
하고 단가를 지어 손을 저으면서 크게 노래 부르기를,

"남은 흥이 다하지 않으매 상을 치고 노래 부르니 부드러운 얼굴에 가
벼운 웃음 떠도네. 흰머리 붉은 얼굴 짐짓 주중선酒中仙이로다."
하였다.

휴우가 나에게 화운하게 하여, 나는 졸렬함을 잊고 덩달아 본떠서,

"맑은 밤 술 단지를 여니 호박주가 진하도다. 문장 세 노인이 한때 모였
으니 마음대로 써 갈기는 붓끝 아래 천균千鈞의 힘이 있어 천태산 만장
봉을 넘어뜨리리로다."
하니, 여러 사람이 잘되었다고 칭찬하였다.

만주晚洲 홍석기洪錫箕가 늦게야 와서 거푸 석 잔을 마시고 백곡을 데
리고 일어나 우쭐거리며 춤을 추고 동명은 나를 돌아보며,

"인생 백년에 이 즐거움이 어떠하오. 나는 옛사람을 보지 못한 것을 한
하지 않고 옛사람이 나를 못 본 것을 한탄하오. 그대는 이것을 써서 이
모임을 길이 전하시오."
하였다.

드디어 여기에 써 선배의 뜻있는 말을 보게 한다.

낭원군의 가집《영언》을 읽고서

이하조

내가 하루는 왕손인 낭원공朗原公[1]을 최락당最樂堂에서 뵈오니 공이 《영언永言》이라는 한 소책자를 주며 "이것은 내가 평소에 가정에서 일을 보살피는 여가에 나의 회포와 감흥을 적은 것이다. 그대는 나를 위하여 평하여 달라."고 하였다.

내가 받아 가지고 물러나와 거듭 읽고 불러 보니 대체로 화려한 놀이판의 시체時體를 따른 방탕하고 비루하며 촌스런 것이 전혀 없고 산수간에 자유로이 노닐면서 노래를 지은 것이 유달리 많다. 또한 나라를 사랑하고 그 은혜를 갚기 위한 바람과, 몸가짐을 삼가고 자기를 경계하는 뜻을 나타낸 것이 무려 수십여 결이나 된다.

나는 본디 노래를 평할 능력이 없다 보니 그 음조와 음절이 격에 들어맞는지 안 맞는지는 잘 알 수 없다.

그러나 낭원공이 산수간에서 지은 노래를 시험 삼아 평한다면 참으로 뜻이 그윽하고 호방하여 후령과 회남을 생각하게 하는 데가 있다. 심지어 임금의 은혜를 감축하고 이에 보답하려는 노래에는 충성과 경모의 정성이 또한 말에 가득히 서려 있고 이른바 자기를 경계하는 말도 또한 엄정하고 절실하여 늠름하기가 도를 이룬 사람과 같다. 요약해서 말한다면 공의 작품은 노래 부를 만하며 후세에 전함 직하다.

대체로 노래라는 것은 시의 부류에 속한다. 그러므로 옛날에는 거리의

■ 이하조李賀朝는 조선 숙종 때의 문신이며 학자. 자는 낙보樂甫이고 호는 삼수헌三秀軒이다.
1) 선조의 손자. '산수한정가山水閑情歌' '자경가自警歌' 등 시조 30여 수를 남겼다.

풍요와 농부의 민요도 《시경》에 들어갈 수 있었으며 더러 아기로 연주되기도 하여 시골 마을이나 나라에서 불려 사람들을 감동시키고 일으켜 세우는 수단이 되었다. 노래는 없애지 못한다는 것이 명백하다.

아, 공은 왕족으로 임금이 웃어른으로 대접하고 지위와 대우가 매우 높으며 자손들도 번창하여 재물이 넘치고 그 복록의 성함이 한 나라의 만석꾼에 비길 만하다. 그러나 공은 더욱 조심하고 삼가기에 노력한다. 검박한 옷차림에 우아한 행동을 몸소 취하고 정직한 성품에서 이처럼 말이 우러나오니 그것이야말로 귀중한 것이다. 어찌 한갓 거리와 농촌의 민요와 같겠는가.

하지만 우리 나라에 민요를 채집하는 일이 없었으니 이 노래집이 농짝 속에 간히는 꼴을 면할 수 없는 것이 아깝도다. 그러나 세상 사람들이 이 노래집을 얻어 읽고 읊조릴 때 영리와 속된 것에 구속된 마음이 어찌 풀어지지 않겠는가. 또한 임금을 사랑하고 몸을 바루려는 생각을 하지 않겠는가.

공이여. 이 노래집을 감추어 아끼지 말라.

정축년(1697) 늦은 봄 조카 연안延安 이하조李賀朝는 삼가 쓴다.

윤선도의 '어부가'

김수장

'어부가' 52장은 산림에 숨어 살고 강호에 묻혀 살며 공명을 헌신짝처럼 버리고 부귀를 뜬구름과 같이 여기는 노래다. 생각건대 어부는 그 마음에서 낙을 찾으며 노래 부르는 사람은 세상 밖에서 즐기는 그 뜻을 찬미한다.

그리하여 이 늙은이의 창법은 때를 벗어 맑고 아름다우니, 내가 이것을 보건대 오르기 어려운 높은 봉우리같이 우뚝하다.

내 평생에 성정이 가곡을 즐기매 감히 몇 줄을 적어 자취를 남긴다.

계미년(1763) 살구꽃 필 때 일흔넷 노가재 쓴다.

《해동가요》

주의식 시조에 붙이다

김천택

  나는 일찍이 도원道源 주의식朱義植 공이 지은 새로운 노래 한두 결을 얻어 보고 그 전부를 구하지 못한 것을 한으로 여겼다.

  문성文星 변화숙卞和叔이 나를 생각하여 그 전편을 구하여 주어 거듭 그 전편을 두루 읽어보았다. 말이 정대하며 뜻이 미묘 완곡해서 모두 사람이 타고난 성품과 감정을 표현하고 있어 실로 시편의 운을 계승하고 있으며, 옛사람이 말한 백성들의 풍습과 습관을 볼 수 있는 노래를 모았더라. 이 또한 시를 모아서 민간 풍속을 알아보는 시에 들어 그 구실을 제대로 하는 것이 명백하다.

  아, 공은 비단 진시에만 능하였을 뿐 아니라 몸가짐이 공손하고 검박하며 마음씨가 담박 겸손하여 군자의 기풍이 있다.

  《해동가요》

김유기의 시조에 붙이다

김천택

대재大哉 김유기金裕器는 명창으로 이름이 높다. 내가 병신년(1716)에 한번 그를 찾아가 상자에서 가보歌譜 한 편을 찾아 펼쳐 보니, 그가 지은 새로운 노래였다. 그는 나더러 이것을 고쳐 달라고 하였다.

내가 그 가보를 보니 정경들을 속속들이 다 이야기하였고 모두 음률에 맞아 참으로 악부의 절조였다. 내 무딘 재주로 어찌 감히 군혹을 덧붙일 수 있겠는가.

서로 문답하고 돌아왔는데 눈 깜작할 사이에 벌써 김 군은 저세상 사람이 되었다. 조자건의 애쓴 느낌이 이에 이르러 더욱 심하다. 나는 이에 김 군이 남긴 노래를 대략 얻어서 세상에 전하면서 그의 이름과 함께 이것이 영원히 전해지기를 바란다.

《해동가요》

김성기의 시조에 붙이다

김천택

내 일찍이 노래를 모으는 버릇이 있어 조선이 선 이래로 이름 높은 재상과 거리의 천한 사람들 작품을 수집하여 책으로 꾸몄다. 다만 어은魚隱 김성기金聖基의 노래는 가끔 세상에서 입으로 전해졌으나 전부를 아는 사람이 드물어 널리 구하였으나 얻지 못하여 늘 마음에 맺혀 있었다.

요즈음 서호에서 김중려 군을 만나니, 김 군은 어은의 평생 친구다.

내가,

"그대는 일찍 어은과 함께 놀았고 또 사귄 지가 오래니 이른바《영언》이라고 하는 것을 많이 써서 보관하였으리니, 보여줄 수 있는가."

하였다.

김 군이,

"어은과 같이 강호에서 산 지 무릇 십수 년이나 되니, 어은이 평소 품고 있던 회포를 흥에 담아 펴놓은 것을 많이 써서 보관하였소. 그중에는 깊이 사람을 감동시킬 만한 작품이 있소. 그러나 귀먹은 속인이 그것을 알지 못하여 농 속에 넣어 두고 이에 관심 있는 사람을 기다린 지 오래요. 그대 말씀이 이와 같으니 이 노래들이 세상에 알려져 퍼지리라."

하였다.

드디어 전편을 가지고 돌아와 거듭 불러보니 어은이 산수간에 놀면서 느낀 질탕한 흥취가 가사에 나타나서 바람에 불려 이 세상 밖으로 두둥실 떠 날아가는 것 같다. 참으로 어은은 천지 사이를 노니는 한가한 사람이었다.

김성기는 무릇 음률에는 묘하지 않은 것이 없었고 강산을 좋아하여 서

호 강가에 집을 짓고 호를 어은이라 하였다. 꽃 피는 아침과 달 뜨는 저녁
이면 더러 거문고를 어루만지고 버들 방죽에 앉아 퉁소를 불어 잔물결을
희롱하고 갈매기와 벗이 되어 세상의 시름을 다 잊고, 뛰노는 고기를 구
경하여 스스로 세상의 모든 구속에서 자기를 벗어나게 하는 것을 즐거움
으로 알았다. 이것이야말로 내키는 대로 즐기는 것이니, 바로 그렇게 한
것으로 하여 가곡을 잘한 사람이더라.

《해동가요》

김천택의 시조에 붙이다

정윤경

　백함 김천택은 노래를 잘 부르는 것으로 온 나라에 이름을 떨치고 있다. 백함은 노래에서 세속의 누추함을 모조리 쓸어버리고 스스로 새 노래를 지으니 맑고 밝아 들음 직하고, 또 새 노래 수십 결을 지어 세상에 전하니 지금 소년들이 배워서 부르고 있다.

　가사를 보니 다 헌칠하게 아름다우며 음조와 곡조의 청탁과 높낮이가 저절로 율에 들어맞아 송강과 겨룰 만하다. 백함은 노래만 잘한 것이 아니라 글도 잘 읽었다.

　아, 요즘 세상의 풍속을 잘 살펴볼 수 있는 시를 찾는다면 그것은 반드시 이 가사일 것이다. 그래서 이 가사는 악관樂官에 의하여 시골 사람들 속에서도 불리고 나라에서도 부르게 되었으니 백함의 시는 항간의 가요에만 머무는 것이 아니다.

　어찌하여 헛되게 백함으로 하여금 연燕나라의 음을 부르게 해 그 불평을 갖게 하는가. 또한 노래는 강호 산림에 방랑하고 은둔하는 말을 많이 써서 거듭 한탄하고 있다. 이 또한 쇠퇴하는 세상의 음악인가.

　병인년(1746) 화류절에 현와 쓴다.

《해동가요》

김천택의 시조에 붙이다

김수장

백함이 지은 노래는 수가 가장 많아서 고귀한 작품도 있고 더러는 천한 것도 있다.

내가 이미 백함의 노래를 고쳐 악보를 만들어서 세상에 전한 후 찌꺼기가 없어지고 참된 알맹이만 남게 되었다. 반드시 식자들의 눈을 열어 끝까지 길이 곧아야만 그 이름을 세울 수 있다는 것을 일깨웠다.

말이 진실한 것과 순박하고 돈후한 것, 청렴하고 효와 충을 담은 것은 취하였으며, 경솔하고 무게가 없으며 맥락이 닿지 않는 작품은 뽑아 버렸으니, 나중에 전편을 보시는 분은 이러한 대략의 사정을 알아서 의심하지 마시라.

경진(1760)년 노송 사이에 진달래가 요염을 자랑하고 살구꽃의 그윽한 향기가 풍길 때 예순아홉의 노가재 쓴다.

《해동가요》

김우규의 시조에 붙이다

김수장

성백聖伯 김우규金友奎는 나와 매우 가깝게 지내는 벗이다. 성백은 어릴 때부터 풍류가 있었고 성품이 호방하며 박상건朴尙建에게 노래를 배웠다. 노래 공부가 일 년이 채 못 되어 노래의 본을 그리게 되고 일반가객들을 압도하였으며 그 위에 노래를 수식하는 방법까지 갖게 되어 성백의 이름은 널리 알려졌다. 나 또한 노래 부르는 데 쏠리는 버릇이 있어 탁대재卓大哉와 이순경의 노래를 늘상 사모하며 부러워하였다.

덧없이 세월이 흘러가매 이들은 이미 이 세상에 없으나 다만 성백과 내가 살아남았을 뿐이다. 성백은 나이 일흔넷이요 나는 일흔다섯이라 인생에서 해질 무렵이 닥치니 남은 날빛이 얼마 되지 않는다. 참으로 한심한 일이다.

하루는 성백이 11수를 보여주니 이를 훑어보건대 작품 뜻이 적이 진실하다. 이를 책 뒤에 붙여 후세에 전하여 없어지지 않게 하려 한다.

갑신년(1764) 섣달 매화 필 때 노가재가 쓴다.

《청구가요》

김진태의 시조에 붙이다

김수장

　내 나이 많아 마음이 한가하고 노래를 즐기는 버릇이 생긴 지 오래다. 예와 오늘의 어진 선비들과 이름난 기생과 이름 모를 사람들의 작품을 모으고, 거기에 내가 지은 장가와 단가 백여 수를 덧붙여 가요집을 만들 때 군헌君獻 김진태金振泰의 작품을 얻어 보았다. 뜻이 뛰어나고 시어의 운이 매우 맑아 속된 것에 물들지 않기가 마치 무산 깊은 골짜기와 같이 호젓하다. 옥과 같고 구슬과 같이 다듬어진 말은 마치 봉래 영주산에서 쓰는 신선의 말과 같다. 일찍 서로 알지 못한 것을 한탄한다.

　때는 병술년(1766) 여름 일흔일곱의 늙은이 노가재 쓴다.

《청구가요》

김묵수의 시조에 붙이다

김수장

시경始庚 김묵수金默壽는 옛 친구 김천택의 아들이다. 나이는 어려도 배운 바가 많고 뜻이 장하다. 노래를 잘 부르며 글짓기에도 능하다. 김묵수가 장가와 단가 여섯 수를 지었는데 그 음조와 곡조가 아주 호탕하고 청신하여, 사랑하고 공경할 만하다.

계미년(1763) 6월 유둣날 노가재는 쓴다.

《청구가요》

박문욱의 시조에 붙이다

김수장

여대汝大 박문욱朴文郁은 내 옛 친구다. 내가 평생 노래를 좋아하여 노래의 음률을 다시 고칠 때 여대의 노래를 얻어 보니, 뜻이 넓고 말이 참되어 어떤 노래는 강개하고 어떤 것은 청수하고 또는 허랑하며 어떤 노래는 사람을 계발케 하니 이 사람의 재간과 도량은 바다와 같이 끝이 없었다.

아, 박 군은 가난하여 생활을 지탱할 수 없었으나 뜻을 가난에 굽히지 않았으며 타고난 마음은 언제나 호탕하였다. 평생에 술 마시기를 고래가 물 마시듯 하였으며 길게 소리 내어 읊으면 반드시 사람을 놀라게 하는 시구가 있었다. 참으로 이 세상의 호걸군자였다.

여러 작품 중 '두 승려의 천고에 없을 이야기〔僧尼交脚之歌千古一談〕'는 경정산에서 서로 이야기한 바가 있다.

기축년(1769) 살구꽃 필 때 여든 난 늙은이 노가재 쓴다.

《청구가요》

김중열 시조창을 듣고서

김수장

사순士淳 김중열金重說은 옛 친구 자빈子彬 김정희金鼎熙의 아들이다. 어려서부터 남달리 총명하였고 뜻이 호탕하고 웅장했다.

김성기에게서 거문고를 배웠으며 퉁소도 김성기에게서 배웠다. 옛날 여러 거문고 명인들의 뒤를 이어, 산수의 곡을 연주할 때 처음에 평우조를 내는데, 사순의 연주는 마치 덤불 속의 난초 같고 까막까치 속의 봉황과 같다. 내가 비록 음률의 맑고 흐린 것과 높낮이를 모른다고는 하나 조금 비평할 수 있기에 이 일을 그냥 지나칠 수가 없다.

내가 노래의 음률을 고쳐 다듬을 때 사순이 지은 단가 세 수를 얻어 보니, 속된 데가 없고 신선의 자취가 눈에 훤하니 어찌 신통치 않았겠는가.

사순이 일찍 노래를 배우지 않았는데도 창을 익혀 남달리 어려운 조도 잘 부르니 비록 나이는 어리나 노래는 노숙하다. 실로 속세에 묻힌 호걸 군자라 할 것이다.

아, 세상 사람들이 욕심에 현혹되고 물질에 더러워져 스스로 귀머거리에 소경이 되니 이 사람이 있음을 알지 못한다. 참으로 슬픈 일이로다.

기축년(1769) 살구꽃 필 때 여든 난 늙은이 노가재는 쓴다.

《청구가요》

시조와 시조집에 대하여

김하명

시조는 우리 문학에서 가장 널리 향유된 시가 양식이다. 여러 계층이 시조를 통해 다양한 주제의 작품을 남겼으며, 시조는 오랜 시기에 걸쳐 형식을 달리하여 발전하였다.

시조라는 이름은《동국통감東國通鑑》권40 충렬왕 22년 가을 7월조에 "원상元祥이 시조를 지어 태평곡이라고 하였다."는 구절에 처음 나타난다. 그러나《고려사절요高麗史節要》권21 충렬왕 가을 7월조와《고려사高麗史》권125 열전 김원상金元祥 조에는 "원상이 신조新調 '태평곡'을 만들었다."고 적어 놓아서, 시조라는 말이 당시 널리 쓰이지 않은 것으로 보인다.

신광수는《관서악부關西樂府》에서 곡조로서의 시조라는 이름은 가인이던 이세춘에게서 나온 것이라 하였다.

＊ 김하명은 1923년 평안도 영변에서 태어나 1994년까지 산 것으로 알려져 있다.

　서울 대학교를 다녔고, 월북한 뒤 1948년에 김일성 종합 대학을 졸업했다. 문학 박사이자 교수로, 북의 고전 연구와 문예 이론 정립에 큰 역할을 했으며, 사회과학원 주체문학연구소장 들을 지냈다.

　논문으로 '연암 박지원의 풍자 작품들과 그 예술적 특성', '문학 유산 연구에 대한 의견', 책으로 《연암 박지원》,《조선 문학사(15~19세기)》등 업적이 많다. 북의 문예 이론과 정책을 밝힌 글도 많이 썼다.

18세기 정조 때 사람인 이학규李學逵는《낙하생고洛下生稿》에서 시조라는 말을 쓰고 이에 주를 달아 "시조時調는 또한 '시절가時節歌'라고도 하며 모두 거리와 마을의 세속적인 말로 소리를 늘여 노래한다."고 하였다. 또, 철종 때 사람인 유만공柳晚恭의《세시풍요歲時風謠》에는 "시절 단가時節短歌는 음조가 호탕하다." 하고 주해에서 "속가俗歌를 시절가라고 한다."고 덧붙이고 있다.

이런 기록으로 보아 시조는 '신조', '시절가' 또는 '시절 단가'라고 불렀으며 문학으로서의 사설과 음악으로서의 곡을 아울러 부르던 것이다. 이것이 후기에 와서 문학에서는 사설을 시조라고 하고 음악에서는 '시조 창'이라 부르게 된 것이다. 그리고 이 시조는 가사 등 긴 형식의 노래와 대비해 흔히 단가(짧은 노래라는 뜻)라고도 한다.

시조 형식이 어느 시기에 어떠한 길을 거쳐서 형성되었는가 하는 문제는 문예 학자들의 오랜 관심사였다.

지금까지 전하는 시가집들 중에는 고구려의 을파소나 백제의 성충 작품들이 실린 것도 있으나 시가의 발전 과정에 비추어볼 때 이 작품들은 후세 사람들이 한시를 시조 형식으로 옮겨 놓은 것으로 추정되며, 시조가 우리나라의 고유한 정형시로 완성된 때는 고려 말이라는 데 대다수 학자들이 동의하고 있다.

그런데 시조가 앞서 있던 시 형식을 토대로 발생한 것인지에 대해서는 문예 학자들마다 견해가 다르다.

어떤 사람은 시조가 무당의 노래 가락에서, 어떤 사람은 한시나 중국에서 수입된 불교 노래에서 온 것이라고 하는가 하면, 또 다른 학자들은 향가의 전통적 형식을 기본 골격으로 하는 고려 국어가요 '만전춘漫殿春', '동동動動' 등의 매 절이 독립하여 형성된 것이라고 주장한다.

시조 작품을 읽다 보면 한시에서 온 것, 또는 가사의 한 절이나 민요의 한 절에서 온 것과 만나게 된다. 그렇다고 어느 한 시조만을 들어 일반적인 시조 형식이 앞선 어떤 시 형식에 따라 형성된 것이라 주장하기는 어렵다.

또 시조집에는 두보杜甫나 이백李白 같은 중국 시인의 한시 작품이 시조창으로 부른 것도 실려 있다. 그러나 이 개별 작품들을 가지고 시조가 한시에서 온 것이라 말할 수는 없다.

시조 전에 있던 4구체, 8구체, 10구체 향가나 한림별곡체 시가, 고려 가요 들을 보면 이들이 일반적인 운율 구성 원리에 따라 발전한 만큼, 나중에 등장한 시조가 보여주는 새로운 형식은 앞선 형식들의 여러 특성을 이어받았으리라 생각한다. 향가나 한림별곡체 시가, 고려 가사 또는 고려 가요 등의 우리 말 서정가요들에는 각기 고유한 특성이 있으면서도 운율 구성의 기본이 되는 음조 또는 음절수에는 공통점이 있다. 이 노래들은 각각 발전 과정에서 서로 영향을 주고받았으며, 뒤에 오는 새로운 시가 형식의 형성에 영향을 주었다. 현대 시인들의 시를 보면 어떤 일정한 형식에 의해 창작되는 것은 아니며, 특히 고전 시가 형식을 계승하려고 할 때에 바로 앞에 나타난 시 형식만 고려하는 것도 아니다. 곧, 어떤 시인은 고려 가요의 율조에 관심을 갖고 다른 시인은 가사의 율조에 흥미를 느낀다. 이런 점에서 시조가 앞섰던 어느 하나의 형식만 가지고 형성되었다고 볼 수 없으며 민요를 비롯한 여러 가지 우리 말 시가 형식의 좋은 점을 창조적으로 계승한 것이라고 보는 것이 옳다.

민족 시가는 그 민족의 언어 특성에 의하여 규정되며, 특히 서민의 노래인 민요에 많은 영향을 받는다. 시조 이전의 우리 말 시가 형식들은 각기 독자적인 특성을 가지고 있으나 모두 한국어의 공통적인 운율 조성 원칙에 따른 것이다. 시조도 음절수의 배합에 의하여 운율을 조성하는 점에서 앞선 우리 말 시가 형식들과 공통점을 가진다.

시조는 고려 말에 발생하여 수백 년에 걸쳐 발전하여 왔다. 그동안 사회의 변화를 반영하는 시조의 주제 내용에서나 형식에 많은 변화가 있었다.

시조 발생 초기에는 평시조가 기본 형식이었다. 평시조는 초장, 중장, 종장으로 구성되고, 각 장은 초장 3 4 3(4) 4, 중장 3 4 3(4) 4, 종장 3 5 4 3의 음절수를 갖는다. 그러나 시조에서 음절수는 고정된 것이 아니다. 대체로 위와 같은 음수율을 따르면서도 개별 구에서 하나 또는 두세 음절이 늘어나기도 하고 줄기도 한다.

그리고 노래로 부를 때에는 곡에 맞게 음절수가 많은 것은 더 빨리, 적은 것은 더 느리게 하여 가락에 일치시킨다.

이 짧은 정형시 형식은 우리나라 민족 시가 발전에서 큰 의의가 있다. 시조 형식은 오랜 세월에 걸친 시적 탐구와 그 탐구 결과를 일반화해서 이루어졌다. 시조는 짧지만 통일된 시상을 기승전결의 구성으로 표현하며, 그 길이가 짧은 만큼 함축성 있고 간결하며 대담하게 생략하거나, 집약적인 표현을 하기 위한 시인들의 노력을 끌어냈다.

그리고 이 형식에 큰 주제와 내용을 담기 위하여 여러 수의 시조를 묶어 연시조 형식을 취하기도 하였다. 15세기 맹사성孟思誠의 '강호사시가江湖四時歌', 16세기 이이李珥의 '고산구곡가高山九曲歌'들이 대표적이나, 이 형식은 그 뒤에 양이나 질에서 발전된 모습을 보이지 못하였다.

시조 형식에 더 많은 내용을 담기 위해 16세기에 평시조의 작시 원칙을 깨뜨린 엇시조, 사설시조 형식이 나타나기 시작하며 17세기 후반기 이후 평민 시인들의 적극적인 진출과 함께 그들의 생활과 세계관, 감정을 드러내는 새 주제의 작품들이 많이 창작된다.

엇시조는 평시조에 한 구를 더한 것을 말하며, 사설시조는 두 구 이상이 늘어나 이야기조로 된 것을 말한다.

앞 못에 든 고기들아 뉘라서 너를 몰아다가 넣거늘 든다
북해北海 청소淸沼를 어디 두고 이 못에 와 든다
들고도 못 나는 정은 네오 내오 다르랴

어떤 궁녀가 일생을 얽매여 지내는 서글픔을 읊은 것으로 전하는 이 노래는 평시조에 비하여 초장에 한 구가 더 있는데 이를 엇시조라고 한다.

댁들에 나무들 사오 저 장사야 네 나무 값 얼마니 사자
싸리나무 한 동에 한 말이요 검부 나무 한 동에 닷 되요 합하여 말 닷 되오니
사 때어 보오 불 잘 붙습네
진실로 한 번곳 사 때이면 매양 사 때이자 하오리

이것은 베나 쌀을 화폐로 쓰던 때에 흥정하는 모습을 사설시조로 읊은 것이다. 여기에는 이야기 줄거리가 들어와 있으며, 주인공들의 대화가 그대로 묘사되어 있고, 음절수에 얽매이지 않는다. 이러한 사설시조의 효시는 문헌상으로는 16세기 정철鄭澈의 '장진주사將進酒辭', 권호문權好文의 일부 작품들에 나타나며 17세기 후반부터 훨씬 더 많이 나타나는 것을 볼 수 있다.

시조의 주제 내용 면에서 보면 발생 초기에는 주로 양반 사대부들이 자기의 세계관과 감정을 표현했으며, 따라서 시조 문학의 주제가 매우 제한되어 있었다.

시조 발생 초기의 대표 작품으로는 이색李穡, 최영崔瑩, 정몽주鄭夢周 등의 시조들이 전한다. 이들은 고려 말기의 날로 어지러워지는 사회정치적 혼란을 유학의 원리를 통해 수습해 보려고 애썼으며, 자기 왕조에 충성을 다한 사람들로서 자신들의 사상 감정을 읊은 작품들을 남겼다. 정몽

주의 '단심가丹心歌'가 대표 작품이다.

고려 왕조가 망하고 조선 왕조가 건립된 뒤에도 시조는 주로 양반 사대부들이 창작하였다. 그들은 자기의 정치적 신조와 처지에 따라 서로 다른 경향의 작품을 썼으나 본질에서는 봉건 지배층의 이해관계를 반영하는 것이었다. 조선 왕조 건립을 달갑지 않게 여긴 길재, 원천석 같은 이른바 고려 유신들이 멸망한 고려를 그리워하는 심정을 담은 노래를 지었다면, 변계량, 맹사성 같은 조선 왕조의 지지자들은 집권층의 득의자족한 심정을 읊조렸다.

조선 초기 시조의 계열 중 다른 하나는 나라를 지키는 데 공훈을 세운 김종서金宗瑞, 남이南怡 장군의 애국적 작품들이다. 이들의 작품은 짧은 시조 형식으로 서정적 자아의 애국적 기개, 무인다운 호탕한 성격을 감명 깊게 전달하여 오래도록 사람들이 애송하였다.

이밖에 조카 단종의 왕위를 빼앗은 세조에 맞서다 희생된 사육신의 시조 작품들이 널리 알려졌다.

16세기에 이르러 지식인들이라면 누구나 한두 수 남기지 않은 사람이 없을 정도로 시조는 널리 보급되었다. 유학자들인 이현보李賢輔, 주세붕周世鵬, 이황李滉, 이이, 권호문 등이 모두 적지 않은 시조 작품들을 남겼다. 이현보의 '어부사漁父詞', 주세붕의 '군자가君子歌', '학이가學而歌', 이황의 '도산십이곡陶山十二曲', 이이李珥의 '고산구곡가高山九曲歌', 권호문의 '한거십팔곡閑居十八曲'들은 당시 유학자들의 사상 감정을 담은 대표적인 시조작품들이다. 이 작품들은 유학의 이념을 직접 해설하고 있는 교훈시들이거나 자연 속에 파묻혀 세상일을 잊고 한가히 세월을 보내려는 기분을 반영한 '은일시가隱逸詩歌', '강호시가江湖詩歌'이다. 이 작품들은 당시 시대상을 이해할 수 있다는 점에서, 그리고 시조 형식의 발전에서 의의가 있다.

16세기에는 다른 새로운 조류가 움트기 시작하는데 황진이黃眞伊, 임제林悌, 정철의 시조들에서 그 특징을 볼 수 있다. 이들은 유학자들의 교훈시들에 반해 인간의 내면세계를 더욱 진실하게 반영하며 현실에서 벌어지는 평범한 생활을 노래했다. 정철의 '훈민가訓民歌'는 주제 측면에서 교훈시에 속하지만 유학의 이념을 도식적으로 해설하는 것이 아니라 당시 농민들이 잘 아는 생활 소재를 가지고 그들의 말로 주제 사상을 정서적으로 그려 내고 있다.

16세기에는 당쟁이 격화된 정치를 반영하여 교훈시와 은일시가 또는 강호시가로 불리는 흐름이 17세기 전반기까지 주류를 이루었다. 문헌에 따르면 17세기 전반기에 수십 수에서 두세 수의 시조 작품을 남긴 사람이 50여 명에 이른다.

신흠申欽은 《해동가요海東歌謠》에 20수의 시조가 전하는데 대부분이 춘천에서 귀양살이 하던 때에 한가로운 심정을 읊은 것이고, 김상용은 '오륜가五倫歌' 5수, '훈계자손가訓戒子孫歌' 9수 등 주로 교훈시를 남겼으며, 장경세는 산수에 묻혀 임금에 대한 사모의 정을 읊은 '강호연군가江湖戀君歌' 전 6곡, 후 6곡을 지었다. 또 조존성은 '호아곡乎兒曲' 4수를, 김광욱은 '율리유곡栗里遺曲' 14수를 지었다.

16세기 시조 문학의 최고봉에 오른 시인으로 박인로朴仁老와 윤선도尹善道를 꼽는다.

임진왜란에 수군 군관으로서 참전하여 공을 세우고 '태평사太平詞', '선상탄船上嘆'과 같은 가사 작품을 창작한 박인로는 60수의 시조를 남겼는데 대부분은 유교 도덕을 설교하는 교훈시들이다. 윤선도는 자연을 노래하면서도 삶의 태도, 인생에 대한 견해를 매우 세련된 언어적 형상으로 드러내 보이고 있다. '오우가五友歌'는 이러한 특성을 가장 뚜렷이 보여주는 대표작이다.

임진왜란과 병자호란 등 두 차례에 걸쳐 전쟁을 겪은 17세기 후반부터 시조 문학에도 커다란 변화가 일어난다. 17세기 전반기까지 주로 양반 사대부들이 시조를 지었다면, 이 시기에 와서는 여러 계층에 시조가 보급되고 전문적인 시조 시인들이 출현하였다. 이들은 시인이었고 동시에 가창자였으며 많은 경우에 통소와 비파 같은 악기도 잘 다루었다. 이들은 대부분이 평민 출신이고 시가를 창작하고 부르는 것을 생활로 삼았다. 18세기 전반기에 김천택金天澤, 김수장金壽長을 중심으로 김유기金裕器, 김성기金聖基, 김우규金友奎 등 수많은 평민 시인들이 모여 '경정산가단敬亭山歌壇'을 형성하였으며, 이름 없는 백성들의 작품들도 많이 창작되었다. 이들은 양반들의 부와 지위를 가볍게 여기고 공명의 덧없음을 경고하였으며 땀 흘려 일하면서 살아가는 농민들의 소박한 생활을 찬양하였다.

또한 17세기 말부터 도시 시정인들의 생활과 사상 감정을 반영한 새로운 주제의 시조 작품들이 많이 창작되었다. 예를 들어 상품화폐 경제가 발전하면서 땔나무나 자리 등매 같은 물건을 흥정하는 것이나 장리長利에 세간을 다 잃는 소유자 계층의 몰락상을 보여주는 작품들이 창작되었다. 평민 시인들에 의하여 시조는 양반 유학자들의 고답적이고 추상적인 관념의 세계에서 벗어나 현실 생활에 더욱 접근하게 되었다. 그러나 평민들의 시는 당시 선진 사상이나 농민들의 저항과 직접 연결되지 못하였으며 시어가 조잡하고 세련되지 못하여 예술적으로 높은 수준에 이르지 못하였다.

19세기에 와서 박효관朴孝寬, 안민영安玟英 들이 시조를 계속 창작하였으나 내용에서나 시적 형상에서 새로운 경지를 보여주지 못하였다. 19세기 말에 자본주의가 발전하고 개화의 시대적 풍조를 담은 창가가 나타나 사회적으로 널리 불리면서 시조는 차츰 뒤로 물러나게 된다.

설명한 것처럼 시조는 가사와 함께 우리 나라의 주요한 민족 시가 형식으로서 다양한 계층의 생활과 사상 감정을 반영하면서 오랜 시기에 걸쳐 널리 보급되었다.

따라서 시조 문학을 일률적으로 논할 수는 없으며 시조를 논하기 위해서는 구체적인 시기, 구체적인 작가의 작품들을 가지고 이야기해야 한다.

시조 작품들에는 사상, 예술적으로 뛰어난 작품들이 적지 않지만 반면에 생산에서 벗어난 유학자들과 시정인들이 지은 고루하고 저속하며 비예술적인 작품들도 적지 않게 전해 온다.

곧 요순시절을 이상화하고 중국 문인들을 맹목적으로 숭배하며 충군이나 연군 사상을 노골적으로 칭송하고, 노동하는 계급의 가혹한 현실에 기초한 봉건 사회 현실을 태평 세대로 찬양하며, 도덕적으로 저열한 풍속을 자연주의적으로 노래한 작품들이 그러하다. 이는 봉건 사회에서 인민과 유리된 작가들이 시조 문학에 남긴 흠이며 한편 역사적 한계이기도 하다.

시조는 봉건 시대의 비교적 오랜 시일에 걸치는 역사적 사건들과 사회상을 반영하고 있고 또 우리 고유한 민족 시가 형식으로서 발전하여 온 만큼 과거의 민족 역사와 시가 형식 연구의 자료로 중요한 의의를 가진다. 따라서 지난날의 시조 작품들을 비판적으로 올바르게 분석하여 그 긍정적인 면과 한계를 잘 가려내야 한다.

시조가 발생한 고려 시대에는 그것을 그대로 표기할 우리 문자가 없어서 일부 작품만이 한문으로 번역되어 전하고 대부분은 입으로 전해졌다. 15세기에 훈민정음이 창제되고 또한 시조가 많은 사람의 사랑을 받자, 이것을 기록하여 널리 보급하며 후세에 전하려는 시도들이 일어났다. 17세기 말기 간행된 《송강가사松江歌辭》 관북본關北本에는 '관동별곡關東別曲'을 비롯한 가사들과 함께 송강의 시조 작품들이 실려 있다.

17, 18세기에 민족의식이 높아짐에 따라 민족 고유의 시가들이 급속히 발전하였을 뿐 아니라, 수집 정리하려는 기운이 일어났다.

《청구영언靑丘永言》,《해동가요海東歌謠》,《청구가요靑丘歌謠》는 모두 18세기에 편찬되었으며,《남훈태평가南薰太平歌》,《가곡원류歌曲源流》는 19세기에 편찬되었다.

18세기는 임진왜란 후의 급속한 사회 경제적 변동을 반영하여 실학사상이 사상계의 주류를 이룬 시기이며, 이와 함께 과학과 문화 분야에서도 거대한 성과를 이룬 시기이다. 우리 중세 문학사에서 현실 생활을 충실히 반영하고 문학예술의 사상예술성을 높이기 위한 노력이 이 시기처럼 활기차게 전개된 때는 없었다. 그리하여 우리 문화 유산에 깊은 관심을 나타내고 그것을 집대성하려는 사업들이 진행되었다.

최초의 시조 선집인《청구영언》은 이러한 시대적 기운의 산물이다.《청구영언》은 1727년에 김천택이 편찬하였다.

김천택은 경력이 자세히 알려져 있지는 않으나 17세기 말부터 18세기에 걸쳐 활동한 시인이고 평론가이었으며, 또한 가객임을 자랑스럽게 생각하였다.

김천택은 김수장과 더불어 당시 가단의 중진으로 '경정산가단'을 형성하였으며 시조의 창작과 가창, 후진 양성을 필생의 사업으로 진행하였다. 그는 여러 가객들과 함께 고금의 시가를 논하고 자작시를 합평하며 후진을 교육하는 것을 생활로 삼았다.

김천택은 다양한 주제로 적지 않은 시조 작품을 창작하였을 뿐 아니라 예부터 전해 내려오는 우리 말 시가를 수집 성리하여《청구영인》을 편찬하였다. 그것은 '청구영언, 곧 조선의 노래'라는 표제에서도 알 수 있는 것처럼 우리 문학을 길이 전하고 널리 보급하며 더욱 발전시키려는 애국 사상에서 출발하였다. 김천택은《청구영언》서문에 편찬 동기를 명백히 밝혀 놓았다.

김천택은《청구영언》을 편찬하면서 시조 형식이 형성된 뒤의 모든 작품들, 특히 거리와 마을의 이름 없는 시인들의 시조도 빠짐없이 수록하기 위하여 노력하였으며 수집된 노래는 낱낱이 연구하여 와전된 것은 바로 잡았다.

《청구영언》은 작품을 배열할 때 곡조를 기준으로 삼았다. 그리고 알려진 작가 약 140명은 일일이 간단한 경력을 첨부하였다. 이리하여 우리 나라 최초의 시조 선집이 이룩되었다. 이 책에는 998편의 시조와 끝머리에 17편의 가사가 실려 있다. 그리고 책의 앞뒤에 붙어있는 정윤경鄭潤卿의 서문, 편자 자신의 서문, 마악노초磨嶽老樵의 발문, 광호어부廣湖漁夫의 '청구영언 뒤에 쓰노라.' 와 곡조에 대한 해설 등은 당시 시단의 정형뿐만 아니라 그들의 시가에 대한 견해를 연구하는 데 귀중한 자료가 된다.

《해동가요》는 18세기 중엽에 김수장이 편찬한 시조집이다. 서문에서 보듯 이 시조집의 편찬 동기 역시《청구영언》을 편찬한 김천택의 동기와 같다.

노가재老歌齋 김수장은 1690년에 태어나 김천택과 더불어 '경정산가단'의 '두 늙은이' 중 한 사람으로 여든 평생을 오로지 시가의 창작과 음영吟詠과 후진양성에 바쳤다.

김천택의 후배이면서 시 창작에서 한 걸음 나갔으며, 특히 시 평론에 상당한 소양이 있었다.

《해동가요》의 특성은 567편의 시조 작품을 작가 중심으로 배열한 데 있다. 그리하여 노래 곡조의 측면은 무시되었으나 개별 작가의 창작과정을 역사적으로 고찰하기 쉽게 정리해 놓았다는 데 의의가 있다. 뿐만 아니라 개별 작가들의 작품을 수록한 뒤에 작가 또는 작품에 대하여 해제나 논평을 달아 시가집 편찬에 새로운 경지를 열었다.

《해동가요》에는《청구영언》에 실리지 않은 작품들이 적지 않다. 이 역시 이 시조집의 의의를 더욱 크게 하는 이유이다.

《해동가요》의 원본은 주시경이 발견하여 정리한 것으로, 체계로 보아 본디 건乾, 곤坤 2부로 구성되어 있던 것으로 짐작되는데 곤부는 전하지 않는다.

《청구가요》는 《해동가요》 뒤에 붙어 있다. 여기에는 김수장과 같은 시기에 활동한 시인들의 시조 작품 76편을 《해동가요》와 같은 체제로 배열하고 그 뒤에 김수장의 해설을 붙였다. 분량은 많지 않으나 시조의 발전 과정을 연구하는 데 귀중한 자료다.

《남훈태평가》는 지금까지 전하는 가집 중에서 유일한 판본 가집이다. 이 가집은 노래의 가곡 교본으로 편찬되었으며 순 국문으로 표기하고 종장의 끝구를 생략하고 있다. 시조, 잡가, 가사의 3부로 구분하여 수록하였는데 시조 작품만 226편이다. 편찬자는 알려지지 않았다.

《가곡원류》는 1876년에 당시의 유명한 가객이던 박효관, 안민영이 편찬한 시조 선집이다. 이 시조집은 앞선 시조집들의 성과를 바탕으로 하여 나중에 창작된 작품들을 보충하였으며 8백여 편의 작품을 곡조에 따라 배열하였다.

찾아보기

엮은이 김하명

1923년 평안도 영변에서 태어나 1994년까지 살았다. 서울 대학교를 다녔고, 월북한 뒤 김일성 종합 대학을 졸업했다. 문학 박사이자 교수로, 북의 고전 연구와 문예 이론 정립에 큰 역할을 했으며, 사회과학원 주체문학연구소 소장을 지냈다. 《연암 박지원》《조선 문학사(15~19세기)》를 비롯 책과 논문을 많이 남겼다.

겨레고전문학선집 38

다정도 병인 양하여 잠 못 들어 하노라

2008년 11월 5일 1판 1쇄 펴냄 | 2009년 7월 22일 1판 2쇄 펴냄 | **엮은이** 김하명 | **편집** 김성재, 남우회, 이종우, 전미경 | **디자인** 비마인bemine | **영업** 김지은, 백봉현, 안명선, 이옥한, 이재영, 조병범, 최정식 | **홍보** 조규성 | **관리** 유이분, 전범준, 한선희 | **제작** 심준엽 | **인쇄** 미르인쇄 | **제본** (주)상지사 | **펴낸이** 윤구병 | **펴낸곳** (주)도서출판 보리 | **출판 등록** 1991년 8월 6일 제 9-279호 | **주소** 경기도 파주시 교하읍 문발리 파주출판도시 498-11 우편 번호 413-756 | **전화** 영업 (031) 955-3535 홍보 (031) 955-3673 편집 (031) 955-3678 | **전송** (031) 955-3533 | **홈페이지** www.boribook.com | **전자우편** classics@boribook.com

ⓒ 보리, 2008 | 이 책의 내용을 쓰고자 할 때는 보리 출판사의 허락을 받아야 합니다. | 잘못된 책은 바꾸어 드립니다. | 값 30,000원

ISBN 978-89-8428-558-3 04810
       978-89-8428-185-1 04810(세트)

이 책의 국립중앙도서관 출판시도서목록(CIP)은 e-CIP 홈페이지(http://www.nl.go.kr/cip.php)에서 볼 수 있습니다.
(CIP 제어 번호: CIP2008002154)

이 책은 한국문화예술위원회의 문예진흥기금 지원을 받았습니다.